Emil Sulger-Gebing

Die Brüder A. W. und F. Schlegel in ihrem Verhältnisse zur bildenden Kunst

Emil Sulger-Gebing

Die Brüder A. W. und F. Schlegel in ihrem Verhältnisse zur bildenden Kunst

ISBN/EAN: 9783741169328

Hergestellt in Europa, USA, Kanada, Australien, Japan

Cover: Foto ©Andreas Hilbeck / pixelio.de

Manufactured and distributed by brebook publishing software
(www.brebook.com)

Emil Sulger-Gebing

Die Brüder A. W. und F. Schlegel in ihrem Verhältnisse zur bildenden Kunst

Forschungen
zur neueren Litteraturgeschichte.

Herausgegeben von

Dr. Franz Muncker,

o. ü. Professor an der Universität München.

III.

Die Brüder

A. W. und F. Schlegel

in ihrem Verhältnisse zur bildenden Kunst

dargestellt

von

Dr. Emil Sulger-Gebing,

Privatdozenten an der Kgl. technischen Hochschule zu München.

Mit ungedruckten Briefen und Aufsätzen A. W. Schlegels.

———— ⚬⚬⚬ ————

München 1897.

Carl Haushalter, Verlagsbuchhandlung.

Vorbemerkung.

Die vorliegende Arbeit ist aus der Frage heraus entstanden: „Auf welches Material, auf welche selbstgesehenen
Kunstwerke haben sich die beiden Führer der älteren Romantik
bei ihren Kunstschriften stützen können?" und hat sich von
da aus zu einer Darstellung ihrer Beziehungen zur bildenden
Kunst überhaupt entwickelt. Dass ich dabei auch auf die
ästhetischen Ansichten der Brüder, wie sie besonders August
Wilhelm in seinen Berliner Vorlesungen dargelegt hat, näher
eingehen musste, ergab sich im Verlaufe der Arbeit ganz von
selbst; immerhin habe ich sie nur so weit herangezogen, als
mir für das Hauptthema nötig erschien, und darum auch den
Titel nicht durch den Zusatz „und zur Aesthetik" erweitert,
um nicht etwa unerfüllt bleibende Hoffnungen dadurch zu
erwecken.

Was von neuem Material teils im Text,[1] teils in den vier
Beilagen geboten wird, verdanke ich ausschliesslich der Königlichen öffentlichen Bibliothek zu Dresden; ihrem hochverdienten
Leiter, Herrn Prof. Dr. Franz Schnorr von Carolsfeld, bin ich
für die liebenswürdige Bereitwilligkeit, womit er mir den Brief-
nachlass A. W. Schlegels zur Benutzung in München zugäng-

---

[1] Vergl. S. 30, 64, 107, 113, 160 f., 166 f., 169 f. und 173.

lich machte, zu hohem Danke verpflichtet. Meinem hochverehrten Lehrer, Herrn Prof. Muncker, habe ich für manche Anregung und Auskunft im einzelnen sowie für sein stetes Interesse an der Arbeit warm zu danken, und meinem werten Freunde, Herrn Universitätsbibliothekar Dr. Hans Schnorr von Carolsfeld, sei auch an dieser Stelle für seine nimmermüde Hilfsbereitschaft in allen bibliothekarischen Dingen mein herzlicher Dank ausgesprochen.

München, Ende Dezember 1896.

Dr. Emil Sulger-Gebing.

Friedrich Schlegels erste Eindrücke und erste Aeusserungen über bildende Kunst.

Die Jugend Friedrich Schlegels stand, was seine Beziehungen zur bildenden Kunst betrifft, durchaus im Zeichen Winckelmanns. Seine ersten Jahre in Hannover, seine kaufmännische Lehrzeit in Leipzig, sowie die nach dem Willen und Wunsche des Vaters zunächst der Juristerei, bald aber aus eigener Wahl der antiken Philologie und Philosophie gewidmeten ersten Studienjahre boten seiner Anschauung wenig oder nichts von künstlerischem Werte dar. Noch beschäftigte er sich neben den Tragikern und Platon für die bildende Kunst ausschliesslich mit Winckelmann.[1] „Den ersten Anfangspunkt meiner Kunstanschauungen", schreibt er selber mehr als 30 Jahre später,[2] „gewährte mir die Antikensammlung zu Dresden", damals nach Justis Wort „die einzig bedeutende Deutschlands",[3] insbesondere bei einem längeren Aufenthalt in der sächsischen Residenzstadt 1789. Dem Siebzehnjährigen war neben diesen antiken Originalen, die in vier Pavillons und einem Zimmer im Erdgeschoss des japanischen Palastes im grossen Garten[4] aufgestellt waren, auch die reichhaltige Sammlung von Gipsabgüssen wertvoll, welche Raphael Mengs nach italienischen Antiken und wenigen neueren Werken angelegt hatte;[5] sie befand sich damals im

---

[1] Friedr. Schlegels sämtliche Werke, Bd. VI. 1823. S. VII f.
[2] Ebenda S. VII, VIII. — [3] Vergl. Justis kurze Charakteristik der Sammlung in seinem Winckelmann Bd. I. S. 272. — [4] R. W. Dassdorf, Beschreibung der vorzüglichsten Merkwürdigkeiten der Churfürstlichen Residenzstadt Dresden; das. 1782. S. 555, und Neues Gemälde von Dresden, das. 1817. S. 239. — [5] Und zwar als Duplikat der Sammlung für die von ihm eingerichtete spanische Kunstakademie im Escurial.

Brühl'schen Garten,[6]) seit 1792 dann im Erdgechosse des
ehemaligen Stallgebäudes am Neuen Markte.[7]) Sie enthielt
nach einer Angabe von 1817[8]) „mehrere tausend Abgüsse" (?)
und jedenfalls die fast lückenlose Reihe der hervorragendsten
damals bekannten Werke, wie den Laokoon, den Apollo vom
Belvedere, den sterbenden Fechter, die Ringergruppe u. s. w.
Hier also schuf sich der junge, altertumsbegeisterte Philologe
durch die sinnliche Anschauung „eine feste, dauernde Grundlage für seine Studien des klassischen Altertums in den nächst-
folgenden Jahren",[9]) und noch drei Jahrzehnte später, als er
selbst innerlich ein so ganz anderer geworden, weiss er davon
zu erzählen, wie mächtig ihn nicht nur die Schönheit und
Grösse dieser Werke, darauf war er ja durch Winckelmann
vorbereitet, sondern auch ihre lebendige Bewegtheit gepackt hat.

Wir denken, wenn wir heute von den Kunstschätzen
Dresdens sprechen, in erster Linie an die Gemäldegalerie mit
ihrer unvergleichlichen Perle, Raffaels Sixtina, und ihrer Fülle
durch die ganze Welt berühmter Meisterwerke der verschiedenen Schulen. Sie befand sich 1747—1855 in dem dafür
erbauten oberen Stockwerk des Stallgebäudes (des jetzigen
Museum Johanneum) am Neuen Markte.[10]) Aber ihrem uner-
schöpflichen Reichtume trat der junge Altertumsschwärmer
erst später näher; damals sprachen ihn nur solche Bilder an,
„welche durch eine grosse Komposition und einfache Hoheit
der Töne und des Ausdruckes am meisten noch der Antike
gleichen".[11]) Auch als er 1792 zu kurzem Besuche seiner
Schwester Charlotte Ernst von Leipzig nach Dresden fuhr,
scheint sich dort seine Anschauung im gleichen Kreise bewegt
zu haben. Zwar widmete er den Kunstwerken „alle Zeit,
die ihm die Menschen übrig liessen",[12]) aber wir werden gut
thun, dies in erster Linie auf die Antiken zu beziehen; denn

---

[6]) S. W. VI. S. VIII. — [7]) Neues Gemälde S. 243 ff. Sie bildet
den Grundstock der heutigen Dresdener Abguss-Sammlung. — [8]) Neues
Gemälde S. 244. — [9]) S. W. VI. S. VIII. — [10]) Dassdorf S. 330. Neues
Gemälde S. 231. — [11]) S. W. VI. S. IX. — [12]) Friedrich Schlegels Briefe
an seinen Bruder August Wilhelm, herausgeg. von O. F. Walzel.
Berlin 1890. Im Folgenden mit Walzel citiert. Brief vom 13. April 1892.
S. 44.

in einem Briefe aus Leipzig vom 21. November des Jahres, worin er das Lügen mit dem ganzen Glanze seiner geistreichen Sophistik verteidigt, heisst es mit keckem Hinübergreifen ins Gebiet der bildenden Kunst: „Die höchste Begeisterung kann kaum ein Bild der Wahrheit erschwingen; denn unter den sehr vielen Gemälden, die in Dresden vorhanden sind, sind nur einige Köpfe des Raffael der Art.[13]) und vielleicht einige des Mengs. Die Menschen des Correggio sind allesamt Lügner, obgleich sie mit Grazie lügen".[14]) Wie einseitig und flüchtig muss er damals die Galerie betrachtet haben, um nur in den zwei genannten Meistern Wahrheit gefunden zu haben, wie wenig gebildet war noch sein Geschmack für Malerei! Er, der schon damals in den Briefen an den Bruder so selbständig und unabhängig über litterarische Dinge urteilt, stimmt noch fröhlich in die allgemeine Ueberschätzung des Mengs ein und nennt diesen neben Raffael unter all den grossen Meistern in Dresden als den einzigen (!), dessen Begeisterung ein Bild der Wahrheit erschwingen könne.

Die Korrespondenz mit dem älteren, abgeklärten Bruder giebt uns für die Jugendzeit, ihr sprudelndes Begehren und Ausgreifen nach allen Seiten das beste Bild Friedrichs und lässt seine ganze reiche Begabung, aber auch die springende Unzuverlässigkeit seines geistigen und sittlichen Wesens deutlich erkennen. Sie bietet die besten Belege für seine Beschäftigung mit bildender Kunst, über welche er, wie über alles, ohne gründliche, ja nur einigermassen genügende Kenntnis frisch drauflos theoretisiert. Eine derartige Stelle im Briefe vom 13. Oktober 1793[15]) entnimmt allerdings alle Beispiele dem Bereiche der Poesie, und wenn er zum Bruder sagt: „Du besitzest die Kunst, ohne dass sie dich besässe". so kann damit nur die Dichtkunst gemeint sein, ja der Aus-

---

. [13]) Der einzige Raffael Dresdens ist die Sixtina. — [14]) Walzel S. 62.
- [15]) Walzel 125. Man kann allerdings schwanken, ob der Begriff „Kunst" nicht etwa nur als Poesie gefasst werden muss, aber der Satz: „Hier ist ein Anfang eines Briefes an dich, der sehr lang werden und alles umfassen sollte, was ich über die Kunst im allgemeinen zu sagen habe," spricht doch für eine weitere Auffassung.

druck stimmt für August Wilhelms poetische Begabung besser, als der Schreiber damals ahnen konnte. Denn wirkliche dichterische Schöpferkraft, die nur dem eignet, „den die Kunst besitzt", fehlte beiden Brüdern völlig trotz allen anschmiegenden Formtalentes, das in dem älteren („Du besitzest die Kunst.") den bis dahin höchsten Grad unter den Deutschen erreichte. Aber Schillers „Künstler",[16]) auf die er dann anspielt, feiern den Menschen gerade als bildenden Schöpfer ewiger Werke, und am Schlusse schweift der Schreiber gar ab auf das Gebiet der Musik, wobei er sich allerdings als gründlich unmusikalisch erweist.[17]) Der wichtigste Satz der ganzen Auseinandersetzung: „Die Seele meiner Lehre ist, dass die Menschheit das Höchste ist und die Kunst nur um ihrentwillen vorhanden sei" klingt durchaus paradox und man würde sich nicht wundern, aus Friedrichs Munde gelegentlich das Gegenteil zu hören und etwa im Athenäum dem Fragment zu begegnen: „Die Kunst ist das Höchste, und die Menschheit ist nur um ihretwillen da", eine Auffassung, die jedenfalls einer späteren mittleren Periode besser entsprechen würde als diese jugendliche. Immerhin beweist der Brief seine stete Beschäftigung mit ästhetischen Fragen im weitesten Sinne und sein Bedürfnis, selbst bei völlig ungenügendem Material ins Allgemeine zu gehen, wie er denn immer bereit war, grosse Sätze gelassen auszusprechen, ohne sich's mit ihrer Begründung und Anwendung im einzelnen allzu sauer werden zu lassen.

Einen Monat später[18]) spottet er über Hubers grosse Goethe-recension in der Allg. Litteratur-Zeitung,[19]) „im Faust finde er Raffaelsche und Ostadesche und wieder Michelangelosche Gemälde . . . in Gretchen sieht er bald Madonna und bald Magdalena", auch nenne er grosse Maler so oft als gute Be-

---

[16]) An ihnen hatte sich Wilhelm schon 1791 mit seiner grossen Besprechung in Bürgers Akademie der schönen Redekünste (I. 2. 127—170, Werke VII, 3—23) die kritischen Sporen verdient. — [17]) „Goethes Selbstvergötterung im Alter, da er selbstgefällig seinem Genius zu lauschen scheint", erinnert ihn „an Mozarts Musik, die in jedem Laute Eitelkeit und weichliche Verderbtheit atmet". — [18]) Brief vom 10. Nov. 1793. Walzel S. 139. — [19]) 1792. 9. Nov. Abgedr. bei J. W. Braun, Goethe im Urteil seiner Zeitgenossen. II. 118–126.

kannte, dass man sich wundere, zu hören, „dass der Mensch
doch nur einen Raffael gesehen hat, und wer weiss, ob er
nur den einzigen verstünde". Recensent wie Briefschreiber
kennen nur die Dresdener Galerie (der „eine" Raffael ist
natürlich die Sixtina) und die für Goethe nur ganz bedingt
zutreffenden „Michel-Angelo'schen Gemälde" sind einzig aus
dem allgemeinen Begriff abgeleitet, den sich Huber von der
Kunst des grossen Florentiners in Deutschland, wo derselbe
noch wenig genug gekannt war, gebildet hatte: er hatte nie
ein Original von ihm gesehen.[20]) Wie ganz Schlegel in
Winckelmanns Gesichtskreis und im Banne der Antike lebte,
beweist dann eine Stelle,[21]) wo er von dem schwer definier-
baren Etwas spricht, das die Griechen vor allen anderen
Völkern auszeichne, und das zwar Kunstsinn, hohe Bildung,
Erhabenheit, Verstand in sich fasse, ohne doch eines davon
zu sein, ein Etwas, das unter den Modernen nicht Friedrich
der Grosse, nicht Shakespeare, sondern nur Goethe besitze.
„Das einzige Werk von Raffael, das ich kenne, scheint mir
von diesem antiken Geiste beseelt." Hier berührt sich Friedrich
mit Goethe, dem ja auch in Rom Raffael und die Antike als
innerlich zusammengehörig und gleichwertig erschienen waren.
Aber noch deutlicher hören wir den Schüler Winckelmanns.
Denn dieser zieht nicht nur mit Vorliebe in seinen Schriften
die Werke des göttlichen Urbinaten herbei, sondern hatte
schon in seiner Erstlingsschrift[22]) nachdrücklich auf die Verwandtschaft Raffaels, von dem er damals ebenfalls nur die
Sixtina im Original kannte, mit der Antike hingewiesen und
dem Dresdener Bilde einen langen Abschnitt gewidmet. Im
selben Schriftchen, das gleich dem Samenkorne den ganzen

---

[20]) Ludwig Ferdinand Huber, der Freund Körners und Schillers,
war zwar in Paris (1764) geboren, kam aber schon als zweijähriges
Kind nach Leipzig und lebte dort, in Dresden und Mainz, später in
der Schweiz und in Stuttgart. Er starb 1804 in Leipzig. — [21]) Brief
vom 15. Dezember 1793. Walzel S. 154. — [22]) Gedanken über die Nachahmung der griech. Werke in der Malerei und Bildhauerkunst. 1755.
Neudruck von Urlichs in Seufferts Deutsch. Litt. Denkmalen Nr. 20.
(1885). Vergl. S. 28 f. Vollst. Ausgabe der Werke Winckelmanns von
Eiselein (12 Bde., Donaueschingen 1825—29) Bd. I. vergl. S. 36—38.

weitragenden Baum seiner künftigen Meisterwerke im Keime enthält, steht die schöne, in ihren ersten Worten so unendlich oft angeführte Stelle: „Die edle Einfalt und stille Grösse der griechischen Statuen ist zugleich das wahre Kennzeichen der griechischen Schriften aus den besten Zeiten; der Schriften aus Sokrates' Schule, und diese Eigenschaften sind es, welche die vorzügliche Grösse eines Raffaels machen, zu welcher er durch die Nachahmung der Alten gelangt ist."[23]) So treffen wir hier auf ein, ich möchte sagen greifbares, Beispiel für die Abhängigkeit des jungen Schlegel von Gedanken und Sätzen Winckelmanns. — Dem ihm angeborenen Hange, von andern Aufgestelltes zu verallgemeinern und zu möglichst umfassenden Sätzen auszuweiten, folgt er, wenn er im gleichen Briefe dem Bruder schreibt: „Deinen Unterschied unter dramatischen und lyrischen Dichtern erkenne ich an. Aber vergisst und verliert der bildende Künstler nicht auch sich selbst, wie der dramatische Dichter? Versinkt der Musiker nicht in sich selbst, wie der letztere (d. h. der Lyriker)? Kann man nicht beides vom Denker sagen?"[24]) Wilhelm muss im vorangehenden Briefe den Unterschied dahin formuliert haben, dass der Dramatiker die eigene Persönlichkeit zu vergessen und aufzugeben habe, während der Lyriker nur ganz in sich zu versinken brauche, um sein Bestes zu schaffen.[25]) Aber Friedrich genügt die Beschränkung auf das Gebiet der Dichtkunst nicht, er muss, wenn auch nur vergleichsweise, bildende Kunst, Musik und Philosophie heranziehen.

Im Januar 1794 siedelte der bis an sein Lebensende Unstäte nach Dresden über, wo seine verheiratete Schwester lebte, und in die anderthalb Jahre seines dortigen Aufenthaltes fallen die Anfänge seiner öffentlichen Schriftstellerei. Die zunächst ausschliesslich dem klassischen Altertum gewidmeten Aufsätze geben das Programm und die

---

[23]) Neudr. S. 26 f. Werke I. 34. — [24]) Walzel S. 155. — [25]) Später im ersten Teil der Berliner Vorlesungen (1802) lautet dann allerdings die knappe, gerade deshalb besonders prägnante Aufzeichnung über diesen Punkt anders, nämlich: „Das Epische das rein Objektive im menschlichen Geiste. Das Lyrische das rein Subjektive. Das Dramatische die Durchdringung von beiden." (Ausg. von Minor in Seufferts Deutsch. Litt. Denkm. Nr. 17 [1884] S. 357.)

teilweise Ausführung seines Vorhabens, für die griechische
Poesie das zu leisten, was Winckelmann für die antike Kunst
geleistet hatte.[26]) Er wollte die Frage beantworten, die
Herder schon 1767 aufgeworfen hatte: „Wo ist aber noch
ein deutscher Winckelmann, der uns den Tempel der griechischen Weisheit und Dichtkunst so eröffne, als er den
Künstlern das Geheimnis der Griechen und Römer von ferne
gezeigt?"[27]) Aber wie sein ganzes Leben lang, so geht es
ihm schon hier bei seinem ersten Auftreten: er kommt über
Fragmente nicht hinaus. Aus äusseren und noch mehr aus
inneren Gründen bleibt das grosse Werk, die „Geschichte der
griechischen Poesie" ungeschrieben, und seine weitaus-
greifenden, geistreichen und anregenden Ideen verzetteln
sich in kleinen Aufsätzen, die wohl im Augenblick, aber
nicht auf die Dauer stark gewirkt haben. In den Briefen
an den Bruder, in denen nun schon an allen Ecken und
Enden der künftige Fragmentist herausguckt, bleiben die oft
ausgedehnten theoretischen Erörterungen meist im Bereiche
der Dichtkunst stehen. Aber wir beobachten, wie sich ihm
das Thema des Buches unter den Händen erweitert: „Die
Geschichte der griechischen Poesie ist eine vollständige
Naturgeschichte des Schönen und der Kunst, daher ist mein
Werk — Aesthetik. Diese ist bisher noch nicht erfunden, sie
ist das philosophische Resultat der Geschichte der Aesthetik
und auch der einzige Schlüssel derselben.[28]) — Das philosophische Gespräch, historische Kunst, Beredsamkeit ver-
halten sich zur Poesie etwan wie Baukunst zur Bildhauerkunst; sie enthalten Poetisches."[29]) Der Vergleich ist nicht
ganz klar. Friedrich will nicht sowohl sagen, dass, wie die
Architektur Plastisches, so Gespräch, Geschichtschreibung
und Beredsamkeit Poetisches enthalten, als vielmehr, dass

---

[26]) Walzel S. 163. — [27]) In den „Fragmenten über die neuere
deutsche Litteratur" II. Samml. S. 273. Suphans Ausgabe I. 298. Die
Stelle ist schon von Bernays angezogen worden in seinem schönen
Aufsatze „Friedrich Schlegel und die Xenien". (Grenzboten 1869. IV.
456 Anm.) — [28]) Ich vermute hier einen Schreibfehler. Friedrich wollte
doch wohl sagen: „das philosophische Resultat der Geschichte der
Kunst" u. s. w. — [29]) Brief vom 5. April 1794. Walzel S. 173.

diese zunächst praktischen Zwecken dienenden Gattungen ebenso teil hätten am Poetischen, das von solchen Rücksichten frei zu ureigener Machtvollkommenheit sich entwickelt, wie die zunächst praktischen Zwecken dienende Baukunst am allgemein Künstlerischen teil hat. Nur ist statt Kunst schlechthin ungeschickter Weise bloss „Bildhauerkunst" gesetzt, weil der Schreiber nur an die Antike denkt, die ihm immer noch die Kunst überhaupt repräsentiert. Dass zu solchem umfassenden Werke ihm „die Kenntnis aller Altertümer nötig sei," [30]) ist allerdings klar, und diese allzuweite Fassung seines Themas wird nicht zuletzt die Schuld daran tragen, dass es nur bruchstückweise, aber nie als Ganzes ausgeführt wurde.

In den Jahren 1794 und 1795 brachte so Schlegel eine erste Reihe von Aufsätzen in die Oeffentlichkeit, darunter die Programmschrift „Von den Schulen der griechischen Poesie", deren Einteilung Dilthey als durchaus abhängig von Winckelmanns vier Epochen der griechischen Kunstgeschichte bezeichnet, [31]) und die für uns wichtigere kleine Abhandlung „Ueber die Grenzen des Schönen", die zuerst im Maihefte des Teutschen Merkurs 1795 erschien. [32]) Es ist eine nichts weniger als klare Rhapsodie, deren Verworrenheit, wie Haym bemerkt, schon beim Titel beginnt; „denn nicht von den Grenzen, viel eher von den Elementen des Schönen ist die Rede". [33]) Der Gedankengehalt erweist sich als durchweg abhängig von den Vorgängern, von Winckelmann und ganz besonders von Schiller, dessen eben erschienene [34]) „Aesthetische Briefe" geradezu geplündert werden, aber stark Schlegelisch durchsetzt und verwirrt mit eigenen unausgegorenen Ideen. Im ganzen eine höchst unerfreuliche Leistung, von der man wohl versteht, dass sie Schiller

---

[30]) Im gleichen Briefe. Walzel S. 174. — [31]) Dilthey, Das Leben Schleiermachers I (Berlin 1870) S. 216. — [32]) In der ursprünglichen Fassung wieder abgedruckt bei Minor, Friedrich Schlegel 1794—1802. Bd. I. S. 21—27. Im Folgenden unter Minor citiert. — [33]) Haym, Die romantische Schule. Berlin 1870, S. 182. Ich citiere das Buch im Folgenden einfach mit Haym. — [34]) Im I. Band der Horen, Jahrg. 1795, Stück 1 und 2.

die Befürchtung entlockte, der Verfasser habe zum Schriftsteller kein Talent, und ihm das harte, aber kaum irgendwie
zu mildernde Urteil abzwang: „Welche Verworrenheit des
Begriffs und welche Härte des Stiles herrschte darin!" [35])
Nach Hayms kurzer, aber erschöpfender Analyse des Inhalts
der Abhandlung darf ich mich hier auf eine Hervorhebung
des für uns Wichtigsten beschränken und möchte dabei besonders darauf hinweisen, wie Schlegel hier durchweg mit
Kontrasten und Antithesen arbeitet. Die Alten, nach
Winckelmann und Schiller als „Menschen im höheren Stile"
gefeiert, sind durch Vollständigkeit und Bestimmtheit aus-
gezeichnet und ihre Kunst, „welche die Vollkommenheit erreichte", endigte in sich selbst, unsere Kunstübung dagegen
ist verworren und zerstückelt. Poesie und Wirklichkeit vereinigt fordern als Ergänzung die bildenden Künste, und hier
tritt zum ersten Male ganz scharf der durch den ganzen
Aufsatz sich hinziehende Gegensatz von Natur und Kunst
heraus: „Durch Kunst allein wird der Mensch zu einer
leeren Form, durch Natur allein wird er wild und lieblos."
Die heutigen Museen zeigen uns nur ein Gerippe der Kunst;
„Kunst und Leben sind getrennt — Und dies Gerippe war
einst Leben", nämlich bei den Griechen, und nochmals
klingen Schillersche Sehnsuchtstöne nach dem idealisierten
Altertume stark an. Nun eine neue Antithese: das Leben
ist Genuss und Kampf; der Genuss um so wertvoller, je
mehr er sich dem Schönen nähert, das heilig ist; nur im
freien Genusse des Schönen bildet sich der Geschmack, der
das Vermögen des Schönen ist. Und wieder in starker Antithese fortschreitend: „das Vorrecht der Natur ist Fülle und
Leben, das Vorrecht der Kunst ist Einheit", oder anders
gewendet: alle Kunst ist beschränkt, alle Natur unendlich.
Geradezu dithyrambisch aber wird der Verfasser, wenn er
nun in abgerissenen Sätzen über die Liebe phantasiert: sie
ist der Genuss des freien Menschen, nur der Mensch ihr
Gegenstand. Nur der Wahn der Gegenliebe ist verwerflich,
nur Absicht thöricht, nur Schwelgerei schädlich. Und weiter:

---

[35]) Brief an Körner vom 4. Juli 1795. Schillers Briefe, ed. Jonas
Bd. IV S. 201.

Erkenntnis ist Anstrengung, Glauben Genuss; die Früchte
des Glaubens sind der Lohn für die Anstrengung des Denkens! Dann steigt er auf zum Preise der Vaterlandsliebe:
„Der höchste Genuss ist die Liebe, die höchste Liebe die
Vaterlandsliebe", wobei wieder die Griechen im Gegensatz
zu den barbarischen Römern als Beispiel dienen müssen.
Geradezu mystisch aber klingen dann die Sätze, worin die
drei Begriffe Liebe, Natur und Kunst in Zusammenhang gesetzt werden: „Reine Liebe ist schlechthin arm; all' ihre
Fülle ist eine Gabe der Natur. Reine Natur ist nichts als
Fülle; alle Harmonie ist ein Geschenk der Liebe. In der
Kunst vermählen sich Fülle und Harmonie." Und das be-
weisende Beispiel bietet wiederum die Antike: „Im Sophokles
vereinigen sich die Kraft der Liebe und die Fülle der Natur
und ordnen sich unter das Gesetz der Kunst." Aber noch
ist eine letzte Steigerung übrig: „Mass ist der Gipfel der
Lebenskunst. Nur durch Vollständigkeit kann er erreicht
werden." Diese aber tritt nur „plötzlich und unbegreiflich wie
ein Fund" in das Dasein des Menschen, der so „ein neues
Stück seines unbekannten Selbst" gewinnt. „Er danke dem
unbekannten Gotte! Die gefundene Eintracht ist nicht sein
Verdienst, aber seine That." Mit dieser letzten Antithese
schliesst der verworrene Aufsatz verworren genug ab; er zeigt
auch Friedrichs Ansichten über Kunst in höchster Gärung:
ist ihm dieselbe einerseits beschränkt im Gegensatz zur „unendlichen" Natur, so vermählen sich andrerseits in ihr doch Fülle
und Harmonie, d. h. reine Natur und Liebe, wie Sophokles
beweisen soll, ein kaum zu lösender Widerspruch.

Ungleich klarer[36]) ist die nächstfolgende Schrift „Ueber
die Diotima",[37]) worin allerdings noch immer ein idealisti-
sches Griechentum als das thatsächliche gefasst wird. Friedrich

---

[36]) Auch August Wilhelm erkannte gleich den Fortschritt; er
schrieb über die Diotima an Schiller: „Nach meinem Bedünken ist es
das Reifste, was er bis jetzt hat drucken lassen." Preuss. Jahrbücher
IX. S. 201. Vergl. auch Schiller an Körner, 19. Okt. 1795. Schillers
Briefe, ed. Jonas, IV. 296 f. — [37]) Biesters Berlin. Monatsschr. XXVI.
1795. Juli und August. Bei Minor I. 46—74. Vergl. Haym S. 184 ff.
Der Aufsatz bildete dann einen Teil des ersten Buches Friedrichs: „Die
Griechen und Römer." I. Bd. 1797.

wirft darin nur ganz beiläufig einen Seitenblick auf bildende
Kunst, wieder, wie so oft, um eine seiner gewagten Behaup-
tungen damit zu exemplifizieren. Zum Beweise dafür, dass „die
Griechen für weibliche Anmut und Schönheit nicht weniger
empfänglich, zur Liebe nicht weniger reizbar als die Goten
sind", beruft er sich auf die erhaltenen Denkmäler bildender
Kunst und erkennt im Kreise der idealischen Gestalten ihrer
weiblichen Gottheiten einen „vollen Kranz aus den schönsten
Blüten der Weiblichkeit geflochten": „Auch die wenigen
Ueberbleibsel der griechischen bildenden Kunst beweisen nicht
nur, dass, wie überhaupt, so auch in der Darstellung der weiblichen Gestalt, während der guten Zeit das Reizende dem
Schönen untergeordnet und auch nach dem Verfalle des Ge-
schmacks selbst in Werken mittelmässiger Künstler nicht das
Einzelne, sondern das Allgemeine dargestellt ward (mehr, als
man oft von den besten neueren Künstlern aller Art aus Zeit-
altern, die man goldene nennt, sagen kann), sondern sie beweisen auch die feinste Gabe, die zartesten Eigentümlich-
keiten der weiblichen Natur aufzufassen und mitzuteilen".[38]
Wir dürfen hier wohl fragen, an welche Antiken er zunächst
denke. Die Antwort darauf werden wir uns bei den einzigen
Originalen, die er bis jetzt gesehen, in der Dresdener Sammlung, holen, obgleich er natürlich auch unter den Mengsischen
Abgüssen, sowie aus Abbildungswerken, die allerdings an Zahl
wie an Zuverlässigkeit gar weit hinter den uns heute so selbst-
verständlich und unentbehrlich erscheinenden Photographien
zurückstanden, manches einschlägige Bildwerk finden konnte.
Aber die Dresdener Originale gaben genügend Material, um
seine Sätze zu stützen. So mag denn nur für die Unterordnung des Reizenden unter das Schöne und für die Hervorhebung des Allgemeinen über das Einzelne auf die verschiedenen Pallas-Statuen, für die feinfühlige Darstellung zarter
Weiblichkeit aber vor allem auf die vorzügliche Replik der
mediceischen Venus und nach anderer Seite auf die herrlichen.
1715 in Herculanum gefundenen Frauen- und Mädchenstatuen
hingewiesen werden, die auch heute noch den wertvollsten

[38] Min. I. 64.

Schmuck der Sammlung bilden;[39]) auch die schöne Statue einer halbnackten, sitzenden Frau, früher als Agrippina bezeichnet, mochte ihm dabei vorschweben.[40])

Für dasselbe Jahr 1795, das August Wilhelm aus Amsterdam in die Heimat zurückführte, ergeben Friedrichs Briefe an ihn reichere Ausbeute. Wie vielfache Vergleiche holt er da aus dem Gebiete der bildenden Kunst, besonders wenn man bedenkt, wie klein doch das Material von Werken war, das er kannte. So vergleicht er[41]) den „Duft des Altertums" χνοῦς ἀρχαιότητος[42]) mit der lebendigen Luft in Claude Lorrains Landschaften[43]) und findet diesen Duft wieder in des Bruders Stil. Wie hoch er diesen überhaupt damals wertete, beweist der Vorschlag einer gemeinsamen Uebersiedelung nach Rom, wo er selbst in den griechischen Schätzen der Bibliotheken wühlen wollte, Wilhelm aber das von Winckelmann begonnene Werk vollenden sollte.[44]) Ein andermal giebt er in saloppster Form eine Definition des Künstlers[45]): „Wenn du mir erlauben willst, ohne mich des Rotwelsch zu beschuldigen, dass ich alle die, welche sich der Ausbildung in sich und der Mitteilung gegen andere desjenigen ausschliesslich widmen, was eigentlich für jeden Menschen höchster Zweck des Lebens ist, Künstler zu nennen (sic!): so giebt es drei Arten Künstler. Ihr Ziel ist das Wahre, das Gute, das Schöne".[46]) Diese Definition begreift allerdings jeden geistig Schaffenden und Strebenden in sich und muss uns bedenklich machen, das

---

[39]) Von Winckelmann schon in seiner Erstlingsschrift (Seufferts Litt. Denkm. Nr. 20. S. 21) als „diese drei göttlichen Stücke" gebührend hervorgehoben. — [40]) Man findet die Abb. aller hier genannten Werke am besten bei einander in dem schönen Sammelwerk: Augusteum, Dresdens antike Denkmäler enthaltend. Herausgeg. von W. G. Becker. Leipzig 1804—1811. — [41]) Im Brief vom 7. Dez. 1794. Walzel S. 201. — [42]) Nach Dionys von Halikarnass, ad Pompeium 2, 4. — [43]) Er kannte die beiden herrlichen Stücke der Dresdener Galerie, die „Flucht nach Aegypten" (heute Nr. 730) und „Akis und Galatea" (Nr. 731). — [44]) Brief vom 7. April 1795. Walzel S. 212 f. — [45]) Brief vom 17. August 1795. Walzel S. 236. — [46]) Eines der Lyceumsfragmente von 1797 bringt einen sehr ähnlichen Gedanken in kürzere, klarere Form: „Nicht die Kunst und die Werke machen den Künstler, sondern der Sinn und die Begeisterung und der Trieb." (Minor II. 192.)

Wort bei Friedrich immer genau auf den im Zusammenhang
gegebenen Inhalt zu prüfen, ehe wir es unserm heutigen Sprach-
gebrauch entsprechend auch oder gar nur auf den bildenden
Künstler beziehen. Noch immer stellt er Raffael und Mengs
gleichberechtigt nebeneinander[47]) und ermahnt den Bruder,
bei dem geplanten Dresdener Besuche ja nicht zu wenig Zeit
auf die Kunstsachen zu rechnen: zehn Vormittage für die
Galerie, die Gipse mehreremale, die Antiken, Kupferstich-
galerie, einzelne Ateliers und Privatsammlungen,[48]) man sieht,
er hat es gründlich vor.

August Wilhelm, sein „ältester und genauester Freund"[49])
kam denn auch im Frühling 1796 für einen Monat nach Dresden,
und bald nachher begab sich Friedrich zu ihm nach Jena.
Aber schon im Juli 1797 übersiedelte er, inzwischen infolge
seiner Angriffe mit Schiller zerfallen,[50]) nach Berlin. Wohl
noch in Jena schrieb er für Reichardts „Lyceum der schönen
Künste"[51]) jenen, da es bei ihm doch einmal ohne Fragment
nicht abgehen kann, als „Fragment einer Charakteristik der
deutschen Klassiker" bezeichneten Aufsatz über Georg
Forster, eine Rettung im Lessingschen Sinne, um den Vielgeschmähten besonders auch gegen die „Xenien", die ihn kurz
vorher so grimmig angegriffen hatten, als Mensch, Schriftsteller und Charakter zu verteidigen. Als gesellschaftlichen
Schriftsteller charakterisiert er ihn in vorzüglicher Weise und
meint, nicht seine Kunsturteile im einzelnen hätte man tadeln
sollen, sondern zugeben, dass ihm eigentliches Kunstgefühl
auch in der Poesie ganz gefehlt habe. Er habe im Kunstwerk immer nur die „grossen und edlen Menschen", „die
erhabene oder reizende Natur" bewundert, wie denn sein
Naturgefühl, auch sein Sinn für dichterische Naturge-

---

[47]) Undatierter Brief, Ende 1795. Walzel 242. — [48]) Brief vom
30. Januar 1796. Walzel 260 f. — [49]) Friedrich an Böttiger. Archiv
f. Litt. Gesch. XV. 404. — [50]) Für den Bruch mit Schiller vergl. neben
den bekannten neueren Darstellungen von Minor und Walzel auch
den oben (S. 7 Anm. 27) citierten Aufsatz von Bernays, sowie die
knappe und klare Darlegung des ganzen Verhältnisses der Schlegel
zu Schiller von Fritz Jonas (Schillers Briefe VII, 1896, S. 404—408.)
[51]) Bd. 1. 1. Berlin 1797. S. 32–78. Minor II, 119–139.

wächse[52]) tief und lebendig war. Seine Kunstlehre ist aus
„dem notwendigen Gesichtspunkt der gebildeten Klassen"
erwachsen und die „wesentlichen Grundgesetze derjenigen
künstlerischen Sittlichkeit, ohne welche der Künstler in der
Kunst sinken und seine künstlerische Würde und Selbstän-
digkeit verlieren muss", hat er nicht nur vorgetragen, sondern
auch treu befolgt. In all dem erfreut eine bei Friedrich
seltene und deshalb um so anerkennenswertere Objektivität,
ja er lässt sogar Forsters Ansicht der Griechen, „die er vorzüglich von seiten der urbildlichen und unerreichbaren Einzig-
keit ihrer Kunst fasste", wenn auch nur bedingt, als „die
richtigste unter den oberflächlichen" gelten, was bei ihm
damals sehr viel heissen will: betrachtete er sich doch als
den einzigen Deutschen, der die Griechen so ganz von Grund
aus erfasst habe. Er schliesst die Charakteristik mit dem
Preise Forsters als eines wahren Künstlers auf seinem Gebiete,
dem des Schriftstellers.

Eine ähnliche Rettung im Sinne Lessings war auch Friedrichs nächste Arbeit, und zwar galt sie keinem Geringeren als
Lessing selbst.[53]) Ihm fühlte er sich innerlich verwandt,
und so schuf er hier in einer seiner glänzendsten Leistungen
eine Charakteristik, die mancher Seite Lessingschen Wesens,
vor allem der grossen Persönlichkeit erschöpfend gerecht wird
(„er selbst war mehr wert als alle seine Talente") und heute
noch zum Besten gehört, was über Lessing geschrieben ist;
nur seine dichterische Begabung und Bedeutung wird stark
unterschätzt. Mit seinen Kunsttheorien ist Schlegel nicht
einverstanden, den „Laokoon" hat er „ganz unbefriedigt und
daher ganz missvergnügt" weggelegt. Aber sofort erfahren

---

[52]) Den Beweis dafür sieht er in der Çakuntala, die Forster bekanntlich nach der englischen Uebersetzung von William Jones (1789)
zuerst ins Deutsche übertrug (1791; eine von Herder besorgte Neu-
ausgabe 1804) und in der wir heute allerdings kein „dichterisches
Naturgewächs" mehr, sondern eine höchste Leistung fein ausgebildeter
Kunstpoesie erkennen. — [53]) Lyceum der schönen Künste 1797. I. 2.
S. 76—128. Minor II. 140—164. Es war Friedrichs Einführung in Berlin, der Todesstoss gegen den verwässerten, mit Lessings Namen sich
brüstenden Rationalismus eines Nicolai und Genossen, denen gegenüber er hier „Lessings Geist im ganzen" charakterisieren wollte.

wir auch den Grund: er hat darin gesucht, was dort nicht zu
finden ist, noch sein kann, „die baare und blanke und felsen-
feste Wissenschaft über die ersten und letzten Gründe der
bildenden Kunst und ihr Verhältnis zur Poesie". Leider ist
auch diese Arbeit Fragment geblieben.

Zusammenfassend können wir sagen, dass Friedrich
Schlegel in dieser seiner ersten Periode, wie er schriftstellerisch
mit wenigen, erst ihrem Ende angehörigen Ausnahmen sich
ausschliesslich mit dem klassischen Altertum beschäftigt, so
auch künstlerisch seine Bildung in erster Linie der Antike
verdankt. Diese und ihr Deuter Winckelmann sind seine
Führer im Gebiete der bildenden Kunst, sie sind ihm die
unangreifbaren, vollendeten Muster, die beide noch lange für
ihn kanonische Geltung behielten, und von denen er sich erst
spät unter dem Einflusse nicht einer umfassenderen und ge-
klärteren, sondern einer engeren, weil ausschliesslich vom ortho-
dox katholischen Standpunkte aus bestimmten Kunstauffassung
immer entschiedener abwandte. Daneben tritt schon, je länger,
je mehr, die neuere Kunst in seinen Gesichtskreis, vertreten
durch eine ihrer reichhaltigsten Schatzkammern, die Dresdener
Galerie, noch ohne dass wir mehr als flüchtige Spuren davon
in seinen Aeusserungen verfolgen könnten. Den künftigen
Kunstschriftsteller dagegen sehen wir in Briefen und Schriften
deutlich sich entwickeln, wenn er auch noch keine selb-
ständige, nur der bildenden Kunst gewidmete Arbeit zu ver-
zeichnen hat.

August Wilhelm Schlegels Anfänge und erste Aeusserungen über bildende Kunst.

Der ältere der beiden Brüder, die einer neuen, für unsere litterarische Entwicklung so bedeutsamen, wenn auch an bleibenden Werken armen Richtung der deutschen Dichtung Wege und Ziele weisen sollten, war als Neunzehnjähriger 1786 zum Studium nach Göttingen gekommen. Hier veröffentlichte er schon frühe (nach damaligen Begriffen: unsere Modernsten pflegen ja mit zwanzig Jahren vielfach ihren „Höhepunkt" schon überschritten zu haben) als Schützling und Genosse des Dichters Bürger in dessen Publikationen Proben seines vielversprechenden Talentes. Schon in diesen ersten gedruckten Versen, die sichtlich unter dem Einflusse des verehrten Meisters, sowie auch unter dem Schillers[1]) stehen, greift er gelegentlich in das Gebiet der bildenden Kunst hinüber, zum mindesten in Hinweisen auf mythologische Gestalten, die ihm wohl sicher durch Kunstwerke innerlich nahe gebracht und so in seiner Phantasie lebendig geworden waren. So wenn er in den 1788 entstandenen, aber erst 1792 im Göttinger Musenalmanach gedruckten „Strophen an die Rhapsodin" mit einem Blick auf eine wohlbekannte Gestalt antiker Mythologie ausruft:

> In Narcissus' Wahn versunken
> Könnt' ich ewig schauen, trunken
> Auf die Quelle hingeneigt,[2])

wobei wir allerdings nicht etwa an die heute weltbekannte.

---

[1]) Haym S. 146. — [2]) A. W. Schlegels sämmtl. Werke, herausgeg. von Böcking, Leipzig 1846/47. 12 Bände (künftig als S. W. citiert). I. 10 f. Auch ein späteres Sonett (I. 332) behandelt Narcissus, jedoch ohne Anklang an irgend ein Werk der bildenden Kunst.

reizende Bronzestatuette des Museums zu Neapel, die erst 1862
in Pompei gefunden wurde, denken dürfen, wohl aber an
italienische Gemälde, da der Stoff vielfach behandelt worden
ist. — Darstellungen römischer Sarkophage und Bilder der
italienischen Renaissance, vor allem das herrliche, heute in
der National-Gallery zu London befindliche Werk des Tizian,[3]
sowie solche des Rubens[4]) steigen uns dagegen in der Erinnerung auf bei Schlegels erster Behandlung eines mythologischen Stoffes, dem „Adonis".[6] Er eröffnet jene Reihe Gedichte
aus diesem Gebiete, worin August Wilhelm als frei schaffender
Poet sein Bestes geleistet hat, und zu der auch als eines der
ganz wenigen, bis heute (in Schulbüchern und Anthologien)
lebendig gebliebenen der „Arion" gehört. In demselben Kreise
bewegt sich auch das allzu ausgedehnte Pracht- und Prunk-
stück des nächsten Jahres, die „Ariadne".[6] Die üppig hin-
rauschenden Strophen muten uns an wie eine Folge farben-
strahlender, etwa von einem Tizian oder Rubens hingezauberter
Gemälde, und insbesondere wird der Moment, wie Bacchus sich
leicht von dem tigerbespannten Wagen zu der Verlassenen
herabschwingt, uns das Bild des grossen Venezianers in der
Londoner Nationalgalerie wachrufen; Schlegel konnte dasselbe
gar wohl aus einem der älteren Stiche, etwa dem Juster's,
der um 1690 in Venedig, oder dem des Genuesen Andrea
Podesta, der um 1640 in Rom blühte, kennen.[7] Nach des

---

[3]) Schlegel konnte dies Bild Tizians sehr wohl aus einem älteren
Stiche kennen, z. B. aus dem Raf. Sadelers von 1610, oder aus dem
schönen, wertvollen Blatte des Martinus Rota aus der zweiten Hälfte
des 16. Jahrhunderts.   [4]) In Dresden allein behandeln folgende Bilder
den Stoff: Nr. 182 u. 183 Kopien nach Tizian; 238 nach Paolo Veronese, 244 Schule desselben; 364 u. 366 Guercino; 521 Aless. Turchi
(l'Orbetto) u. 524 dessen Schule; 991 nach Rubens (Werkstattwieder-
holung des Petersburger Bildes). Davon enthielt das alte von Heineken
herausgegebene Galeriewerk, das Schlegel jedenfalls kannte, 364 in
einem Stiche von L. Lemperour (Bd. II. 1757. Bl. 23) und 521 in einem
Stiche von Beauvarlet (ib. Bl. 15). — [5]) Erster Druck im Musenalmanach
1789. S. W. II. 352 ff. — [6]) Erster Druck in Bürgers Akademie der
Redekünste 1790. S. W. I. 186—190. — [7]) Auch hier mögen die in
Dresden befindlichen malerischen Behandlungen des Stoffes genannt
sein: 138 Garofalo; 538 Carpione; 475 u. 484 Luca Giordano; 572 Francesco Migliori; 1009 Jak. Jordaens; endlich 2183 Angelika Kaufmann.

Dichters eigener Angabe liegt dagegen einem Sonette des folgenden Jahres, dem ersten „Gemäldesonette", dem in späteren Jahren so manche folgen sollten, „Cleopatra",[8] ein Bild von Guido Reni,[9] zu grunde, d. h. für die beiden Quartette, während sich der jugendliche Poet in den Terzinen freier macht und vom Bilde ganz absieht.

Im gleichen Jahre 1790 war auch die in Bürgers „Akademie der Redekünste" 1791[10] gedruckte Recension der „Künstler" Schillers geschrieben, Wilhelms erste Leistung auf dem Gebiete litterarischer Kritik, das so recht eigentlich das seine werden und worin er neben seinen Uebersetzungen sein Bestes und Bleibendstes geben sollte. Die genau ins einzelne gehende poetische Analyse des Gedichtes, über welche sich Schiller noch 5 Jahre später dem Verfasser gegenüber sehr anerkennend[11] äusserte, dürfen wir hier übergehen; dagegen treten an einigen Stellen des Verfassers damalige Kunstanschauungen bedeutsam zutage. So wenn er vom Dichter verlangt, dass er in einem Gedichte über die Dichtkunst nicht bloss über die Begeisterung philosophiere, sondern seine Leser sie ahnen lasse und vom Schönen und Erhabenen anschauliche Ideen geben solle, und dann fortfährt: „Man hat gute Gedichte über die bildenden Künste. Aber man lese gegen Watelet[12] und andre Winckelmann über den vatikanischen Apoll[13] oder Lavater in einigen Stellen der Physiognomik: wie weit poetischer! das heisst nicht: weniger wahr und gründlich, sondern

Davon nur 475 in einem Stiche von F. Basan als Blatt 39 im I. Bde. des alten Galeriewerkes (1753) enthalten. — *) Erster Druck Göttinger Musenalmanach 1790 S. 65. S. W. I. 328. — [9] Es ist mir nicht gelungen, zu ermitteln, welches Bild Guidos Schlegel hierbei vor Augen hatte. Zu den zwei von Rob. Strange nach Originalen in Privatsammlungen 1753 und 1777 gestochenen Blättern stimmt die poetische Schilderung nicht. — [10] I. Bd. 2. Stück S. 127—179. S. W. VII. 3—23. — [11] Brief vom 5. Okt. 1795: „Sie haben in Bürgers Akademie der Redekünste ein so geistreiches Urteil über meine Künstler gefällt, dass ich einem solchen Leser und Kunstrichter Genüge zu thun lebhaft interessiert bin" Schillers Briefe, ed. Jonas, IV. 287. — [12] Claude Henri Watelets (1718—1768) didaktisches Gedicht „l'art de peindre" erschien Amsterdam 1760 (deutsch von Lehninger Leipzig 1763). — [13] In § 11 des 3. Kapitels des XI. Buches der Geschichte der Kunst des Altertums. (Donaueschinger Gesamtausgabe der Werke Bd. VI S. 221 224.)

fähiger, in das Innere teilnehmender Seelen zu dringen, weil
der, welcher schrieb, bei vieler Regsamkeit der Seele, den
Ausdruck so tief als möglich aus seinem Innern zu schöpfen
suchte. Welch ein Stoff zu einem Gedichte wäre z. B. das
Idealschöne in der Kunst! Selbst der streng prüfende Mengs[14])
wird darüber beinahe zum Poeten".[15]) Und wie hier nicht
nur die grosse Belesenheit des jugendlichen Kritikers, sondern
auch seine Feinfühligkeit im besten Lichte erscheint, so giebt
er im Folgenden mit sicheren Strichen den einzig richtigen
Standpunkt für die Beurteilung des Schillerschen Gedichtes,
bei dem man nicht fragen dürfe: ist das geschehen? lässt sich
das so beweisen? sondern das Darstellung des Bildes sei. „das
ein Geist wie der seinige, nach dem Genusse, den ihm die
schönen Künste gaben, nach dem Einflusse, den sie auf sein
Leben hatten, von dem Ursprunge und Fortgange derselben
und ihren Wirkungen auf das gesamte Menschengeschlecht
sich machen musste". Zu dem Verse „Die Kraft, die in des
Fechters Muskel schwillt" bemerkt er: „Statt Fechter wünschte
ich, es möchte lieber Ringer oder Kämpfer stehen. Die
Kunst hat nie Fechter, Gladiatoren gebildet, obgleich die
gemeine Meinung es behauptet. Bei den Griechen gab es ja
nicht einmal solche".[16]) Diese Ansicht ruht auf der Autorität
Winckelmanns,[17]) der auch den im 16. Jahrh. gefundenen
„sterbenden Fechter" des Kapitols, wie der verwundet auf
seinem Schilde liegende Gallier damals populär ebenso allgemein als heute, jedenfalls von Schiller so gut als Heinse,[18])
Byron[19]) und Chênedollé[20]) gefasst wurde, als verwundeten
Herold, vielleicht Copreas deutete. Aber sie ist durch die
Denkmäler widerlegt; ich erinnere nur an den Mosaikboden

---

[14]) Mengs in den „Gedanken über die Schönheit und den Geschmack
in der Malerei" (Zürich 1762) und mehrfach. — [15]) S. W. VII. S. 6. Die
später angeführten Stellen S. 19. — [16]) Schiller hat in den „Gedichten"
1803 „Ringer" statt „Fechter" eingesetzt. — [17]) Gesch. d. Kunst, Buch
IX. Kap. 2. Donaueschinger Ges.-Ausg. V. 389 f. — [18]) Im Ardinghello,
Schriften, ed. Laube II. 60. — [19]) Childe Harolds Pilgrimage IV. 140 u.
141. — [20]) In der ersten Ode der „études poétiques" (Paris 1820, 2. Aufl.
1822) „le gladiateur mourant", die stark von Byron beeinflusst ist.
Dieselbe Sammlung enthält (2. Aufl. Buch I N. 25) eine verkürzte Nach-
dichtung von A. W. Schlegels „Lebensmelodien": les harmonies de la vie.

in Villa Borghese mit der Darstellung eines grossen Gladiatoren-schauspiels; er wurde allerdings erst 1834, aber immerhin noch zu Lebzeiten Schlegels, in den Ruinen einer Villa bei Tusculum gefunden. Zu der ganzen Stelle des Schillerschen Gedichtes, der die getadelte Zeile angehört, schreibt der Recensent: „Die Erhöhung der Kunst zum Idealschönen wird hier mit kurzen, aber treffenden Zügen geschildert, hauptsächlich von der Seite, dass das Ideal aus der Verschmelzung verschiedener Charaktere von Schönheit zu einem Ganzen entspringt." Wie Schiller selbst in diesen Versen (254—265), so geht auch Schlegel in seiner Beurteilung hier auf den Wegen Winckelmanns, der in der „Geschichte der Kunst" mehrfach, besonders im zweiten Kapitel des vierten Buches,[21]) sich über seine Auffassung des Idealschönen ausgesprochen und den Satz aufgestellt hatte: „Diese Wahl der schönsten Teile und deren harmonische Verbindung in einer Figur brachte die idealische Schönheit hervor."

Schlegels Recensionen in den Göttinger „Anzeigen von gelehrten Sachen" sind wenig bedeutend. um so wichtiger wird seine kritische Thätigkeit nach seiner Rückkehr aus der „Verbannung", nach der dreijährigen Amsterdamer Abwesenheit vom Vaterlande. Er kam 1796 nach Jena, von Goethe als erwünschter Bundesgenosse auch in künstlerischen Dingen freudig begrüsst,[22]) und entfaltete nun jene geradezu phänomenale Thätigkeit, die, mögen wir auch die Mithilfe seiner geistvollen und hochgebildeten Gattin Caroline noch so hoch anschlagen, uns bei jedem neuen Hinzutreten neue staunende Bewunderung abnötigt. In den nächsten dreiundeinhalb Jahren brachte die „Allgemeine Litteraturzeitung" an die dreihundert Besprechungen aus seiner Feder, darunter viele von

---

[21]) Donaueschinger Ges.-Ausg. IV. S. 68 u. 70 ff. — [22]) Brief vom 20. Mai 1796 an Heinrich Meyer: „Wilhelm Schlegel ist nun hier, und es ist zu hoffen, dass er einschlägt. So viel ich habe vernehmen können, ist er in ästhetischen Haupt- und Grundideen mit uns einig, ein sehr guter Kopf, lebhaft, thätig und gewandt. Leider ist freilich schon bemerklich, dass er einige demokratische Tendenz haben mag, wodurch denn manche Gesichtspunkte sogleich verrückt und die Uebersicht über gewisse Dinge eben so schlimm als durch eingefleischt aristokratische Vorstellungsart verhindert wird." (Weimarer Ausg. Briefe XI. 66 f.)

eben so bedeutendem äussern Umfang als tiefgründigem innern
Gehalte.[23]) Bevor er in Jena eintraf, hatte er in Dresden mit
Bruder Friedrich die dortigen Kunstschätze gründlich durch-
genommen, und wir werden die Nachklänge dieses Besuches
öfters heraushören aus den Aussprüchen über bildende Kunst,
die wir nun aus dieser Masse Recensionen herausheben wollen.
Gleich die erste darunter über die zehn ersten Stücke der
Schillerschen „Horen"[24]) ist eine glänzende, mit feinstem
Verständnis eindringende Leistung. Darin bemerkt er zu
Goethes römischen Elegien XIII, 21 „Das Antike war neu, da
jene Glücklichen lebten":[25]) „Nur an der lebenden Welt kann
sich die Brust des Künstlers und Dichters erwärmen; nur
eigene Ansichten des Wirklichen treten wie unabhängige
Wesen hervor, wenn sie der Spiegel einer reinen, lichthellen
Phantasie zurückwirft. Die kühle Begeisterung dessen, der
wahre Verhältnisse seines Daseins darzustellen vorgiebt und
sich doch in einem willkürlich erborgten, aber gelehrt beob-
achteten Kostüm gefällt, mag den Antiquar entzücken. Der
unbefangene Freund des Wahren und Schönen, welcher nicht
an diesen oder jenen Aeusserlichkeiten desselben hängen bleibt,
sondern in das Innere dringt, wird hingegen wünschen, dass
sich eigentümlicher Geist immer in der angemessensten, natür-
lichsten, eigensten Form offenbare." Eine ebenso richtige
als feinfühlige Anmerkung, die man auch heute noch manchem
Butzenscheibenlyriker oder Verfasser antiquarisch gelehrter,
sogenannter historischer Romane mit Recht entgegenhalten
kann, wie sie nicht minder für den bildenden Künstler heute
noch so gut gilt als vor 100 Jahren. — Auch die Bedeutung
des römischen Lokales für jene reifen, schwellenden, auf
römischen Boden erwachsenen Früchte Goethescher Liebes-

---

[23]) Die bedeutsamsten hat Schlegel, meist gekürzt und im einzelnen
vielfach verändert, in seine gemeinsam mit Friedrich herausgegebenen
„Charakteristiken und Kritiken" (2 Bde. 1810) aufgenommen. Ich citiere
im Folgenden mit Angabe des ersten Druckes stets nach S. W. X u. XI.
wo sie von Böcking sämtlich in der ursprünglichen Form abgedruckt
sind. — [24]) Allg. Litt. Ztg. 1796 Nr. 4. S. W. X 59—91. Die im Folg.
hervorgehobenen Stellen S. 63 f. und 66 f. — [25]) Später mit Um-
stellung: „War das Antike doch neu, da . . . . ."

lyrik ist mit starker Betonung hervorgehoben. Der hoheits-
volle Kolossalkopf der Juno Ludovisi, der ihm nicht nur durch
Winckelmann, sondern seit den Dresdener Tagen auch im
Abguss bekannt war, fällt ihm ein bei der Besprechung der
Vossischen Homerübersetzung von 1793²⁶): auf eine solche
Gestalt, meint er, würde die Uebertragung von βοῶπις πότνια
Ἥρη durch „hoheitblickende Herrin" vortrefflich passen, aber
Bürgers „farrenäugige Here" scheint ihm getreuer im Tone
Homers zu bleiben.

Demselben Jahre 1796 gehört unter seinen grösseren Gedichten der „Pygmalion"²⁷) an, der schon durch die Stoffwahl auf Schlegels Beschäftigung mit bildender Kunst hinweist.
Im einzelnen aber führt er uns darin durch die Räume des
Dresdener Antikenmuseums und der Mengsschen Gipsabguss-
sammlung. Wenn Pygmalion in seine Werkstatt tritt und
rings seine stolzen Götterbilder stehen sieht, so treten dem
Dichter die geschauten Werke vor Augen.

> Auf des Donnergottes heitre Brauen
> Wallt der Locken hoher Schwung zurück

schreibt er und denkt dabei des Jupiter von Otricoli, der ja
damals noch allgemein als Nachbild des Zeus von Phidias
galt;²⁸) das weitere

> Juno thront, die Königin der Frauen

lässt uns an die Ludovisi denken, während

> Pallas senkt den sinnig ernsten Blick

vortrefflich auf eines der Dresdener Originale passt. Auch
zum folgenden

> Bacchus bietet hold die frohen Gaben,
> Weiche Jugend blüht dem Götterknaben

finden wir in mehreren Bacchus-Statuen und einem ganz

---

²⁶) Allg. Litt. Ztg. 1796 Nr. 262—267. S. W. X 115—193. Die
angezogene Stelle S. 129. — ²⁷) Zuerst Schillers Musenalmanach für
1797 S. 126—141. S. W. I 38—48. Treffend und scharf verurteilt
Dav. Fr. Strauss das Gedicht (ges. Schr. II. 153). — ²⁸) Eine weitere
Stelle: „... und mit Wohlgefallen
> Winkt ihr Zeus, und neigt den Herrscherstab;
> Locken, den Olymp erschütternd, wallen
> Auf die Stirn ambrosisch ihm herab"

lehnt sich an die bekannten Homerischen Verse an, die auch Phidias
vorgeschwebt haben sollen.

knabenhaft gebildeten Amor der Dresdener Sammlung die
Vorbilder, während die weiteren, allgemeiner gehaltenen Verse
kaum die Erinnerung an bestimmte Werke wachrufen.[29]) Nur
noch beim Beginn der nächsten Strophe:

Selbstgenügsam, in entzückter Feier
Schwebt Apoll, mit Daphne's Laub umkränzt,
Haucht Gesänge zu der stummen Leier,
Die in seinem Arm, ein Kleinod, glänzt . . .

dürfen wir wohl an den Musagetes im Vatikan denken. Deutlich erkennen wir dann in der poetischen Beschreibung der
später auf Pygmalions Flehen zum Leben erwachenden Statue
das plastische Vorbild: es ist der als Venus von Medici bekannte Typus, von welchem die Dresdener Sammlung eine
besonders schöne antike Replik besitzt.

Hüllenlos, von Unschuld nur umgeben,
Scheint sie sich der Schönheit unbewusst.
Ihre leicht gebognen Arme schweben
Vor dem Schoss und vor der zarten Brust.
Reine Harmonie durchwallt die Glieder,
Deren Umriss von der Scheitel nieder
Zu den Sohlen, hingeatmet fliegt.
Wie sich Well' in Welle schmiegt.

Diese Verse stimmen (bes. die zweite Zeile) fast noch besser
auf die grossartige Venus vom Kapitol, als auf die schon nicht
mehr ganz unbewusste Mediceerin, obgleich auch in der Dresdener Replik, soviel ich nach einer mässigen Abbildung urteilen
kann, der Zug leiser Koketterie (um mich stark auszudrücken)
bei der letzteren nicht so sehr heraustritt.

Antike Kunst war uns bisher aus Schlegels Aeusserungen
als die ihm vertraute zumeist entgegengetreten. In andere
Gebiete führt uns nun eine weitere Recension. Eine so eigenartige Erscheinung wie die von Tieck herausgegebenen ano-
nymen „Herzensergiessungen eines kunstliebenden Klosterbruders", von dem jungen, feinfühligen Heinrich Wackenroder, der von der Antike nichts wissen wollte, bespricht August

---

[29]) Indem ich hier den Wiederhall persönlicher Eindrücke des
Dichters vor antiken Bildwerken vernehme, trete ich in Widerspruch
zu Er. Schmidt, der (Vierteljahrsschrift für Litteraturgeschichte I 44
Anm.) in der ganzen Strophe nur eine sklavische Parabase der XI.
römischen Elegie Goethes sieht.

Wilhelm noch im Jahre ihres Erscheinens (1797)[30]) in überaus
anerkennender Weise. Wie er dabei gleich anfangs hervorhebt,
ist die zu grunde liegende Ansicht der Kunst nicht die gewöhn-
liche (auch nicht die seinige, hätte er hinzusetzen können!),
und deshalb sei der Verzicht auf die Sprache der Mode, die
Wahl des fremden Kostümes nur zu billigen. Auch „der
Anstrich von Schwärmerei" ist nicht verwerflich der „über-
hand nehmenden Kälte" gegenüber, und die schlichte Religiosität bei der neueren Kunst, die der Religion und der Kirche
so viel zu danken hat, wohl am Platze. Aber das Wort
„glauben" sei nur in dem Sinne zu nehmen, „dass der Betrachter sich in die Welt des Dichters und Künstlers versetzen
soll", also auch in die christliche und legendarische, wenn
dieser dahin führt, aber nicht etwa als Tendenz zum Katho-
licismus, und damit wird ein Vorwurf, der ja auch in Wirklichkeit dem Werkchen nicht erspart geblieben ist, im voraus
zurückgewiesen. An Hand des Klosterbruders empfiehlt auch
der Recensent die Künstlergeschichte und den Vasari, giebt
Proben aus dem „Leben des Leonardo da Vinci" und tadelt
„die Vermischung historischer Wahrheit und Erdichtung" in
„Raffaels Erscheinung." Mit kurzen Bemerkungen über die
musikalischen Aufsätze („Josef Berglinger"), die für uns so
wertvolles autobiographisches Material enthalten,[31]) und mit
nochmaliger Empfehlung des Buches, dessen „geschmackvolles
Aeussere" er betont,[32]) schliesst er, nicht ohne die Hoffnung auszusprechen, dass der in Aussicht gestellte zweite Teil durch
den Erfolg des ersten beschleunigt werden möchte. Dem
Wiederabdruck 1801 fügte er eine kurze Notiz über Wacken-
roders Tod und den von Tieck herausgegebenen Nachlass bei.
Sehen wir hier Schlegel einer Kunstanschauung, die nicht die
seine, aber warm und echt und der volle Ausdruck einer eigen-

---

[30]) Allg. Litt. Ztg. 1797 Nr. 46. S. W. X 363—371. — [31]) Vergl.
meinen Artikel Wackenroder in der Allg. Deutsch. Biographie Bd. 40,
bes. S. 446 f. — [32]) Daraus erhellt, wie niedrige Anforderungen selbst
ein so gebildeter Mann damals an die Ausstattung eines Buches
stellte: das Werkchen ist auf dünnes, durchscheinendes Papier schlecht
gedruckt, und eine sehr schwache Nachbildung des sog. Selbstporträts
Raffaels in den Uffizien „ziert" dasselbe.

artigen Persönlichkeit war, durchaus verständnisvoll entgegen-
kommen, so ist er dagegen scharf und unerbittlich gegen
schlechte Stümperei auf dem gleichen Gebiete. Das beweist
seine strenge Kritik von J. G. Grohmanns „Versuch zur
Bildung des Geschmackes in Werken der bildenden Künste,"[33]
den er als „teils schlechte Uebersetzung eines mittelmässigen
Buches", nämlich des Jesuiten Abbé Laugier Manière de bien
juger des ouvrages de peinture (Paris 1771). „teils zwecklose
und ohne Einsicht gemachte Kompilation aus besseren Schrift-
stellern" (Hagedorn, Mengs, Ramdohr, auch gelegentlich Goethe)
brandmarkt, indem er des Verfassers „grossen Mangel an Sach-
und Sprachkenntnissen" mit ausgewählten Beispielen kennzeichnet. Den Beschluss des Buches bilden vier, schon durch
ihre Zusammenstellung für das Durchschnittsurteil der Zeit
bezeichnende Bilderbeschreibungen: Raffaels Schule von Athen
von de Piles,[34] Correggios Nacht von Mengs,[35] Poussins Moses
in der Wüste Wasser schaffend von Köremon[36] und Mengs'
Himmelfahrt Christi von Casanova.[37] „Und so macht man
Bücher!"

In einem der bekanntesten Gedichte Schlegels, den durch
Schuberts Komposition[38] auch heute noch in gekürzter Form
lebendig gebliebenen „Lebensmelodien" (1797)[39] rühmt
sich im Zwiegespräche zwischen Schwan und Adler jener, wie
er Leda bezwungen, dieser, wie er Ganymed geraubt. Der
erste Vers erinnert an die bekannte, den Stoff behandelnde
antike Gruppe oder auch an das damals Michelangelo zuge-
schriebene Bild der Dresdener Galerie,[40] während wir beim

---

[33] Allg. Litt. Ztg. 1797 Nr. 413. S. W. XI 225 ff. — [34] Der
Maler Roger de Piles (1635—1709) in seinem „Cours de Peinture par
principes" (Paris 1708) S. 75—93. — [35] Mengs in „Leben und Werke
des Correggio": Mengs' Werke, Halle 1786, Bd. III. 145—148. — [36] Köremon (= Franz Christ. von Scheyb. † 1777), „Natur und Kunst in Gemälden" u. s. w. Wien 1770. Bd. II. 377—382. — [37] Giovanni Casanova
(1722—1795) in der Neuen Bibl. der schönen Wissenschaften Bd. III.
1766) S. 133—144. Wiederabgedruckt in „Skizze einer Geschichte der
schönen Künste in Sachsen". Dresden 1811. S. 91. [38] Op. 111 Nr. 2.
[39] Schillers Musenalmanach auf 1799 S. 111—115. S. W. I 64 ff.
[40] Ueber das Bild (heute Nr. 71) sagt Wörmann im Kataloge von
1887: „Das Bild geht unzweifelhaft auf Michelangelos berühmtes Ge-

zweiten an das herrliche Werk Rembrandts von 1635 ebenda[11])
denken mögen, zu welchem die Schilderung

> „Ich kam aus den Wolken geschossen,
> Entriss ihn den blöden Genossen,
> Ich trug in den Klauen behende
> Zum Olymp Ganymeden empor"

besonders in der dritten Zeile besser stimmt als zu der an-
mutigen, aber den Geraubten schon fast als Jüngling darstellenden antiken Gruppe im Vatikan, die auf ein Original
des Leochares zurückgeht.

Auch das folgende Jahr (1798) lässt uns in Schlegels
Recensionen allerlei Spuren seiner Kunststudien verfolgen. In
der Besprechung der „Rhapsodien aus den Papieren eines
einsamen Denkers", herausgegeben von K. L. M. Müller,[12])
referiert er kurz über dessen zweiten Aufsatz „über die Illusion
bei einem Werke schöner Kunst," der, wie er überhaupt vom
Verfasser bemerkt, mit Kantschen und Schillerschen Begriffen
operiert, und wendet sich gegen seinen Satz, dass die Kunst
nur Zustände der Empfindung im menschlichen Leben darstellen soll. Er betont dagegen, dass dem Künstler im Gegenteil alles zur Anschauung werden müsse, man also weit eher
alle Künste von der plastischen, als wie der einsame Denker
alle von der musikalischen Seite betrachten könne. Er rügt
die ungenügende Begriffsbestimmung im letzten der Aufsätze
(„Kunst und Natur vertraute Freundinnen") und empfiehlt
dem Verfasser ein genaueres Studium der Werke der Poesie
und der bildenden Kunst, sowie der Kunstgeschichte. Eine
spätere Recension behandelt die Schrift des französischen Emi-
granten S. S. Roland „Söder",[13]) d. h. über die in diesem
Schloss befindliche Gemäldegalerie des Frhrn. von Brabeck[44]),

---

mälde zurück, dessen Original sich vielleicht im Magazin der Londoner Nationalgalerie befindet. Das Dresdener Bild zeigt die Hand
eines Niederländers aus der ersten Hälfte des 17. Jahrh. und könnte
von P. P. Rubens selbst sein, welcher das Original in Fontainebleau,
wo es sich 1620 befand, kopiert haben könnte." (Vgl. auch Repertor.
VIII. 1885. S. 405–410.) — [11]) Kat. Nr. 1558. — [12]) Allg. Litt. Ztg.
1798 Nr. 167. S. W. XI. 277 ff. [13]) Allg. Litt. Ztg. 1798. Nr. 263.
S. W. XI 310–315. [14]) Ueber diese Sammlung vergl. man auch den
späteren Brief Carolinens an Schelling vom 15. Oktober 1800 (Waitz,

die eine Art Führer durch Schloss und Sammlung darstellt.
Nur wenige Bilder werden einzeln herausgegriffen, und der
Behauptung, dass Raffael leichter zu kopieren sei als Correggio,
setzt der Recensent ein energisches Fragezeichen bei: er habe
„beides unter nicht ungeschickten Händen häufig verunglücken
sehen", was nur auf Dresdener Erfahrungen zurückgehen kann,
und da er im Sommer 1798 einen längeren Aufenthalt in der
Elbestadt machte, vielleicht sogar dort geschrieben ist.
Kampflustig klingt dann die Besprechung eines frei aus dem
Italienischen des Milizia[45]) übertragenen Werkes von General
(François René Jean de) Pommereul (1745 1823) „De l'art de
voir dans les beaux arts."[46]) Er wendet sich zunächst gegen
des italienischen Autors widrige Art, eine von allen bisherigen
um jeden Preis abweichende Meinung über Kunstwerke in
schroffster Weise hinzustellen, und hält ihm Mengs als Muster
vor. Insbesondere wird seine masslose Erbitterung gegen
Michelangelo [47]) treffend zurückgewiesen: „Er scheint nicht
zu wissen, dass es viel kleiner und leichter ist, eine exzentrische
Originalität lächerlich zu machen, als sie zu fühlen und zu
fassen." Ganz konfus seien seine philosophisch-theoretischen
Ansichten und kein einziger Begriff werde festgehalten: am
besten noch sei der Teil über Architektur. Wertvoller durch
„wahrhaft einsichtsvolle Vorschläge" erscheint der originale
zweite Teil des Buches. Wenn auch hier ebenso wie bei
Milizia „die Künste für die Beförderung der Sittlichkeit arbeiten

Caroline II. 7 ff.), der eine recht lebendige Schilderung giebt. Schon
1792 war eine deutsche Beschreibung der damals noch im Hause des
Freiherrn zu Hildesheim aufgestellten Sammlung von Friedr. Wilh.
Bas. von Ramdohr in Hannover erschienen. [45]) Francesco Milizia
(1725—1798), l'arte di vedere nelle belli arti ecc. Venezia 1781. Roma
1792. Ueber den Autor vergl. Harnack, deutsches Kunstleben in Rom
(1896) S. 37 f. — [46]) Allg. Litt. Ztg. 1798. Nr. 278. S. W. XI 317—323.
— [47]) Nur ein Beispiel: über den Moses heisst es (S. 2) u. a.:
La tête, si vous lui coupez son énormissime barbe, est une tête de
satyre à crinière de sanglier. Le tout ensemble est un goujat hor-
rible drapé comme un Lazaron hors de place et oiseux ecc. Ebenso
einfältig wird (S. 7) über den nackten Christus in Santa Maria sopra
Minerva und (S. 22) über die herrliche Pietà in St. Peter abgesprochen.
Auch als Architekt kommt Michelangelo nicht besser weg: vergl.

sollen", wogegen Schlegel zwar nichts vom politischen, aber
um so mehr vom philosophischen und künstlerischen Standpunkt
einzuwenden hat,[18]) so seien doch die praktischen Vorschläge
(Aufhebung der franz. Akademie in Rom, Errichtung mehrerer
solcher in französischen Städten, Reiseunterstützung junger
Künstler, Errichtung grosser Denkmäler für die politischen
Thaten) höchst beachtenswert, wenn auch kaum von Erfolg,
da im Gegenteil in Paris immer mehr angehäuft und zentralisiert
werde. Auch mit Rücksicht auf die gewünschte Vielfältigkeit
der Schulen meint er ganz treffend: „Was die Kunst in Italien
hob, war nicht sowohl die Rivalität der Schulen als derer,
welche die Künstler auf eine grosse Art zu beschäftigen wett-
eiferten." Die Schuld an der Zertrümmerung so vieler Kunstwerke während jener barbarischen „Periode", d. h. der Revo-
lution, schiebe er grossenteils auf die Künstler selber (David
ist hier in erster Linie gemeint!). Schlegel bringt dazu
historische Parallelen, den Bildersturm der Reformation, das
Florentiner Kunst-Auto-da-fe unter Savonarola, und schliesst
mit Hinweisen auf den von Pommereul angeregten Plan eines
allgemeinen chalkographischen Instituts, sowie auf das Zu-
sammenhäufen so vieler ausländischer Werke in Paris, wohin
der General sogar Werke wie die Trajanssäule und Raffaels
vatikanische Fresken versetzt wünscht. Allerdings bemerkt
Schlegel treffend und bissig dazu, „der französischen Kunst
ist damit noch im geringsten nicht aufgeholfen."

An der 1798—1808 in Göttingen erschienenen „Geschichte
der zeichnenden Künste von ihrer Wiederherstellung bis auf
die neueste Zeit" von J. D. Fiorillo war Schlegel ebenfalls
an den beiden ersten, die italienische Malerei behandelnden
Bänden (1798 und 1801) zum mindesten als Korrektor und

---

z. B. S. 189. [18]) Wir finden hier eine der ersten Stellen, wo der
heute allgemein giltige Grundsatz von der Autonomie der Kunst und
ihrer gänzlichen Unabhängigkeit von moralischen Forderungen theoretisch bestimmt ausgesprochen wird in der deutschen Litteratur.
Auch der junge Goethe hatte ihn wohl praktisch befolgt, aber nicht
theoretisch vertreten. In vollem Mass und Uebermass trat dann
Friedrich Schlegels „Lucinde" dafür ein.

Stilverbesserer beteiligt,[49]) eine Arbeit, worauf auch seine Briefe
an Böttiger[50]) vielfach Bezug nehmen, etwa wenn er um einen
Vasari aus der Weimarer Bibliothek bittet u. s. w.

Damit, wie mit den zuletzt besprochenen Recensionen
sind wir schon in die Zeit, die der nächste Abschnitt behandeln
soll, hineingeraten, und so möge es denn gestattet sein, hier
noch eine erst 1799 in der Allg. Litt. Ztg.[51]) gedruckte Besprechung anzureihen, die als letzte darin bildende Kunst
behandelt. Sie betrifft Bouterweks „Grundriss akademischer
Vorlesungen über die Aesthetik", den Schlegel durchaus abfällig beurteilt, und woran er besonders die Zurückführung
aller schönen Kunst auf zwei Gesetze, das Gesetz der Darstellung, dessen Prinzip Einheit und Eurythmie, und das
Gesetz des Ausdrucks, dessen Prinzip ästhetische Wahrheit
oder getreue Naturnachahmung ist, verwirft: „Da diese höchsten Gesetze wieder ihre Prinzipien haben, so möchte man
nun wohl wissen, aus welchen Gesetzen die Prinzipien her-
fliessen." Unklarheit und Widersprüche weist er mit wenigen
geschickt gewendeten rhetorischen Fragen nach und zeigt
so in der kurzen Recension die ganze Fülle seiner stilistischen
und dialektischen Meisterschaft, wie er sie sich in diesen
litterarisch-kritischen Lehrjahren mit unermüdlichem Fleisse
und staunenswerter Frische erworben hatte. Nun stand er
auf der Höhe, um sein eigenes Organ zu gründen, und wie
sehr er auch im Gespräch über künstlerische Dinge anregend
zu wirken verstand, beweisen uns z. B. die Briefe des jungen
Franz Gareis,[52]) den er aufmunterte, um den Preis der Weimarer

---

[49]) Die Vorrede des Werkes (Bd. I S. XX) sagt ausdrücklich:
„Namentlich muss ich hier den Anteil anerkennen, den mein Freund
A. W. Schlegel an diesem Werke hat, indem er, da ich des italienischen Ausdruckes mächtiger bin als des deutschen, meine Handschrift
vor dem Drucke durchgesehen und ihr diejenige Form des Vortrags
erteilt hat, worin sie hier erscheint." — [50]) Veröffentlicht in Schnorrs
Archiv. III. 1874. S. 152—161. [51]) Nr. 177. S. W. XI 396—398. —
[52]) Franz Gareis (1776—1803) war auf der Dresdener Akademie unter
Casanova ausgebildet, ging später nach Paris und 1803 als kurfürstlich
sächsischer Pensionär nach Rom, wo er kurz nach seiner Ankunft starb.
Er malte Genre- und Historienbilder sowie Porträts in Rigauds und
Mignards Manier; sein „Orpheus vor Pluto" erregte in Paris Aufsehen.

Kunstfreunde zu konkurrieren. Dieser schreibt dankbar: „Ganz bin ich überzeugt, dass ich noch Lust bekommen würde, um den Preis noch mitzuarbeiten, durch Ihre lebhafte Schilderung, die Sie einem von so was machen können, ich fühle, wie äusserst nützlich mir so ein Mann in allen meinen Unternehmungen in der Kunst wäre."[53]

August Wilhelm Schlegel tritt uns, wie in seinem ganzen Wesen und Schaffen, so auch in seinem Verhältnis zur bildenden Kunst von Anfang an weniger originell und selbständig entgegen als sein Bruder Friedrich, aber um so vielseitiger und geschmackvoller. Ich wüsste keinen zweiten deutschen Schriftsteller zu nennen, dessen Jugendschriften so wenig Jugendliches haben, dessen früheste Gedichte schon so akademisch-steif, dabei in der Form so tadellos gefügt sind, wofür auch die oben besprochenen (Pygmalion, Ariadne u. s. w.) vollgiltige Beweise liefern. So ist denn auch seine Stellung zur bildenden Kunst von allem Anfang an die des Kenners. Kein unreifer, aber feuriger Enthusiasmus, wie wir ihn in Friedrich für die Antike glühen sahen, spricht aus ihm; er fasst die Kunst sogleich weiter und in allen Zeiten gleichberechtigt auf und bemüht sich, ihr überall gleichmässig gerecht zu werden. Was in den europäischen Kultursprachen bisher über Kunst geschrieben wurde, hat er, wie seine Recensionen beweisen, studiert und in sich aufgenommen, und so tritt er auch den Kunstwerken selbst mit der ganzen stolzen Fülle seines Wissens gegenüber. Wir vermissen denn auch sogar in seinen frühesten gelegentlichen Aeusserungen über bildende Kunst jede Naivetät, wie sie bei Friedrich manchmal so herzerquicklich durchbricht, und staunen vielmehr über die Reife seines Urteils in so jungen Jahren hier nicht minder als auf litterarischem Gebiete, in seiner eigentlichen Domäne.

[53]) Ungedruckt. Das Original in der kgl. öffentlichen Bibliothek zu Dresden: A. W. v. Schlegels Briefwechsel. Bd. 9. (Klette, Verzeichnis der von A. W. v. Schlegel nachgelassenen Briefsammlung [Bonn 1868] Nr. 74. 2. Im Folg. citiert unter Klette.)

Gemeinsames Wirken der beiden Brüder im „Athenäum" und ihre gleichzeitigen Werke.

In den ersten Sommermonaten des Jahres 1798 traf August Wilhelm Schlegel in Berlin mit seinem Bruder, Tieck, Bernhardi und Schleiermacher zusammen: in diesem Zusammentreffen sehen wir die Begründung der romantischen Schule. Damals wurden sich die Genossen trotz mannigfacher Abweichungen im Einzelnen bei regem Gedankenaustausche der gemeinsamen Grundgedanken über die Poesie und deren Stellung in der Welt und im Leben der Völker bewusst. Die Selbstherrlichkeit des Subjektes gegenüber allen Regeln und aller Tradition forderten sie als Erstes, wie sie fast dreissig Jahre früher im Sturm und Drang, wie sie später zur Zeit des jungen Deutschland und der Emancipation des Fleisches gefordert wurde und auch in unsern Tagen wieder als Erstes gefordert wird. Aber — und darin liegt das Bezeichnende — die diese Forderung stellten an der Neige des Jahrhunderts, das waren nicht brausende Jünglinge, die im Vollgefühle überschäumender Produktionskraft poetische Werke krausester Art Schlag auf Schlag dem Publikum vorlegten, das waren junge Männer, deren Führer die Dreissig überschritten hatte, deren Stärke in ihrer ganz ausserordentlichen Kenntnis alles dessen lag, was die Litteratur aller Kulturvölker Bedeutendes gezeitigt hatte, und die durch Theorie und Kritik sich in die erste Reihe gestellt hatten: also vielmehr Nachfolger Lessings und allenfalls Herders als solche des jungen Goethe und seiner Genossen. Unfruchtbarkeit in poetischer Produktivität kennzeichnet alle leitenden Geister der älteren deutschen Romantik mit Ausnahme des allzuproduktiven Tieck, der denn auch als „der Dichter" von den Freunden gefeiert

und dessen Bedeutung ganz ungebührlich übertrieben wurde,
und des kränkelnden Hardenberg, der nach kurzen vielver-
heissenden Anfängen schon 1800 einem tückischen Leiden
zum Opfer fiel.

Die Ansichten und Bestrebungen der jungen Schule finden
ihren schärfsten Ausdruck in dem seit Ostern 1798 von den
beiden Brüdern herausgegebenen „Athenäum" (zutreffender
wäre der von Friedrich vorgeschlagene Titel „Schlegeleum"
gewesen), das besonders seit Friedrichs Bruch mit Reichardt[1]
und August Wilhelms Krach mit der Litteraturzeitung[2] zum
alleinigen Sprechplatz beider Brüder wurde. Neben der Litteratur sollten auch Kunst und Philosophie darin zu Worte
kommen. So brachte schon das zweite Stück die „F r a g -
m e n t e", die sich in buntester Abwechslung, aber durchweg
eigenartig und meistens paradox über alle Gebiete menschlichen Denkens und Schaffens aussprachen. Hier war Friedrich
recht in seinem Elemente; auch bediente er sich nicht zum
ersten Male dieser Form, die für seine allseitigen Interessen,
seinen stets bereiten Witz, seinen allzeit geschäftigen, doch
nie beharrlichen Geist wie geschaffen war. Angeregt durch
die Aphorismen Chamforts[3], dessen Werke August Wilhelm
in der Litteraturzeitung besprochen hatte,[4] hatte er schon
1797 im „L y c e u m" ein Rudel „kritische Fragmente" los-
gelassen,[5] unter denen sich auch eine kleine Zahl auf bildende Kunst bezüglicher befindet. Doch hält er sich hier
ganz im allgemeinen; es sind mehr geistreiche Einfälle als
besonders tiefgründige oder lichtvolle Sätze. So wenn er
gleich als Erstes hinschreibt: „Man nennt viele Künstler, die
doch nur Kunstwerke der Natur sind",[6] oder mit pikanter
Zuspitzung spottet: „In dem, was man Philosophie der Kunst

---

[1] Vergl. Haym S. 270. — [2] Vergl. Preussische Jahrbücher 1861
(VIII) 225 ff. und A. W. Schlegels Briefe an Schütz in Schlegels
S. W. XI 427 ff. — [3] ca. 1740—1794. Die „Maximes et Pensées"
waren aus dem Nachlass im IV. Bande seiner „Oeuvres" (Paris 1796)
veröffentlicht. Ueber ihn vgl. das neueste Buch von Maurice Pellisson
„Chamfort, étude sur la vie, son caractère et ses écrits". Paris 1895,
(Ueber die Aphorismen bes. S. 131 ff.) — [4] 1796 Nr. 338—340.
[5] Lyceum 1. 2. 1797. S. 133—169. Minor II. 183 202. — [6] Min. II. 183.

nennt, fehlt gewöhnlich eins von beiden : entweder die Philosophie oder die Kunst."[7]   Weiter stellt er die Anwendung
von Witz als Werkzeug der Rache auf gleiche Stufe mit
derjenigen der Kunst als Mittel des Sinnenkitzels,[8] und zieht
witzig die Konsequenzen der Verwerfung der Kritik durch
manche Kunstliebhaber, in deren Sinn „Potztausend das beste
Kunsturteil über das würdigste Werk" wäre.[9] Endlich weist
er die Einbildung des Philosophen zurück, etwas über Kunst
lehren zu wollen; die Philosophie könne nur „die gegebenen
Kunsterfahrungen und vorhandenen Kunstbegriffe zur Wissenschaft machen, die Kunstansicht erheben, mit Hülfe einer
gründlich gelehrten Kunstgeschichte erweitern, und diejenige
logische Stimmung auch über diese Gegenstände erzeugen,
welche absolute Liberalität mit absolutem Rigorismus vereinigt."[10]

Viel reicher war nun aber der Segen, den beide Brüder,
unterstützt von Schleiermacher, im z w e i t e n A t h e n ä u m s-
h e f t e ausschütteten: 451 Sätze wurden, wie Raketen eines
Feuerwerkes in allen Farben spielend und glitzernd, hier
ausgeworfen, mehr blendend und verwirrend als erleuchtend
und klärend, aber von scheinbar unerschöpflichem Reichtum.
Philosophie und Litteratur geben den Hauptinhalt; die nicht
eben zahlreichen Kunstfragmente stehen zerstreut; nur einmal
finden wir eine grössere Gruppe, unter dreissig aufeinander-
folgenden volle zweiundzwanzig über bildende Kunst (Nr.
174—194, 202). Es soll hier versucht werden, sie nach ihrer
innern Zusammengehörigkeit zu ordnen, wobei jedoch nicht
vergessen werden darf, dass wir es hier nicht mit systematischen Sätzen, sondern mit schillernden Geistesblitzen zu thun
haben, die ihrer Natur nach nicht allzu genau gefasst werden
können. – Allgemeines über bildende Kunst giebt zunächst
August Wilhelm[11] in den Fragmenten über eine falsche, auch
heute noch nicht völlig ausgestorbene Art der Kunstbetrachtung,
die er mit treffendem Hiebe geisselt,[12] über die falsche Kon-

---

[7]) ib. 184. — [8]) ib. 190. — [9]) ib. 191. — [10]) ib 201. — [11]) In
der Zuteilung der einzelnen Fragmente folge ich stillschweigend den
Ansichten Minors und gebe nur, wo ich davon abweiche, meine Gründe.
— [12]) „Mancher betrachtet Gemälde am liebsten mit verschlossenen

trastierung von Natur und Ideal[13]) und über die dem gepriesenen Ideal nachlaufenden Lehrlinge, die er mit gutmütigem Spotte (eine Farbe, die nur Wilhelm, nie aber Friedrich auf der Palette hatte) lächerlich macht.[14]) Bewegen sich diese Maximen in etwas engem Kreise, so ist dagegen Friedrich in seiner uns schon aus den Briefen an den Bruder bekannten Art um so freigebiger mit möglichst allgemeinen Sätzen. Da entwirft er[15]) das von sich selbst abstrahierte Idealbild eines Kunstliebhabers, der sich auch durch die Zergliederung des Schönen nicht in seinem Genusse stören lasse;[16]) da spricht er den Frauen kurzweg den Sinn für Kunst wie für Wissenschaft ab und gesteht ihnen nur solchen für Poesie und Philosophie zu,[17]) wobei bemerkenswerter Weise einmal Kunst und Poesie ganz bestimmt geschieden sind. — Seine Definition des Schönen „Schön ist, was zugleich reizend und erhaben ist"[18]) bildet in ihrer Kürze eine scharfe Kriegserklärung gegen Kants strenge Scheidung des Schönen und Erhabenen. — Weiter erklärt er, der sonst alles nur im Grossen fassen und keinen Autoritätsglauben gelten lassen will, „die vollendende Mikrologie und den historischen Glauben an die Autorität der Natur" für „Charakterzüge der Grösse" und sieht den Grundirrtum der sophistischen Aesthetik darin, dass sie „die Schönheit bloss für einen gegebenen Gegenstand, für ein psychologisches Phänomen" halte, da sie doch „zugleich die Sache selbst, eine der ursprünglichen Handlungsweisen des menschlichen

---

Augen, damit die Phantasie nicht gestört werde." (Minor II. 230.) — [13]) „ . . . Man vergisst so oft, dass diese Dinge innig vereinbar sind, dass in der schönen Darstellung die Natur idealisch und das Ideal natürlich sein soll" (Minor II. S. 234). — [14]) Min. II. 235. — [15]) Fragment 68: „Nur der Kunstliebhaber liebt wirklich die Kunst, der auf einige seiner Wünsche völlig Verzicht thun kann, wo er andere ganz befriedigt findet, der auch das Liebste noch streng würdigen mag, der sich im Notfalle Erklärungen gefallen lässt und Sinn für die Kunstgeschichte hat." (ib. S. 213.) — [16]) Fragm. 71. ib. S. 213. — [17]) Fragm. 102. S. 218. — [18]) Fragm. 108. S. 219. Minor (Neudr. 17. S. LXV Anm.) will dies Fragment auf Grund der Ausführungen gegen Burke und Kant in den Berliner Vorlesungen von 1802 August Wilhelm zuteilen. Dass inhaltlich beide Brüder einverstanden waren, scheint mir zweifellos; der knappen, echt Friedrichschen Form halber möchte ich jedoch den Satz

Geistes, ja ein ewiges transcendentales Faktum" sei.[19] —
Unter den vielen Arten von Religion, die er in einem aus-
nahmsweise langen Fragment[20] unter verschiedene Rubriken
ordnet, unterscheidet er die der Poeten, der Philosophen und
der „künstlerischen Naturen": diese letzteren „glauben an den
heiligen Geist und was dem anhängt, Offenbarungen, Ein-
gebungen u. s. w., an sonst aber niemand."

Oefters wird auch von August Wilhelm das seit Lessings „Laokoon" an der Tagesordnung stehende Problem des
Verhältnisses zwischen Poesie und bildender Kunst gestreift,
so wenn er schreibt: „Die Poesie ist Musik für das innere
Ohr und Malerei für das innere Auge, aber gedämpfte Musik,
aber verschwebende Malerei;"[21] oder wenn er die folgende,
bald darauf in den „Gemäldegesprächen" von ihm selbst ge-
treulich befolgte Regel „für die so oft verfehlte Kunst,
Gemälde mit Worten zu malen" giebt, „mit der Manier den
Gegenständen gemäss aufs mannigfaltigste zu wechseln", was
er im Einzelnen ausführt.[22] Andrerseits lehnt sich Friedrich
gegen Lessings Autorität auf, um die ihm damals am Herzen
liegende beschreibende Poesie zu retten und dabei den von
Lessing verspotteten Satz des Simonides[23] wieder zu Ehren
zu bringen.[24] August Wilhelm zeigt in geistvoller Weise mit
raschem Gange durch die Weltlitteratur, wie selten bei den
grossen Dichtern der Sinn für bildende Kunst gewesen, und

diesem belassen: August Wilhelm hätte den Gedanken sicher breiter
in lehrhafter Ausführung gegeben. — [19] Fragm. 246. S. 246. — [20] Fragment 327. S. 258. — [21] Fragm. 174. S. 230. — [22] „Manchmal kann
der dargestellte Moment aus einer Erzählung lebendig hervorgehen.
Zuweilen ist eine fast mathematische Genauigkeit in lokalen Angaben
nötig. Meistens muss der Ton der Beschreibung das Beste thun, um
den Leser über das Wie zu verständigen. Hierin ist Diderot Meister."
(Fragm. 177. S. 231.) Zum letzten vergl. 182: „Sich eine Gemäldeaus-
stellung von einem Diderot beschreiben lassen, ist ein wahrhaft kaiser-
licher Luxus." (S. 231.) — [23] Der Satz des Simonides von Keos (559—469
v. Chr.), dass die Poesie eine redende Malerei und die Malerei eine
stumme Poesie sei, ist überliefert bei Plutarch de gloria Athen. 3.
(Moralia, Ausg. Wyttenbach [Oxonii 1796] II 421; Ausg. Hutten [Tü-
bingen 1797] IX 87.) Lessing nennt den Satz in der Vorrede zum „Laokoon" die blendende Antithese des griechischen Voltaire. — [24] Fragment 325. S. 258.

3*

findet ihn nur bei Pindar, Properz, Dante und Ariost, um mit einer Apotheose Goethes zu schliessen, bei dem die Fülle ruhigen Besitzes sich weder vordränge noch verheimliche.[25])

Häufig sind Fragmente über antike Kunst; aber nicht Friedrich ist, wie man erwarten sollte, der Wortführer — ein neues Zeichen für seine Abkehr von den früheren Zielen und Idealen — sondern August Wilhelm. Er giebt schöne Sätze über die Schamhaftigkeit der griechischen Kunst[26]) und eine sehr anfechtbare Ausführung über das Verhältnis von Gegenstand und Dimension oder, wie wir sagen würden, Inhalt und Format;[27]) er definiert als Beweis für die Liebe der Alten zum Unvergänglichen die Steinschneidekunst als die Miniatur der Bildhauerei[28]) und sieht im Napoleonischen Kunstraub die Wiederkehr der Schicksale antiker Kunst.[29]) Eingehender spricht sich ein langes Fragment über den „Laokoon" aus,[30]) das sich gegen Aloysius Hirt richtet. Dieser hatte im dritten Jahrgang der „Horen" (1797) schon im „Versuch über das Kunstschöne"[31]), mehr noch in seinen beiden Aufsätzen über Laokoon[32]) das Charakteristische als das Wesen und das Grundgesetz der antiken Kunst aufgestellt im Gegensatz zu Lessing, der die Schönheit, und zu Winckelmann, der die edle Einfalt und stille Grösse als ihre Hauptziele erklärt hatte. Von diesem Standpunkt aus sah er in der Laokoongruppe den „Moment des höchsten Grades von Ausdruck" gewählt: der tödlich umstrickte Priester schreit nicht, weil er nicht mehr schreien kann, weil ihn „im letzten und höchsten Anstrengen sich konvulsivisch windender Kräfte ein plötzlicher Schlagfluss getroffen hat". Dagegen richtet sich nun Schlegel, Hirts Gedanken übertreibend und vergröbernd, mit aller Kraft. Charakterlose Schönheit gäbe es überhaupt nicht, die Grösse der antiken Kunst aber liege darin, dass sie „mit jedem Charakter der Formen und des Ausdrucks den Grad von Schönheit vereinbart" habe, „der dabei

---

[25]) Fragm. 193. S. 233. — [26]) Fragm. 180. S. 231. Ueber die Keuschheit aller höheren bildenden Kunst spricht auch Fragm. 187 (S. 232) goldene Worte. — [27]) Fragm. 185. S. 232. — [28]) Fragm. 191. S. 233. — [29]) Fragm. 192. S. 233. — [30]) Fragm. 310. S. 254 f. — [31]) VII. Stück. S. 1—37. — [32]) X. Stück S. 1—26 und XII. Stück S. 19—28.

stattfinden konnte, ohne jenen zu zerstören": Beispiele dafür
die Medusen und Bacchanale. „Dass im Körper des Laokoon
der gewaltsamste Zustand des Leidens und der Anstrengung
ausgedrückt sei, hat Winckelmann sehr bestimmt anerkannt;
nur im Gesichte, behauptet er, erscheine die nicht erliegende
Heldenseele. Jetzt erfahren wir, dass Laokoon nicht schreit,
weil er nicht mehr schreien kann. Nämlich von wegen des
Schlagflusses. Freilich kann er nicht schreien, sonst würde
er gegen eine so entstellende Beschreibung und Verkennung
seiner heroischen Grösse die Stimme erheben."[33]) Hirt blieb
bei seiner Ansicht und erwiderte im Berlinischen Archiv der
Zeit[34]) mit einem Aufsatz „über die Charakteristik als Haupt-
grundsatz der bildenden Künste bei den Alten", der nichts
wesentlich Neues brachte. August Wilhelm seinerseits gab
sich damit nicht zufrieden, sondern behielt in der Sache das
letzte Wort mit der witzigen Abfertigung des „Reichs-
anzeigers",[35]) die durch äusserst geschickte Verwendung
Hirtscher Ausdrücke besonders brillant ausgefallen ist. Ja,
als ob er sich zur Rettung Lessing-Winckelmannscher und
eigener Ansicht gar nicht genugthun könnte, kommt er auch
in dem im gleichen Hefte des Athenäums veröffentlichten
Aufsatz über Flaxman nochmals auf Hirt zu sprechen und
greift ihn mit dem schwersten Geschütz an.[36]) Ich kann mir
nicht versagen, die Hauptstellen anzuführen: „Er (sc. Hirt)
ist mit einer so schweren, unbeholfenen Oberflächlichkeit (ich
bilde diese Beiwörter nach dem Muster der „rohen, rastlosen
Ruhe", die eben dieser Antiquar am Herkules bewundert) auf
die Denkmäler der griechischen Kunst hineingetappt, dass er
ihren Geist gewiss totgedrückt hätte, wenn Geister nicht

---

[33]) Friedrich Schlegel freute sich königlich darüber; er schreibt
z. B. am 13. April 1798: „Mit den Kunstfragmenten das ist zwar
prächtig für die Sinfonie, auch dass du Hirt über die Nase hauen
willst, denn so ein Lümmel muss nicht von Kunst mitreden wollen
dürfen." Walzel, S. 383. Merkwürdigerweise kommt er dagegen fünf
Jahre später, als er in „Lessings Geist aus dessen Schriften" (Leipzig
1804. I. S. 152 -154) die Laokoongruppe kurz und treffend schildert,
mit keinem Worte auf diesen Punkt zurück und vermeidet überhaupt
jede Polemik. — [34]) 1798. II. 437—451. — [35]) Athenäum Bd. II. Heft 2.
S. 331 f. — [36]) Athen. II. 2. S. 226.

unsterblich wären." Seine Betrachtungsart könne man die
„chirurgische" nennen u. s. w. Inzwischen hatte auch Goethe
das Wort ergriffen und im ersten Hefte der Propyläen seine
Meinung über den Laokoon gesagt, die eine gerecht aus-
gleichende Mitte innehielt: seine Deutung der vielumstrittenen
Gruppe ist neuerdings von H. Brunn[37]) wieder aufgenommen
worden. — Und wie Wilhelm hier für Winckelmann in warmer
und würdiger Weise eintritt, so spricht er in Fragment 271
ein ebenso einfaches als treffendes Wort über ihn: „Vielleicht
muss man, um einen transcendentalen Gesichtspunkt für das
Antike zu haben, erzmodern sein. Winckelmann hat die
Griechen wie ein Grieche gefühlt". Dann fährt er fort, indem
er mit scharfer Kontrastierung einen andern seiner Lehrer
daneben stellt: „Hemsterhuys hingegen wusste modernen
Umfang durch antike Einfachheit schön zu beschränken und
warf von der Höhe seiner Bildung, wie von einer freien Grenze,
gleich seelenvolle Blicke in die alte und in die neue Welt."[38])
Aber auch Friedrich lässt sich noch zu einem Dankeswort
gegen seinen grossen Vorgänger, dem er mit sein Bestes zu
verdanken hatte, herbei: „Der systematische Winckelmann,
der alle Alten gleichsam wie Einen Autor las, alles im Ganzen
sah und seine gesamte Kraft auf die Griechen konzentrierte,
legte durch die Wahrnehmung der absoluten Verschiedenheit
des Antiken und Modernen den ersten Grund zu einer materialen
Altertumslehre." Aber sofort auch greift er, eigener Pläne
gedenkend, über ihn hinaus: „Erst wenn der Standpunkt und
die Bedingungen der absoluten Identität des Antiken und
Modernen, die war, ist oder sein wird, gefunden ist, darf man
sagen, dass wenigstens der Kontur der Wissenschaft fertig

---

[37]) Brunns Aufsatz über Laokoon („Die Söhne in der Laokoongruppe"
Deutsche Rundschau XXIX. 1881. Bd. 4. S. 204 216) nimmt im Anschluss
an Stark, dessen Deutung er nach dessen Tod in der Archäolog. Ztg.
1879 (S. 167 ff.) kurz mitgeteilt, und im Gegensatz zu Blümner, der
diese Deutung (Jahrb. f. Philol. 1881 S. 17 ff.) verworfen hatte, mit starker
Schätzung des Goetheschen Propyläenaufsatzes, dieses „Glanzpunktes
der Laokoon-Litteratur", (man vergl. bes. S. 212) dessen Deutung auf,
dass dem älteren Sohne noch Hoffnung auf Flucht übrig bleibe und
dadurch die Vorstellung eine wirklich tragische sei, da sie sonst nur
grausam wäre. — [38]) Min. II. S. 248.

sei, und nun an die methodische Ausführung gedacht werden
könne."[39])

Den Uebergang von der antiken zur neueren Kunst mag
hier Wilhelms Fragment 186 bilden: „Wir lachen mit Recht
über die Chinesen, die beim Anblick europäischer Porträte
mit Licht und Schatten fragten, ob die Personen denn wirklich
so fleckig wären? Aber würden wir es wagen, über einen
alten Griechen zu lächeln, dem man ein Stück mit Rembrandt-
schem Helldunkel gezeigt, und der in seiner Unschuld gemeint hätte: so malte man wohl im Lande der Cimmerier?"[40])
Ueber einzelne neuere Künstler spricht sich ebenfalls August
Wilhelm öfters aus. Es ist, als hätten die beiden Brüder die
Rollen vertauscht, seitdem der ältere bei seinem Dresdener
Aufenthalt seine Kunstbegriffe durch die Anschauung erweitert und geklärt hatte. Nun ist er, wie immer, bereit,
diese seine Erfahrungen theoretisch zu fassen und zu formulieren, den grossen und kleinen Meistern, die ihm da
entgegentraten, ihren festen Platz anzuweisen. So, wenn er
in Fragment 178 schreibt: „Darf irgend etwas von deutscher
Malerei im Vorhofe zu Raffaels Tempel aufgestellt werden,
so kommen Albrecht Dürer und Holbein gewiss näher am
Heiligtume zu stehen als der gelehrte Mengs."[41]) In Raffaels
Heiligtum stand damals für ihn als einziges ihm bekanntes
Original nur die Sistina, während von Dürer der kleine Cru-
cifixus von 1506[42]), das Jugendwerk des kleinen dreiteiligen
Marienaltars[43]) und das 1521 in Antwerpen gemalte Porträt
Bernards von Orley[44]), von Holbein die damals noch unan-
gefochtene grosse Madonna mit der Familie des Bürgermeisters
Meyer von Basel[45]) zu den Perlen der Galerie gehörten,
während dessen herrliches Porträt des Sieur de Morette[46])
noch als Leonardos Bildnis des Lodovico Sforza il Moro galt.
Von Raphael Mengs, dessen Wert hier Wilhelm im Gegensatze
zu seiner Zeit richtig zu schätzen beginnt, enthielt die katholische Hofkirche die vielbewunderte, von damaligen Ken-

[39]) Fragm. 149. ib. S. 226. — [40]) S. 232. — [41]) S. 230. — [42]) Heutige
Kat.-Nr. 1870. — [43]) Kat.-Nr. 1869. — [44]) Früher als Bildnis Bernhard
von Ressens bezeichnet. Kat.-Nr. 1871. — [45]) Kat.-Nr. 1892. — [46]) Kat.-
Nr. 1890.

nern gerne neben Raffael Sanzios Werke gestellte „Himmel-
fahrt Christi", die Galerie vier Oelbilder und eine Reihe
Pastellporträts. — Aber nicht nur für Italiener und Deutsche,
auch für die in Dresden zahlreich und trefflich vertretenen
Holländer hat der ältere der beiden Fragmentisten offene
Augen und findet er den richtigen Standpunkt.[47]) Nicht so
für Rubens, dem die Romantiker auch später nie gerecht
wurden.[48]) Und doch war der grosse Vlame in der Dresdener
Galerie mit einer langen Reihe eigenhändiger Werke und
Atelierbilder stattlich vertreten, darunter als grossartigste
Leistung das mächtige Meerbild von 1635, die dramatisch
bewegte Szene des „Quos ego" nach Virgil![49]) — Ueber
Hogarth (1697—1764), dessen ausschliesslich in England befindliche Gemälde in seinen eigenen Kupfern damals überall
verbreitet waren, und dessen „Analysis of beauty"[50]) viel
gelesen wurde, schreibt er die scharfe Antithese: „Hogarth
hat die Hässlichkeit gemalt und über die Schönheit geschrieben."[51]) Pieter von Laers[52]) italienischen Volksszenen,
den sogenannten Bambocciaten, weist er als „Niederländischen
Kolonisten in Italien" ganz richtig ihre Stelle zu;[53]) er erklärt
in launiger Weise die besondern Bedingungen für Jan Steens
(1626—1679) engbegrenztes, von ihm so meiserhaft beherrsch-
tes Gebiet,[54]) und erhebt der ganzen englischen Malerei seiner
Zeit gegenüber den harten, aber nicht unberechtigten Vorwurf leerer Theatralik.[55])

[47]) Fragm. 179 S. 231: „Tadelt den beschränkten Kunstgeschmack
der Holländer nicht! Fürs erste wissen sie ganz bestimmt was sie wollen.
Fürs zweite haben sie sich ihre Gattungen selbst erschaffen...."
- [48]) Fragm. 181 S. 231: „Rubens' Anordnung ist oft dithyrambisch,
während die Gestalten träge und auseinander geschwommen bleiben.
Das Feuer seines Geistes kämpft mit der klimatischen Schwerfällig-
keit. Wenn in seinen Gemälden mehr innere Harmonie sein sollte,
musste er weniger Schwungkraft haben oder kein Flamänder sein."—
[49]) Kat.-Nr. 966. — [50]) London 1753. Deutsch von Mylius 1754. —
[51]) Fragm 183 S. 232. — [52]) gen. Bamboccio, weil er verwachsen war.
Er lebte c. 1590—1658. Dresden besitzt von ihm drei, jedoch nicht
sehr charakteristische Bilder. — [53]) Fragment 184 S. 232. — [54]) Fragment 188 S. 232. — [55]) Fragm. 313 S. 255. Auch das oben Anm. 47
citierte Fragment über die Holländer schliesst mit dem Satze: „Lässt
sich eins von beiden von der englischen Kunstliebhaberei rühmen?"

Friedrich Schlegel führt einen früher in einem Briefe an den Bruder flüchtig hingeworfenen Gedanken[56]) weiter aus, wenn er auf Bildern Angelika Kaufmanns (1741—1807)[57]) die anziehende Zartheit „in Gedanken und Dichtungen" auf unerlaubte Art auch bei den Figuren eingeschlichen findet: „Ihren Jünglingen sieht es aus den Augen, dass sie gar zu gerne einen Mädchenbusen hätten und womöglich auch solche Hüften"; um diese Klippe zu vermeiden, hätten die von Plinius genannten griechischen Malerinnen nur weibliche Figuren ausgeführt. In ähnlicher, geistreich plaudernder Weise spricht er sich über die grossen Italiener aus; doch muss ich das Fragment[58]) vollständig geben, da es später weiter ausgeführte Gedankengänge im Keime enthält: „In den Werken der grössten Dichter atmet nicht selten der Geist einer andern Kunst. Sollte dies nicht auch bei Malern der Fall sein; malt nicht Michelangelo in gewissem Sinne wie ein Bildhauer, Raffael wie ein Architekt, Correggio wie ein Musiker? Und gewiss würden sie darum nicht weniger Maler sein als Tizian, weil dieser bloss Maler war." Noch ist es nicht mehr als ein zierliches Spiel mit Begriffen, ein anregend hingeworfenes Paradoxon, das man als solches wohl mag gelten lassen; erst später giebt er einzelnen dieser Vergleiche, insbesondere dem dritten, festere Fassung und dogmatische Geltung, wodurch das Beste daran verdorben wird. Damit ist aber auch Friedrichs Interesse an einzelnen Künstlern, soweit es in den Fragmenten zu Worte kommt, erschöpft.

<hr />

[56]) Fragm. 313 S. 255 f. Ich teile dasselbe im Einklang mit Walzel (S. 278 Anm.) Friedrich zu, obgleich Minor es für den älteren Bruder beansprucht. Aber die Uebereinstimmung mit der Briefstelle vom 27. Mai ist zu auffallend. Dort spottet Friedrich über Sophie Mereaus „Blütenalter der Empfindung" und ihre mädchenhafte Darstellung eines Jünglings: „Wenn sie darstellen könnte, so würde sie es thun wie Angelika Kaufmann, der die Busen und Hüften auch immer wie von selbst aus den Fingern quellen." — [57]) Von ihr befinden sich in der Dresdener Galerie drei Bilder (Nr. 2181—2183), alle schon 1782 erworben. Doch kannte Schlegel zweifellos noch andere Werke der uns als Goethes Freundin mehr denn als Malerin geläufigen unglücklichen Frau. — [58]) Fragm. 372 S. 269.

Die Fülle der Dresdener Eindrücke spricht dann wieder aus August Wilhelms Fragmenten über die Landschaftsmalerei und über das Porträt. Giebt er dort eine psychologische Erklärung,[59]) so hören wir hier[60]) den feinfühligen Theoretiker, der sich gegen falsche, von seinen Vorgängern allzu eng gezogene Schranken empört und das Bildnis nicht nur nicht „vom Gebiete der eigentlich schönen, freien und schaffenden Kunst" ausgeschlossen haben will,[61]) sondern darin „die Grundlage und den Prüfstein des historischen Gemäldes" erkennt. Ein weiteres Fragment verficht mit dem sicher treffenden Spotte, den wir an ihm schon gewohnt sind, die „Nützlichkeit" des Porträts im Sinne des seiner Auflösung sich nähernden Rationalismus.[62])

Das war es, was das Füllhorn der Athenäumsfragmente in Bezug auf bildende Kunst ausschüttete. Reich und verwirrend genug trotz der verhältnismässig kleinen Zahl von Sätzen. Andeutungen, Wegweiser, Paradoxa mannigfacher Art, vielfach auch Programme, Anweisungen auf spätere, ausgeführtere Werke, die allerdings zumeist den Brüdern in den Federn stecken blieben. Aehnlichen Gedanken nun und den gleichen Grundanschauungen begegnen wir in den gleichzeitigen Schriften auf Schritt und Tritt. Wie sehr sich z. B Friedrich Bilder und Vergleiche aus den bildenden Künsten aufdrängten, beweist eine Stelle in seinem Aufsatz „über

---

[59]) Fragm. 190 S. 232 f.: „Die einförmigste und flachste Natur erzieht am besten zum Landschaftsmaler. Man denke an den Reichtum der holländischen Kunst in diesem Fache. Armut macht haushälterisch: es bildet sich ein genügsamer Sinn, den selbst der leiseste Wink höheres Lebens in der Natur erfreut. Wenn der Künstler dann auf Reisen romantische Szenen kennen lernt, so wirken sie desto mächtiger auf ihn. Auch die Einbildungskraft hat ihre Antithesen: der grösste Maler schauerlicher Wüsteneien, Salvator Rosa, war zu Neapel geboren." — [60]) Fragm. 309 S. 254. — [61]) „Es ist gerade, als wollte man es nicht für Poesie gelten lassen, wenn ein Dichter seine wirkliche Geliebte besingt." — [62]) Fragm. 314 S. 256. „Da man jetzt überall moralische Nutzanwendungen verlangt, so wird man auch die Nützlichkeit der Porträtmalerei durch eine Beziehung auf häusliches Glück darthun müssen. Mancher, der sich an seiner Frau ein wenig müde gesehen, findet seine ersten Regungen vor deren reinen Zügen ihres Bildnisses wieder."

Goethes Meister";[63]) da schreibt er von Lothario, dem Oheim
und dem Abbé: „Er (Lothario) ist die himmelanstrebende
Kuppel, jene sind die gewaltigen Pilaster, auf denen sie ruht.
Diese architektonischen Naturen umfassen, tragen und erhalten
das Ganze." Im Einzelnen allerdings nicht einwandfrei (zum
mindesten müsste es statt „Pilaster" Pfeiler heissen), ist die
Stelle doch für seine damalige Schriftstellerei bezeichnend.
Wie dieser Aufsatz den ersten Athenäumsband geschlossen
hatte, so eröffnet auch Friedrich den zweiten mit der im
Sommer 1798 geschriebenen Plauderei „Ueber die Philosophie.
An Dorothea" (Veit).[64]) Wenn er darin die Frauen durch
Philosophie zur Religion als zur eigentlich weiblichen Tugend
leiten will, so führt er auch das nicht ohne gelegentliche
Seitenblicke auf die Kunst aus. Nicht nur, dass er über
männliche und weibliche Schönheit überhaupt spricht,[65]) um
seinerseits nachdrücklich die weibliche höher zu stellen,[66])
er weist auch zum Beweise für den Satz „Göttlichkeit mit
Härte verbunden ist mir das Heiligste" auf „eine grosse Pallas
unter den Antiken", die gerade, weil sie „die ganze Härte des
älteren Stils der Kunst" an sich habe, so gross wirke[67]): es
kann damit nur die beste und bekannteste unter den Athena-
statuen der Dresdener Sammlung gemeint sein. Gegen das
Ende des Aufsatzes meint er, da die Bedürfnisse so verschieden
seien, so wolle er „gleichsam für einen Doryphorus[68]) von
Leser, ich meine für einen durch und durch wohl proportio-
nierten Leser, schreiben."[69]) Um diesen aber zu finden, müsste
er aus den besten Lesern ein Ideal zusammensetzen „wie der

---

[63]) Athenäum I. 2. 1798. S. 147—178. Min. II. S. 164—182. Die cit.
Stelle S. 182. — [64]) Athen. II. 1. 1799 S. 1—38. Min. II. 317—337. —
[65]) „In dem schönsten Manne ist die Göttlichkeit und Tierheit weit ab-
gesonderter. In der weiblichen Gestalt ist beides ganz verschmolzen,
wie in der Menschheit selbst." Min. II. 322. — [66]) „Und darum finde
ich's auch sehr wahr, dass die Schönheit des Weibes eigentlich nur
die höchste sein kann: denn das Menschliche ist überall das Höchste
und höher als das Göttliche." ib. — [67]) ib. S. 328 f. — [68]) Ueber den
Doryphoros des Polyklet, der allen folgenden Künstlern eine Regel in
der Proportion war, vergl. Winckelmann, Gesch. d. Kunst, Buch IX
Kap. 2. (Donaueschinger Ausgabe V. 371.) — [69]) ib. S. 336.

alte Maler in Kroton seine Venus aus den schönsten Mädchen der Stadt."[70])

Sahen wir schon in den Fragmenten August Wilhelms die Anregungen und Eindrücke der Dresdener Galerie ganz deutlich Gestalt gewinnen und zu Worte kommen, so sind diese noch direkter zu verfolgen in dem Beitrage, der die Hauptmasse des eben schon genannten Athenäumsstückes ausmacht, in dem Gespräche „Die Gemälde",[71]) welches er gemeinsam mit seiner Gattin Caroline verfasste. Sie sind die beiden Hauptunterredner Luise und Waller, der später hinzutretende Maler Reinhold ein Kollektivname für die anderen Freunde. Denn auch Friedrich,[72]) Novalis und Steffens, die sich in jenen Frühsommertagen 1798 alle in Dresden trafen, waren Mitarbeiter in weiterem Sinne, wenn auch das weitaus Meiste sowie die Redaktion des Ganzen von Wilhelm herrührt. So dürfen wir gerade in den „Gemälden", wenn irgendwo, den Ausdruck der Ansichten der ganzen älteren Romantik über bildende Kunst finden, und Walzel sieht darin mit Recht „die reifste Leistung der Romantik auf dem Gebiete der Kunstkritik."[73]) Friedrich selbst hatte diesen Eindruck; er schrieb während der Korrektur im Februar 1799 an den Bruder: „Ich bin mitten im Raffael und bewundere die Gemälde immer mehr. Es ist wohl das Glänzendste und Reichste, was wir ausser euch selbst gemacht haben."[74]) Mag auch manche von Friedrichs eigenen Arbeiten für den Augenblick überraschender und durch unerwartete Geistesblitze blendender

---

[70]) Die Anekdote wird vielmehr von dem Helenabilde des Zeuxis zu Kroton berichtet, dem die Stadtväter selber die schönsten Töchter der Stadt als Modelle zur Verfügung stellten. (Cicero, de inventione II. Kap. 1.) — [71]) Athen. II. Heft 1. S. 39—180. S. W. IX, 3—101. — [72]) Friedrich schrieb damals in einem undatierten Briefe an Schleiermacher (Aus Schleiermachers Leben, Berlin 1861, III. S. 77): „Mit der Malerei, das hat auch gute Zwecke. Wilhelm und Caroline wollen Kunstbeschreibungen ins Athenäum geben, die dasselbe sehr zieren werden, und da die Luft, wie Novalis meint, und ich voll von den Keimen aller Dinge stecke, so kann ich mich doch der Dienstpflicht der nährenden Befruchtung nicht entziehen und muss auch die Honneurs der Synkonstruktion machen." — [73]) In der Einleitung zu seiner Ausgabe der Briefe Friedrichs an Aug. Wilhelm. S. XV. — [74]) Walzel S. 404.

erscheinen, von bleibenderem Werte, reicherem und echterem
Gehalte sind diese Gespräche, die ich deshalb eingehend ana-
lysieren muss, um so mehr, als sie besser als irgend eine andere
Arbeit der Schule Aufschluss geben über das persönliche Verhältnis der beiden Brüder und ihres nächsten Kreises zu den
grossen Meistern der bildenden Kunst früherer Zeiten.

Luise und Waller treffen in der Antikensammlung zusammen und besprechen sich da über Plastik und ihre Gesetze
und über die Bekleidung antiker Gewandstatuen; sie begrüssen
dann den nach „dem herrlichen Rumpfe des Ringers" zeichnenden Reinhold. Dessen Klagen über die Schwierigkeit seiner
Arbeit geben Luisen den Anlass, überzuleiten zur Malerei, die
leichter zu geniessen sei als die Plastik, und damit zum eigentlichen Thema. Auch hier also, wo es sich doch ausschliesslich
um neuere Kunst, ausschliesslich um Malerei handeln soll,
wird als starker und voller Eingangsakkord das Thema der
Antike, der Plastik angeschlagen, d. h. die Seite menschlichen
Kunstschaffens berührt, welche seit Winckelmann und Lessing
und damals noch immer recht im Mittelpunkt historischer und
ästhetischer Betrachtung stand, und von welcher aus auch die
Schlegel sich zuerst der Kunst überhaupt zugewandt hatten.
Aber bevor das Thema selbst in Angriff genommen wird,
lässt ein zweites Vorspiel einer andern Seite menschlichen
Geisteslebens, von der aus Kunstbetrachtung möglich und
fruchtbar wird, Gerechtigkeit widerfahren, der philosophischen.
Wie soll man Kunst geniessen? überhaupt und in welcher
Art darüber sprechen? vermag die Sprache (für die Wilhelm
gegen Reinhold natürlich mächtig und in fast prophetischem
Ton eintritt) Kunstwerke und ihre Eindrücke wiederzugeben?
arbeitet der Künstler nur für den Künstler oder für die All-
gemeinheit? sollte man nicht die Einzelkünste einander nähern
und ihre Uebergänge suchen? Das sind die Fragen, die hier
in geistreichem Plaudertone gestreift werden, ohne dass wirkliche Antworten gefunden würden, und in denen wir öfters
Friedrichs Stimme ganz deutlich zu erkennen glauben.
Endlich führt Luise-Caroline die Männer ins Freie, um ihnen
heimlich für ihre Schwester aufgesetzte Gemäldebeschrei-
bungen vorzulesen. Damit sind wir beim Thema selbst

angelangt. Zuerst muss die Verfasserin dem fragenden Waller
Auskunft geben über ihr Verhältnis zu einem berühmten
Vorbilde der Zeit auf diesem Gebiete, zu Diderot, der in
seinem „Salon de peinture" 1765—1767 die Pariser Ausstellungen besprochen und so die französische Kunstkritik im
heutigen Sinne geschaffen hatte. Sie will aber nichts von
ihm angenommen haben, da sie als Deutsche und als Frau
schreibe und ausserdem nicht über die ephemeren Erscheinungen einer Jahresausstellung, sondern über anerkannte Meisterwerke. Sie fordert dagegen Wallers Urteil über Georg
Forster, der in seinen „Ansichten vom Niederrhein" besonders
niederländische Maler behandelt hatte, und dessen Ausführungen dieser als zwar „interessante, aber sehr persönliche Ansichten" erklärt.[75]) Die Drei lassen sich nun am Ufer der
Elbe nieder, und der Blick in die lachende Landschaft fordert ganz von selbst zu Betrachtungen über die Landschaftsmalerei auf. Wenn Waller diese als „immer nur eine Art von
Miniatur der Landschaft" auffasst, so weist das Reinhold durch
den Satz zurück, dass die Malerei die Gegenstände ja nicht
abbilde, „wie sie sind, sondern wie sie erscheinen", und dass
wir auch in der Natur die wirklichen Entfernungen und
Grössen nicht sehen, sondern nur aus anderer Quelle wissen
können. Aber Waller giebt sich nicht zufrieden, da er, wie
Luise bemerkt, die Landschaftsmalerei gering schätzt, „weil
die Alten wenig daraus gemacht, und weil er die beschreibende Poesie verabscheut". Luise giebt nun ihre drei ersten
Beschreibungen: es sind die von Salvator Rosas Landschaft
mit drei Männern,[76]) Claude Lorrains Acis und Galathea[77])
und Jakob van Ruisdaels Jagd[78]), ganz einfach gehalten und
in dieser ihrer Einfachheit vortrefflich. Sofort schliessen sich
wieder theoretische Erörterungen an, die in dem Satze Rein-

---

[75]) Die „Ansichten vom Niederrhein" erschienen in drei Bänden
zu Berlin 1791—94 (der letzte erst nach Forsters Tode). Hieher gehören bes. Bd. I. S. 114—195 über die Düsseldorfer Galerie (seit 1806 in
München) und Bd. II. S. 295--345 über die Antwerpener Sammlungen.
Zum Obigen vergl. man Friedrichs Urteil über Forster, oben S. 13 f.
— [76]) In neuerer Zeit als Schulbild erkannt und heute so bezeichnet.
Jetzige Galerie-Nr. 470. — [77]) Gal.-Nr. 731. — [78]) Gal.-Nr. 1492.

holds gipfeln: Die Malerei „ist ja eigentlich die Kunst des Scheines, wie die Bildnerei die Kunst der Formen; ... sie soll den Schein idealisieren" [79]), jedoch nicht, wie er gleich darauf einem Einwurfe begegnend zufügt, täuschen. Er nimmt das Stillleben in Schutz und stellt die Landschaftsmalerei sehr hoch. Waller wirft dagegen ein, dass fast alle Landschafter zur Staffage greifen, also „über ihre Gattung hinausstreben", und lenkt so zu Salvator Rosa zurück, den Luise mit Vorliebe behandelt habe, „weil er die Natur bloss wie eine Schrift braucht, in deren grossen Zügen er seine Gedanken hinwirft". Reinhold muss zugeben, dass der Landschafter zu willkürlich in die Natur hineindichten könne. „Allein es ist ein wesentlicher Mangel, wenn man der Darstellung sogleich auf den Grund sieht, wenn sich der Schein in die bezeichneten Gegenstände gleichsam verliert." [80]) Als Beispiel dafür giebt nun Luise die sehr ins Einzelne gehende Beschreibung einer neapolitanischen Landschaft von Hackert [81]), die trotz ihrer Ausdehnung „keinen Eindruck von Grösse und erhabenem Reiz macht", weil sie „das Grosse in einer netten Verkleinerung" wiedergiebt. Sie weist auf Claude hin, der mit der nämlichen Natur „in einem edleren Stil" umgegangen sei, und tadelt schliesslich das Fehlen des Schattens im ganzen Bilde. — Damit wird die Landschaft verlassen und zum Porträt übergegangen, wenigstens nach Luisens eigenen Worten; aber das „Porträtstück" ist nichts anderes als Holbeins grosse Madonna mit der Familie des Baseler Bürgermeisters Jakob Meyer. [82]) Die auch hier sehr ausführliche Beschreibung nimmt allerdings zuerst die verschiedenen Familienglieder durch, voran die so bedeutenden männlichen, dann die weniger erfreulichen weiblichen, lässt sich dann aber doch auch die herrliche Gestalt der Madonna

---

[79]) Athenäum II. S. 64. — [80]) ib. S. 66. — [81]) Aus fürstlichem Besitz (des Herzogs Albert von Sachsen-Teschen), heute nicht mehr in der Galerie befindlich. [82]) Das bis 1871 als Holbein geltende Bild ist seit der damaligen Zusammenstellung mit dem Darmstädter Exemplar für die neueste Kunstforschung fast ausnahmslos nur eine allerdings vortreffliche Kopie eines Niederländers (um 1600) nach dem 1525/26 gemalten Originale der Galerie zu Darmstadt.

nicht entgehen. „Sie ist aber keine italienische Madonna, sondern eine deutsche liebe Frau, zu der solche Frauen, wie die neben ihr knieenden, mit Zuversicht beten können."[83]) Nach wenigen unbedeutenden Zwischenbemerkungen über Holbein, dem schon hier flüchtig „das Bildnis eines mailändischen Herzogs von Leonardo" (d. i. Holbeins Porträt des Sieur de Morette) als „in der Art des Fleisses" vergleichbar zugesellt wird, giebt Luise die Beschreibung zweier Darstellungen der Ruhe auf der Flucht nach Aegypten von Ferdinand Bol,[84]) dem Schüler Rembrandts, (1616—-1680) und von dem Venezianer Francesco Trevisani[85]) (1656 - 1746), deren Kontraste in Auffassung (Maria hier eine reizende Nymphe, dort ein mühebeladenes Weib), Ausgestaltung (die beiden Landschaften, dort erstorben, dürr und kahl, hier blühend und orientalisch-üppig) und Kolorit (dort düster in braunen Tönen, hier licht in hellen Farben) scharf herausgehoben werden, ohne dass die Schreiberin aber daraus die weiteren Schlüsse auf die nationalen und künstlerischen Unterschiede der beiden innerlich so weit getrennten Meister zöge. Direkt angefügt ist die wiederum sehr genaue Schilderung einer Anbetung der Könige von Perugino[86]) in kleinstem Formate, die „ein goldenes Lichtlein aus der Kindheit der Kunst" genannt wird. Daran schliesst sich sofort in mächtigem Kontraste die Beschreibung der Opferung Isaaks von Andrea del Sarto (1486—1531)[87]), der den Patriarchen „als den Laokoon des Christentums" vorgestellt habe, „dem Gedanken und dem Geiste nach", und Reinhold erzählt im Anschluss daran nach Vasari[88]) in kurzen Zügen die Geschichte des ursprünglich für Franz I. um 1530 gemalten Bildes. Dabei wird die sonderbare Ansicht laut, dass erst später durch Tizian der Grund zur Landschaftsmalerei gelegt worden und Vasaris Lob der Landschaft auf del Sartos Bild nur aus seiner Zeit zu erklären sei. Die Beschreiberin geht dann zu den Magdalenen über und schildert in wohlberech-

---

[83]) Athen. II. 74. -- [84]) Gal.-Nr. 1603. — [85]) Gal.-Nr. 447. --- [86]) Heute als Franc. Francia bezeichnet. Gal.-Nr. 49. — [87]) Gal.-Nr. 77. — [88]) In der Vita des Andrea del Sarto gegen das Ende. (Ausg. von Della Valle. Siena 1792. Bd. VI. 182 f.)

neter Steigerung die drei Bilder des Bolognesen Franceschini
(1648—1729),[89]) des das 18. Jahrhundert beherrschenden römischen Meisters Pompeo Batoni (1708—1787)[90]) und endlich
Correggios (1494—1534)[91]). Durch die Beschreibung des Letzt-
genannten, die doch nicht weniger giebt als die vorhergehenden, ist Reinhold nicht befriedigt; er wirft die Frage ein:
„Kennen Sie Mengs' Beschreibung[92]) dieser letzten Magdalena?"
und da Luise bejaht und hinzufügt, dass sie absichtlich alles,
was jener sage und was nur den Maler angehe, weggelassen,
tadelt er die Einseitigkeit aller nichtartistischen Schilderung,
die nur vom Ausdruck ausgehe; aber Luise bleibt dabei, dass
auch die kunstvollste technische Behandlung nur Mittel zum
wahren Ausdrucke sei. Als weitere Beispiele dafür bespricht
sie kurz die beiden nach dem h. Georg und nach dem h.
Sebastian benannten Madonnen Correggios[93]) mit ihrem won-
nigen Kolorite, und auf Wallers Frage mit humoristischer
Färbung das unbedeutende Magdalenenbild von Mengs.[94]) Nach
einem leichtfertigen weiteren Einwurfe Wallers über die Blond-
heit aller Magdalenen erklärt sie diese Heilige als „die Bajadere
der christlichen Sage" und fährt dann, um nicht allzu frivol
zu werden, abbrechend fort: „Hier ist etwas für den Ernst
und das Nachdenken. Hat es jemals ein Porträt auf die ewige
Dauer gegeben, so ist es dies eines Herzoges von Mailand von
Leonardo da Vinci."[95]) Es handelt sich also hier, wie neuere
Kunstforschung unwiderleglich dargethan hat, nicht um den
Herzog Ludwig Sforza „il Moro", sondern um den Goldschmied
oder wahrscheinlicher um den französischen Cavalier am Hofe
Heinrichs VIII., Sieur de Morette, und nicht um ein Bild
Leonardos, sondern um ein solches Holbeins.[96]) Die liebevoll
eingehende Schilderung verliert dadurch nichts von ihrer
Richtigkeit, wohl aber können wir die späteren Ausführungen
Wallers über die historische Persönlichkeit des vermeintlichen
Herzogs hier ruhig beiseite lassen. Bevor Waller mit dieser

[89]) Gal.-Nr. 389. — [90]) Gal.-Nr. 454. — [91]) Durch Morelli in seiner
Echtheit verdächtigt, gilt das Bild heute vielfach nur noch als alte
Kopie. Gal.-Nr. 154. — [92]) In dessen „Leben und Werke des Correggio"
(Werke, ed. Prange. III. S. 144.) — [93]) Galerie-Nummern 153 und 151.
— [94]) Gal.-Nr. 2162. — [95]) Athenäum II. S. 97. — [96]) Gal.-Nr. 1890.

einsetzt, giebt Luise noch eine Schilderung der Herodias, die, damals ebenfalls dem Leonardo zugeschrieben, seitdem lange als ein vorzügliches Werk aus seiner Schule galt, in neuester Zeit jedoch umgetauft wurde und nun als Bartolomeo Veneto (in den ersten drei Jahrzehnten des 16. Jahrhunderts „zu Cremona thätiger Schüler Gentile Bellinis unter mailändischem Einfluss") bezeichnet ist.[97] Im Gespräch, das nun folgt, wird des näheren auf Leonardo da Vinci, sein Wesen und Wollen eingegangen, und diese gewaltige Persönlichkeit, das rechte Urbild des Idealmenschen der italienischen Renaissance, von verschiedener Seite beleuchtet, bis Waller mit dem Wahlspruch seiner Werke und seines Lebens „Vogli sempre poter quel che tu debbi" seine „begeisterte Lobrede auf den ehrwürdigen Patriarchen" schliesst. Mit einer Umbildung desselben Spruches „Was ich will, das soll ich können" schliesst auch die ebenfalls 1799 entstandene Romanze „Leonardo da Vinci"[98]) ab, die den Tod des greisen Meisters in den Armen des Königs Franz I. von Frankreich nach Vasaris kurzer Erzählung[99]) behandelt und um dieses ihres Stoffes willen hier genannt sei.

Luise ist mit ihren Beschreibungen zu Ende; sie hat nur „einige Proben des Ausgezeichnetsten" geben wollen: einige der noch grossen Lücken unternimmt nun Waller auszufüllen. Charakteristisch ist der Satz, mit dem er als Antwort auf Luisens Aufforderung „Lassen Sie hören!" einsetzt: „Wenn Sie sich wollen gefallen lassen, ein wenig herabzusteigen, recht gern!"[100]) Herabzusteigen nämlich zu Rubens. In farbenreicher Weise schildert er zunächst dessen Satyrn- und Tigerfamilie;[101]) dabei beachte man Wendungen wie „Rubens' regellose Zeichnung ist für diese unbestimmteren Formen (der Tigerin) wie geschaffen", sowie das Gewicht, das er auf die Wildheit des Malers und seine Meisterschaft in Tieren legt. „Seine prächtigen Pferde scheinen oft Löwenseelen zu haben, und es wäre nur zu wünschen, dass man eben das von seinen

---

[97]) Gal.-Nr. 201 A. — [98]) Erster Druck in den Gedichten von 1800, S. 138 ff.; S. W. I. 220 ff. — [99]) In der Vita des Leonardo gegen das Ende. Della Valles Ausg. Siena 1792. Bd. V. 44 f. — [100]) Athen. II. S. 107. — [101]) In Wörmanns Katalog als „teilweise eigenhändiges Werkstattbild" Nr. 974.

Göttern rühmen dürfte."[102]) Dann schliesst er die Beschreibung des grandiosen „Quos ego!" von 1635 an,[103]) worin er „halb eine überspannende Parodie, halb Uebersetzung ins Flamändische" der keuschen Virgilschen Dichtung erblickt. Hier zeigt sich Schlegel ganz befangen in der Anschauungsweise seiner Zeit, die noch zu frisch aus der nur die Antike verherrlichenden Schule eines Winckelmann und Lessing kam, um die so ganz anders geartete Natur und Kunst des grossen Vlamen richtig zu würdigen. Allerdings hatte schon drei Lustren früher Wilh. Heinse, dessen Kunsturteile sich ja durchweg durch ungemeine Frische und Unabhängigkeit auszeichnen, den gewaltigen Künstler in Rubens erkannt und mit Begeisterung verkündigt, aber seine Stimme war verhallt.[104]) Speziell scheint Schlegel hier beeinflusst von Mengs,[105]) dem er den zweiten der eben angeführten Ausdrücke entnimmt, und von Forster, der aber Rubens, wenn auch mit allerlei Bedenken, doch schon anerkennender gegenübersteht.[106]) Auch auf eine Stelle Friedrichs sei in diesem Zusammenhange hingewiesen, der in den „Notizen" des zweiten Athenäumsbandes über den Stil der Schleiermacherschen „Reden über die Religion" das Urteil fällt: „Sage mir, ob dir neben der herrschenden Schreiberei unserer Stilisten nicht auch so zu Mute dabei wird, als sähest du nach der aufgedunsenen Manier eines Rubens wieder den kräftigen braunen Farbenton und die grossen Formen der besten Italiener."[107]) — Aus der grossen Zahl herrlicher Werke Paul Veroneses, die einen Hauptschatz der Galerie bilden, greift Waller sich dann das besterhaltene, die Findung Mosis,[108]) heraus und beschreibt es mit einem grossen Aufwand an Worten, nicht ohne humoristisch-spöttische Seitenhiebe auf die grillenhafte Phantasie und die Ueppigkeit des Venezianers, dessen Farbenpracht und Festesglanz es ihm

---

[102]) Athen. II. 109. — [103]) Gal. Nr. 966. — [104]) Teutscher Merkur 1776 IV. S. 168, und besonders 1777. II. 117 ff. u. III. 60 ff. In den Werken ed. Laube VIII. S. 168 u. S. 216—250. — [105]) Vergl. bes. im „Schreiben über den Ursprung, Fortgang und Verfall der zeichnenden Künste" Werke, ed. Prange, I. S. 300. — [106]) Ansichten vom Niederrhein. I. 129—180 über die Rubens in Düsseldorf, jetzt in der Alten Pinakothek zu München. — [107]) Athen. II. 292. Min. II. 310. — [108]) Gal.- Nr. 229.

doch angethan haben. Direkt dahinter schildert er die Aus-
setzung Mosis von Nicolas Poussin (1594—1665).[109]) Auch
hier hält er sich mehr ans Aeussere und tadelt gewiss vom
absoluten Standpunkt aus mit vollem Recht gar manches, was
historisch betrachtet in ganz anderm Licht erscheint. Er fasst
seine Verurteilung des Bildes dahin zusammen, dass es ein
gemaltes Basrelief sei und alles darin kleinlich und ohne
Wirkung. Sehr ausführlich handelt er dann über Poussins
Kostüm im Gegensatze zu dem Veroneses: „Bei diesem ist
alles modern, aber alles aus einem Stücke, bei jenem ist
alles antiquarisch, aber es passt nicht zu einander."[110]) Es sei
eine Mischung von Aegyptisch, Griechisch, Hebräisch und (in
der Gestalt des Flussgottes) erzheidnisch, dagegen das des
Venezianers mit wahrem „malerischem Geiste" aufgefasst.[111])
Nur beschreibend ohne Kritik und ohne weitere Abschweifung
bespricht er noch Cignanis Joseph und Potiphars Frau[112]) und
Annibale Carraccis Christuskopf,[113]) dessen Charakteristik er
in die Worte fasst: „Viel von einem Sohne Jupiters und doch
auch etwas von einem Juden". Daran schliesst sich nun eine
kurze Diskussion über das Christusideal überhaupt und die
Möglichkeit der Darstellung desselben, welch letztere von
Luise anknüpfend an Forster und zum Teil mit ähnlichen
Worten[114]) verneint wird.

---

[109]) Gal.-Nr. 720. — [110]) Athen. II. 119. — [111]) Ich kann mir nicht
versagen, hier auf die geradezu glänzende Persiflage hinzuweisen, die
Wilh. Heinse (Teutscher Merkur 1777. 2. S. 127 f.) von Poussins Bild
des „Manna in der Wüste" (im Louvre, Kat.-Nr. 709) gegeben hat:
„Laokoon stellt darinnen vor den kranken alten Juden. Die Königin
Niobe die Frau, die ihrer Mutter die Brust reicht. Einen andern alten
Israeliten, die Bildsäule des Seneca in der Villa Borghese. Antinous
einen jungen Menschen, der mit diesem spricht. Die zween Buben,
die sich zusammen um das Manna balgen, ein Sohn des Laokoon und
ein Fechter aus dem Mediceischen Palast. Eine andere Frau die Diana
im Louvre. Einen jungen Juden der Vatikanische Apollo. Ein Müd-
chen, das ihre Schürze aufhält, die Mediceische Venus; und einen
anderen Mann auf den Knien, Herkules Commodus.... Es ist freilich
kein Wunder, dass dieses Stück so sehr bewundert ward, da es eine
Truppe vorstellte, dergleichen nie kein Dichter gehabt hat." — [112]) Gal.-
Nr. 387. — [113]) Gal.-Nr. 309. — [114]) Ich stelle die Hauptsätze neben
einander:

Ueber Raffaels Sistina (c. 1515)[115]) hat Luise nichts auf-
zuschreiben gewagt, weil ihr dafür die Sprache (zur grossen
Genugthuung Reinholds) nicht auszureichen scheint; die Beschreibung wird nun (S. 124—134) in Gesprächsform gegeben,
wobei Reinhold am kühlsten bleibt und hin und wieder kritische
Zwischenbemerkungen einflicht. Sie ist nicht nur die eingehendste, sondern auch die beste von allen. Das gewaltige
Werk hat den oder die Schreibenden so im Innersten ergriffen,
dass sie sich selbst darüber völlig vergessen (was den andern
Bildern gegenüber nie der Fall ist) und so wirklich ohne alles
Geistreichseinwollen nur ihr Bestes geben. Besonders schön
sind die Sätze über das Christuskind, und wer möchte nicht
beistimmen, wenn da Luise, die überhaupt durchweg das Wort
führt, sagt: „Es ist keine Ueberreife, aber Uebermenschlich-
keit. Denn so weit sich das Göttliche in kindischer Hülle
offenbaren kann, ist es hier geschehen, und ich kann mir den
Mann zu diesem Kinde nicht einmal denken" und weiter:
„ . . . . Ich sehe den Erlöser der Welt am liebsten als Kind.
Das Geheimnis der Vermischung beider Naturen scheint mir
in dem wunderbaren Geheimnis der Kindheit überhaupt am

Luise: Das ist wirklich der
Christus des Hannibal
Carracci, aber ich kann
nicht sagen: es ist ganz
der meinige.
Waller: Und warum nicht?
Luise: Es ist der schönste, den
ich jemals gesehen habe,
aber doch fehlt ihm der
Brennpunkt, wo die höch-
ste Kraft und Duldsam-
keit zusammentreffen;
und bis ich den finde,
werde ich vielleicht die
Darstellung dieses Ideals
für unmöglich halten.
Waller: Sie sind der Meinung
Forsters?
Luise: Aus weniger subtilen
Gründen vielleicht u.s.w.
(Athen. II. 123 f.)

Auch habe ich noch keinen
Christuskopf gesehen, von dem
ich sagen könnte: er ist es!
(Ans. v. Niederrhein. I. 242.)

Was ich aber nicht begreife,
das ist, wie man noch wagen
kann, einen Christus als Kunstwerk darzustellen.
(ib. S. 241.)

[115]) Gal.-Nr. 93.

besten gelöst, die so grenzenlos in ihrem Wesen wie begrenzt ist."[116]) Im weiteren Verlauf der Beschreibung finden wir, soviel mir bekannt ist, zum erstenmale die Dreieckkomposition hervorgehoben, auch dies — ein feiner Zug — durch Reinhold, der als Fachmann immer das Technische betont. Der zu Ehren Raffaels und seiner Meisterschöpfung angestimmte Hymnus in Prosa klingt aus in einer reizenden Beschreibung der beiden Engelsknaben, die allezeit das Entzücken der Frauen gebildet haben. Aber damit nicht genug. Waller, der sich die ganze Zeit über auffallend zurückgehalten hat, will nun dem einzigen Werke noch „auf eine andere Weise beikommen"; er erklärt, dass Poesie und bildende Kunst sich stets gegenseitig beeinflussen. Poesie „soll immer Führerin der bildenden Künste sein, die ihr wieder als Dolmetscherinnen dienen müssen."[117]) Und umgekehrt wird auch die Poesie zur Dolmetscherin für die Malerei, wo uns deren Gegenstände fremd geworden sind. Nach einer kurzen Abschweifung über Protestantismus und Katholizismus im Verhältnis zur Kunst und den grossen Vorteil eines bestimmten mythischen Kreises, wie er durch die katholische Kirche gegeben war, für die Malerei, sieht Waller auch den heutigen Künstler, sofern er „Uebermenschliches ersinnen" wolle, vor der Alternative, „die Ideale einer ausgestorbenen Götterwelt zu wiederholen, oder den göttlichen und heiligen Personen eines noch bestehenden und wirkenden Glaubens, der, wie er gleich darauf hinzufügt, als schöne freie Dichtung eine unvergängliche Dauer verdient, fortbildend zu huldigen."[118]) Die Poesie soll nun der Malerei ihre Dankbarkeit bezeugen durch Behandlung einzelner ihrer „hergebrachten Gegenstände", und so giebt Waller eine Folge von acht Sonetten, deren erstes, die Verkündigung („Ave Maria"), sich kaum an ein bestimmtes Bild anknüpfen lässt, während die folgenden, zum Teil von den Gesprächsgenossen selbst. an bekannte künstlerische Darstellungen angeschlossen werden, trotz des Dichters Versicherung, dass er „nicht gerade einzelne Gemälde dazu gewählt." So das zweite, Christi Geburt, an Correggios Nacht. „Die heiligen drei Könige", das dritte,

---

[116]) Athen. II. S. 129. — [117]) Athen. II. 134. — [118]) ib. S. 136.

hält sich mehr im allgemeinen, doch werden wir an Luises
Beschreibung des „goldenen Lichtleins aus der Kindheit der
Kunst" (s. oben S. 48) erinnert, während das vierte, „die
heilige Familie", sich allerdings auf gar viele Bilder anwenden
liesse, da individuelle Einzelzüge darin fehlen. Das fünfte
dagegen, „Johannes in der Wüste" als „starker Jüngling" in
der Einöde meditierend, knüpft sich an ein Bild der damaligen
Düsseldorfer Galerie, das bald als Raffael, bald als Andrea del
Sarto bezeichnet wurde, während es heute in der Münchener
alten Pinakothek[119]) einfach als römische Schule figuriert und
seinen einstigen Rang und Ruhm eingebüsst hat.[120]) Ist sodann in der „Mater dolorosa" das Thema ohne bestimmtes Vorbild behandelt, so zeigt dagegen „die Himmelfahrt der Jungfrau" Anklänge an ein weiteres Lieblingsbild der Zeit, von
Guido Reni, damals in Düsseldorf.[121]) Das nächste Sonett,
„die Mutter Gottes in der Herrlichkeit", giebt eine nicht eben
sehr gelungene Umschreibung von Raffaels Sistina, die also
hier zum zweitenmale, nun durch einen Hymnus in Poesie,
gefeiert wird. Die Romantiker sind es vor allem gewesen,
die diesem einzigen Werke im Publikum die ihm gebührende
Stellung verschafft haben, indem sie nie müde wurden,
es zu preisen, und in ihren Schriften wie in ihren Briefen

---

[119]) Gal.-Nr. 1098. — [120]) Das Bild gehört zu den besonderen
Lieblingen der Romantik. Caroline Schelling schreibt noch am 4.
Jan. 1807 aus München an Gotters: „. . . . Doch wünsche ich allen,
denen ich Gutes gönne, den öfteren Anblick der Himmelfahrt der
Jungfrau von Guido Reni und des Johannes in der Wüste." (Waitz,
Caroline. II. 324.) Schon 1776 (Teutscher Merkur IV. 108—113) hatte
Wilh. Heinse das Bild als „das erste Meisterstück der Kunst auf der
hiesigen Galerie" beschrieben und schwärmerisch gelobt. (Vergl. auch
Werke ed. Laube VIII. 189—194.) — [121]) Jetzt alte Pinakothek Nr.
1170. Vergl. die vorige Anm. Schon Forster kann sich in seinem
Lobe nicht genugthun. Er giebt in den Ansichten vom Niederrhein (I.
244--248) eine begeisterte, ausführliche Schilderung des Bildes, nachdem er die Sistina mit wenigen, wenn auch anerkennenden Zeilen
besprochen. Auch dieses Bild war schon von Heinse so überschwäng-
lich gepriesen worden, dass er selber hinzusetzte: „Ich werde zum
Schwärmer über der Betrachtung." (Teutscher Merkur 1776. IV. S.
106 f.; Werke ed. Laube VIII. 187 f.)

immer wieder darauf zurückkamen.[122]) — Nach kurzen Zwischenreden folgt noch ein Sonett über die heilige Magdalena, das
sich an die Darstellungen des Batoni und Correggio anschliesst.
Alle diese Sonette, poetisch keine hervorragenden Leistungen,
geben, wie schon erwähnt, nicht etwa genaue Beschreibungen
des zu Grunde liegenden Bildes, sondern Phantasien über das
auch vom Maler behandelte Thema bald in engem Anschluss
an die künstlerische Darstellung, bald in ganz freier Weise,
durchweg aber mit solcher Verherrlichung der katholischen
Legendenwelt, dass Luise halb scherzend einwerfen kann:
„Sie sind nicht nur ein Katholik, sondern ein Proselyten-
macher", was Waller mit einem Angriffe auf den der Kunst
und Dichtung wenig günstigen Protestantismus beantwortet.
Die vielcitierte „prédilection d'artiste"[123]) für den Katholizismus
klingt hier stark durch. Zuletzt ermahnt er Reinhold, nicht
zu sehr der Antike nachzuhängen, sondern vielmehr den katholischen Glauben recht in Ehren zu halten, da die Malerei nur
in diesem, nicht aber in der klassischen Mythologie ihren
Schutzgott habe, und zum Beweise dafür schliesst er das Gespräch mit dem Vortrage seiner Legende vom h. Lukas, dem
nach längerem Weigern die Madonna als Modell sitzt, da ein

---

[122]) Eine lebendige Schilderung des grossen Eindruckes der Dres-
dener Galerie giebt Steffens' Brief an Schlegels Gattin aus jener Zeit,
Freiberg 26. Juli 1799. Ich lasse die Stelle über die Sistina hier folgen:
„In der italienischen Sammlung sah ich bloss die Madonna — bei Gott!
nichts als die Madonna. .... So wirkte noch nie ein Bild auf mich!
Sie sahen mich an, sie sehen mich noch an, sie stehen dicht vor mir,
die grossen, hellen, blauen Augen, die eine Unendlichkeit abspiegeln.
Alles, was ich je gefühlt und geahndet hatte, alle die unbestimmten
Bilder, die eingehüllt in trüben Nebel meiner Seele vorschwebten, das
ganze bunte Gewimmel meines inneren Lebens strahlte mir verherr-
licht aus diesen Augen entgegen. Was ich fühlte, nenne ich Andacht,
wahre religiöse Andacht, Anbetung, weil ich kein Wort sonst weiss."
(Aus Schellings Leben in Briefen. Leipzig 1869/70. Bd. I. 270.) —
[123]) Schlegel selbst braucht den Ausdruck in einem Briefe seines
Alters vom 13. Aug. 1838 à Mad. ***, wo es heisst: „Je retraduisis,
pour ainsi dire, en paroles quelques-uns des plus beaux sujets pitto-
resques. C'était une prédilection d'artiste; ce rapport est encore plus
clairement marqué dans mon poème »L'alliance de l'église avec les
beaux-arts«." (S. unten.)

Traum ihm geboten, sie zu malen; aber bevor er das Bild vollenden kann, stirbt sie. So bleibt ihr Porträt unfertig, der schwache Umriss muss den Gläubigen genügen, bis Jahrhunderte später St. Raphael von Gottes Throne herniedersteigt:

> „Der stellt ihr Bildnis gross und klar
> Mit seinem keuschen Pinsel dar,
> Vollendet, ohne Mängel.
> Zufrieden, als er das gethan,
> Schwang er sich wieder himmelan,
> Ein jugendlicher Engel."

Und so klingt das ganze Gespräch aus im Lobe Raffaels, dessen Preis seinen Höhepunkt gebildet hatte.

Fassen wir zusammen, so fällt uns vor allem auf, wie Vieles fehlt. Die so reich vertretenen holländischen Kleinmaler werden gar nicht erwähnt, der Name Rembrandts, der durch so bedeutende Werke wie das „Selbstporträt" mit seiner schönen Frau auf dem Schoosse, wie das „Opfer Manoahs", das „Rätsel Simsons" und viele Bildnisse vertreten ist, wird gar nicht genannt und nur ein Bild seines Schülers Bol beschrieben; von dem strahlenden Reichtum aus der Glanzzeit der Niederländer werden nur zwei Bilder von Rubens und diese nur mit grosser Zurückhaltung besprochen, unter den älteren deutschen Meistern einzig Holbein hervorgehoben. Abgesehen von je einer Landschaft Ruisdaels und Claude Lorrains ist aller Nachdruck der Darstellung auf die Italiener der Blütezeit gelegt und ihre grössten Meister, Leonardo und Raffael, beide zur gleichen Zeit auch in längeren Gedichten von August Wilhelm gefeiert, sind unbedingt in den Mittelpunkt gerückt. Nicht Kunsthistoriker also, sondern Kunstliebhaber, [124]) die sich aber für ihre Zeit recht gründlich in dem Fach umgesehen haben, sprechen sich über die ihnen liebsten Bilder aus, dabei nach Dilettantenart stärker abhängig von den poetischen Eigenschaften derselben als

---

[124]) Noch 1821 schrieb August Wilhelm über sich selbst die denkwürdigen Worte: „Bei Betrachtung der Gemäldesammlungen in den verschiedenen Ländern Europas habe ich mich immer den Meisterwerken des grossen Zeitalters zugewendet und kann nicht sagen, dass ich die Geschichte der Malerei in allen ihren untergeordneten Verzweigungen meinem Gedächtnisse anschaulich eingeprägt hatte." (Aus einem bisher ungedruckten Briefe an Minister Altenstein. S. Beilage II.)

von den rein künstlerischen. Aber echte, ehrliche Begeisterung für die Kunst, das aufrichtige Verlangen, derselben mit
allen zu Gebote stehenden Mitteln näher zu treten, und
andererseits das Bedürfnis, den Genuss, den die Beschauer
selbst empfunden, auch andern durch das beschreibende
Wort wenigstens andeutungsweise zu vermitteln, das sind
die Grundzüge, die das Werk auf eine höhere Stufe stellen,
als das Meiste, was die Schule sonst geleistet hat. Es spricht
daraus der Respekt und die Liebe für das höhere Können
grosser Meister, während wir sonst so oft bei den Wort-
führern nur den Respekt und die Liebe für das eigene
Können und Wissen vernehmen; freilich die Objektivität und
die reiche Fülle des Materials, die Goethes Kunstschriften
seit Italien auszeichneten, fehlt auch hier, wie bei allen
übrigen Werken der Schlegel auf diesem Gebiete.

Vier weitere Gemäldesonette mögen noch angeschlossen
werden, die, 1800 in der ersten Ausgabe der Gedichte zuerst
gedruckt, ebenfalls in dieser Zeit entstanden sein werden.
Das erste „die Opferung Isaaks"[125]) behandelt das auch in
den Gesprächen (s. oben S. 48) besprochene Bild Andrea del
Sartos in der Art, dass das erste Quartett den knieenden
Isaak, das zweite den greisen Abraham genau nach dem
Bilde schildert und die beiden Terzette die wirkliche Handlung bringen mit der schönen, in echt christlichem Geiste
gehaltenen Schlusswendung:

Mit deinem Wollen ist die That vollendet.
Allein behielt sich's vor der ew'ge Vater,
Den Sohn zu opfern für die ewig Toten

Das zweite Sonett „der heilige Sebastian"[126]) befolgt die
umgekehrte Anordnung: in bewegten Versen schildern die
beiden Quartette die Vorgeschichte des Heiligen, während
dem durch das Bild festgehaltenen Momente nur das erste
Terzett gewidmet ist und das letzte eine rein poetische
Wendung enthält. Jenes erste Terzett aber:

Vom Pferd gerissen, aller Waffenzierde
Entkleidet, sieht er still dem Kampf entgegen,
An einen Baum mit Banden festgeschlungen

kann sich nur auf eines der beiden den Stoff in ähnlicher

---

[125]) Ged. S. 168. S. W. I. 314. — [126]) Ged. S. 169. S. W. I. 315.

Weise behandelnden Bilder van Dycks in der Münchener Pinakothek [127]) beziehen; doch vermag ich dem Text allein nach nicht zu entscheiden, auf welches. Das eine mit des Malers Selbstporträt als Sebastian war früher in der Düsseldorfer Galerie, das andere in der Mannheimer: die grössere Wahrscheinlichkeit spricht dafür, dass Schlegel das erste, bekanntere und von Joh. Heinr. Lips (1788—1815) gestochene Bild gekannt habe. Bei zwei weiteren Sonetten giebt er selber die Gemälde an, die ihm vorgeschwebt haben: Leda von Michelangelo und Io von Correggio. [128]) Das erste Bild in Dresden gilt heute als eine Kopie von Rubens nach dem Originale des Buonarotti, das dieser 1530 für den Herzog Alfons von Ferrara malte und das in traurigem Zustande in den Magazinen der Londoner National-Gallery sich befinden soll. [129]) Das in diesem Werke in grandiosester Weise (Grimm sagt: „historisch im höchsten Sinne") gefasste heikle Thema wird in Schlegels Behandlung schon durch die ganz äusserliche Vergleichung und Kontrastierung mit dem Raube Ganymeds[130]) ins Spielende und Tändelnde herabgezogen, und nur das Schlussterzett hebt sich etwas, ohne die Höhe Michelangelesker Auffassung auch nur annähernd erreichen zu können. Im gleichen Stoffkreis bleibt das Io-Sonett. Der nicht ganz ohne Lüsternheit gegebenen Darstellung Correggios [131]) gemäss spielen auch die Reime tändelnd an der Grenze des Erlaubten hin. Das Sonett giebt hier wieder in den Quartetten die sich genau an das Werk des Malers anlehnende Schilderung und in den Terzetten eine Parallele mit Ixion, dem es umgekehrt ergangen wie Io. Ein Gemäldesonett im weiteren Sinne ist endlich noch das erst 1801 geschriebene „An Buri"[132]) über dessen

---

[127]) Gal.-Nr. 823 u. 824. — [128]) Ged. S. 183 f. S. W. I. 329 f. — [129]) Vergl. oben Kap. 2 Anm. 40 (S. 25); ferner Herm. Grimm, Leben Michelangelos. 5. Aufl. II. 112 f. — [130]) Das erste der Quartette, das den Vergleich bringt, erinnert an Rembrandts bekanntes Dresdener Bild. — [131]) Das berühmte Bild des gerade in solchen Darstellungen ja besonders glücklichen Meisters ist in zwei Exemplaren vorhanden, wovon heute das nie bestrittene der Wiener Galerie als das zwischen 1530 und 1532 gemalte einzige Original, das Berliner dagegen als eine alte, gute Kopie gilt. Dies letztere kannte Schlegel, es war damals in Sanssouci aufgestellt. — [132]) Schlegels und Tiecks Musenalmanach

Bildnis der Gräfin Tolstoy, geb. Baratinsky, das in seinem zweiten Quartette, für den Maler wie für den Dichter gleich ehrenvoll, die denkbar höchste Auffassung der Kunst ausspricht.[133])

Das nächste Stück des Athenäums (II, 2) wurde eröffnet durch August Wilhelms formenschöne, aber allzuviel gelehrten Ballast enthaltende Elegie an Goethe „Die Kunst der Griechen."[134]) „Das Antikste, was ich noch in teutonischer Sprache gelesen", schrieb Bruder Friedrich hochentzückt aus Berlin.[135]) Anknüpfend an den Raub der italienischen Kunstwerke durch Napoleon, der unter dem Bilde einer erneuten Plünderung Korinths durch Mummius angedeutet wird,[136]) wird im Gegensatze hiezu Goethe, „der hellenischen Muse Geweihter", als der stille Deuter der Wundergebilde antiker Kunst gefeiert. Laokoon und Niobes hehre Gestalt leuchten auf, und in prachtvollen Versen wird das Wiederaufleben der alten Kunst zur Zeit der Renaissance, das Wiederaufleben der alten Kultur in der Aufgrabung Pompejis gepriesen. In begeisterter Schilderung entrollt Schlegel dann Bilder griechischen Lebens zur Zeit Pindars: dies festliche Leben entfloh, aber geblieben ist der Geist und sein Gesetz, geblieben auch die schwer zu erringende Schönheit, zu welcher Hellas' Kunst emporstieg, „die gleich der lakonischen Jungfrau

Nackt die Glieder geübt, eh sie der Liebe gedacht",

---

auf 1802, S. 107. S. W. I. 369. Friedrich Buri (1763 geb.), der bekannte römische Korrespondent Goethes, malte u. a. auch dessen und Herders Porträt. Goethe über ihn in Kunst und Altertum I. 2 S. 20, Meyer über ihn in seiner Kunstgeschichte des 18. Jahrh. im „Winckelmann" S. 336. Vergl. auch Harnack, Deutsches Kunstleben in Rom, S. 45 und 96 ff. — [133]) A. W. Schlegels Gemäldegedichte haben Schule gemacht in der deutschen Litteratur. Ich will hier nur auf drei weniger bekannte Dichter verweisen. Sophie Brentano (Mereau) gibt in ihrer „Bunten Reihe kleiner Schriften" (Frankfurt 1805) S. 49—54, sechs Gedichte „auf einige Gemälde der Dresdener Galerie", darunter 2 Sonette auf die Sistina und van der Werfts „Vertreibung der Hagar". In Walrafs „Taschenbuch für Freunde altdeutscher Zeit und Kunst" 1816 stehen (S. 1—9, 107 f., 215 f., 315) vierzehn Gemäldesonette von E. von Groote (1789—1864) und F. W. Carove (1789—1852), darunter auch sechs auf das Kölner Dombild. — [134]) Athen. II. 181—192. S. W. II. 5—12. — [135]) Walzel, S. 407. — [136]) Dasselbe Bild hatte er schon

eine von Friedrich besonders bewunderte Stelle.[137]) In kurzen Zügen erinnert er nun an die dorische, jonische und korinthische Säule, die noch „im Schutt zerrissener Trümmer" feststehende Ordnung der architektonischen Verhältnisse, um dann in je einem Distichon die grossen Maler Polygnot, Zeuxis,[138]) Parrhasius, in je einer Zeile Timanthes und Aristides und in längeren Stellen Protogenes und Apelles leicht und glücklich zu charakterisieren. In dem Distichon:

Ach wo blieb, Apelles, dein blitzender Gott Alexandros
Und der Gesellin Bild, welches sie selbst dir erwarb?

spielt Schlegel an auf die Anekdote von der schönen Kampaspe, der Geliebten Alexanders, welche durch ihre Reize den sie auf des Herrschers Befehl nackt porträtierenden Apelles so hinriss, dass sein Werk ein Meisterwerk wurde, zu dessen Belohnung ihm Alexander die Geliebte schenkte.[139]) Schlegel hat die Geschichte auch in seinem Gedichte „Kampaspe"[140]) das ebenfalls 1799 entstand, behandelt und damit die Trilogie seiner antiken Künstlergedichte beschlossen, welche die Macht der Skulptur (Pygmalion), der Poesie und Musik (Arion), sowie der Malerei (Kampaspe) zu verherrlichen bestimmt sind. — Die Schöpfungen der antiken Maler, so geht der Gedankengang der Elegie weiter, sind uns alle verloren, ebenso die aus härterem Stoffe geschaffenen Werke eines Phidias, die chryselephantine Pallas des Parthenon, wie sein Olympischer Zeus. Doch auch die aus noch dauerhafterem Material geformten Erz- und Marmorstatuen eines Polyklet, Alkamenes, Agorakritos, Skopas und Praxiteles, eines Myron und Lysipp, wie die schöngeschmückten Schalen eines Mentor sind dahin. Was dabei von einzelnen Werken genannt wird, war alles durch die Ueberlieferung bekannt, und die Schilderung ist so flüch-

---

in Fragment 192 (Min. II. S. 233) gebraucht. — [137]) Walzel S. 408. — [138]) Wieder mit Anspielung auf die S. 44 Anm. 70 erwähnte Anekdote. — [139]) Plinius, hist. nat. XXXV. 36 (Ed. Delafosse, Paris 1831, Bd. IX. 341 f.), oder nach neueren Ausgaben XXXV. 86 (Ed. Sillig, 1851, V. 238); in diesen ist die Schreibung des Namens nach Aelian (var. hist. XII. 34. ed. Teubner II. 132) in Pankaste geändert. — [140]) Schillers Mus.-Alm. 1799 S. 86 ff. S. W. I. 211 ff. Dav. Friedr. Strauss (Ges. Schriften II, 154) nennt das Gedicht „der Form und Farbe nach die schönste unter Schlegels Romanzen."

tig, dass wir nirgends an bestimmte erhaltene und Schlegel bekannte Werke denken dürfen. Damit ist der auf bildende Kunst bezügliche Teil der Elegie abgeschlossen; was noch folgt, schildert die verschiedenen Meister der Poesie, um schliesslich wieder in den Preis Goethes auszulaufen. Hier hat also August Wilhelm mitten aus der Beschäftigung mit neuerer Kunst heraus wieder auf das Gebiet der Antike hinübergegriffen, das ihm, wie wir aus einzelnen Bemerkungen seiner Recensionen und noch mehr aus seinen dahin gehörigen Fragmenten sahen, ein altvertrautes war.

Mitten aus der Beschäftigung mit neuerer Kunst heraus: ihr galt auch der nächste, unmittelbar auf die Elegie folgende Aufsatz, der die Hauptmasse dieses Athenäumsstückes ausmacht, „Ueber Zeichnungen zu Gedichten und John Flaxmans Umrisse."[141]) Im Eingange spricht er über deutsche Illustrationen im allgemeinen ein scharfes, mit Spott wohl durchwürztes Verdammungsurteil;[142]) allerdings seien die Illustratoren meist an traurige litterarische Machwerke gebunden. Auch können sie sich auf ein berühmtes Vorbild berufen, auf Hogarth, den Schlegel trotz der „ausschweifenden Schätzung seiner Landsleute" sehr tief stellt und nicht einmal „als Komödienschreiber", wie ihn Walpole[143]) nenne, gelten lassen will. „Komödien sollten lustig sein. In Hogarths Bildern ist alles hässlich und un-

---

[141]) Athen. II. 193—246. S. W. IX. 102—157. — [142]) Im Zusammenhange damit sei hier auf eine spätere Stelle aus dem II. Kurs seiner Berliner Vorlesungen hingewiesen. Herbst 1802 sprach er es da aus, dass die Kupferstiche der kleinlich verzierten Taschenbücher „zu der bildenden Kunst ungefähr in eben dem Verhältnisse stehen, wie die darin enthaltenen Gedichte zur Poesie". (Europa II. 1. S. 16. Minors Neudruck der Vorlesungen S. 28.) Inzwischen hatte auch Heinrich Meyer in einem Aufsatze des Journals des Luxus und der Moden (1800, S. 109 ff.) die Frage: „Genügen uns die Kupferstiche, deren jedes Buch oder Büchlein in unsern Zeiten einige zur Mitgift bekommt?" mit entschiedenem Nein beantwortet und dieselben vielmehr „einstweilen ein wahres Verderben des guten Geschmackes" genannt, allerdings nicht ohne seine Hoffnung auf Besserung dieses Zustandes auszusprechen. — [143]) Den englischen Schriftsteller Horatio Walpole (1717—1797) studierte Schlegel viel in dieser Zeit: er gab 1800 einen Band Uebersetzungen von dessen ausgewählten Schriften

:

poetisch."[144]) Er sei Vorbild und Quelle für die Karikaturen-
zeichner. Dagegen ist wieder die englische Shakespeare-
Galerie[145]) allzu theatralisch, und selbst Chodowiecki macht
es Schlegel nicht zu Dank. Die Wahl der Szenen werde
ebenfalls meist verfehlt: da würden edle Handlungen herausgegriffen, die sich gar nicht malen liessen, oder ganz einfache Vorgänge hochpathetisch dargestellt. Dass aber gar
der Roman von den Illustratoren so bevorzugt werde, sei
besonders schlimm: er solle ja, sofern er Dichtung sei, „die
zarten Geheimnisse des Lebens, die nie vollständig ausgesprochen werden können, in reizenden Sinnbildern erraten
lassen" (die von Bruder Friedrich verkündigte romantische
Theorie vom Roman als dem centralen Allkunstwerk!) und
biete somit dem bildenden Künstler höchstens „an seinen
äussersten Grenzen" Stoff. Wo der Dichter dagegen diesen
geradezu herausfordere, wie etwa in Goethes „Neuem Pau-
sias", da werde der Wink nicht verstanden. Cyklische Folgen von Bildern zu poetischen Schöpfungen, das sei das
Richtige. „Der bildende Künstler gäbe uns ein neues Organ,
den Dichter zu fühlen, und dieser dolmetschte wiederum in
seiner hohen Mundart die reizende Chiffersprache der Linien
und Formen"[146]): eine neue Wendung des oben (S. 54) citierten
Satzes aus den Gemäldegesprächen.

Ein solcher Künstler ist nun aber nach Schlegels Ansicht der englische Bildhauer John Flaxman[147]), und seine
von dem römischen Stecher Tommaso Piroli[148]) gestochenen,
in Deutschland fast unbekannten Umrisszeichnungen zu Dante,
Homer und Aeschylus entsprechen den eben gestellten Forderungen.[149]) Schlegel betont besonders die Vorzüge der

---

heraus. — [144]) Athen. II. 197. — [145]) Vergl. dazu Tiecks Aufsatz
über die Shak.-Gal. von 1793 (Krit. Schriften I. 1—34), zuerst gedr.
in der Neuen Bibl. der schönen Wissenschaften, LV (1795) S. 187—226.
— [146]) Athen. II. S. 203. — [147]) Flaxman, geboren 1725 in York, lebte
1787—1794 in Italien, hauptsächlich in Rom, und seit 1794 in London,
wo er 1800 Mitglied der Akademie, 1810 Professor an derselben wurde.
Er starb 1826. — [148]) Tommaso Piroli lebte 1750—1824. — [149]) A. W.
Schlegel hatte, wie aus einem Briefe Joh. Aug. Heines in Dresden
an ihn vom 31. Jan. 1799 hervorgeht, die Absicht, den Dante Flaxmans
in Deutschland herauszugeben und mit Text zu begleiten. Er selbst

blossen Konturzeichnung vor ausgeführten Blättern, die nicht nur ökonomischer sei (weniger Arbeit, deshalb billiger und dadurch grösserer Verbreitung fähig), sondern auch durch ihr Stehenbleiben „bei den ersten leichten Andeutungen auf eine der Poesie desto analogere Weise" wirke. Die Zeichen der Kunst „werden fast Hieroglyphen wie die des Dichters" und bedürfen im Gegensatz zum ausgeführten Bilde der ergänzenden Phantasie des Beschauers. Allerdings muss Schlegel im weiteren zugeben, dass die Sprache solcher Werke nur dem Kenner geläufig sei, der mit malerisch geübter Phantasie und grosser Kenntnis ausgeführter Werke an sie herantrete. Ein weiterer Vorzug der Umrisszeichnung sei, dass sie Szene und Umgebung nur leicht, gleichsam symbolisch andeute und so alles Schwergewicht auf die Hauptsache, die Handlung und die Charakteristik der Handelnden legen könne. — „Das richtigste Urteil", „ein plastisches Dichtergefühl" bekunde nun aber Flaxman in der Wahl der Dichter, wie der

---

kannte diese Werke durch Heine, der sie ihm auch zu seiner Arbeit geliehen hatte, wie der folgende Brief zeigt:

Dresden, am 20. März 1799.

Mit vielem Vergnügen, werthgeschätzter Freund, sende ich Ihnen, Ihrem Wunsche gemäss, die Flaxmannschen Werke. Ich bitte Sie aber, diese als ein Heiligthum zu betrachten, dass, nach Ihrem Versprechen, Niemand etwas davon kopiere. — Sie können selbige volle acht Tage behalten, nach Verlauf dieser Zeit muss ich mir selbige wieder ausbitten. Es kann sein, dass jetzt diese Messe die Herausgabe der Homerischen Werke, und die des Aeschylus mit dem Herr O. C. Rath Böttiger entschieden wird; und dann hätte ich sie selbst sehr nöthig, auch dienen sie mir zum Studium. Wenn sich Herr Voss nicht entschliesst, den Dante zu übernehmen, so werden Sie wohl durch Ihre Bekanntschaft eine solide Handlung dazu finden, besonders wenn das Publikum einen Aufsatz von Ihnen darüber liest, und auf diesen Kunst-Schatz aufmerksam gemacht wird.

Ich bin fest überzeugt, dass Sie meine Bitte eben so pünktlich erfüllen werden, als ich mir es zur Pflicht gemacht habe die Ihrige zu erfüllen; in dieser Hofnung habe ich Ehre (sic!) mit aller Achtung zu sein

Ihr   ergebenster J. A. Heine.

Ungedruckt. Das Original in der kgl. öffentl. Bibliothek zu Dresden (A. W. v. Schlegels Briefwechsel, Bd. 10.) — Klette 68. 2.

daraus entnommenen Szenen. Homer, der nach Winckelmanns
Ausdruck nicht in Bildern spreche, sondern fortschreitende
Bilder gebe, Aeschylus, der strengste und hoheitsvollste unter
den Tragikern, Dante, den schon Michelangelo sich ausge-
sucht, diese dreifache Wahl bezeuge „ungewöhnlich hohe
Bildung" insbesondere bei einem Engländer, und ganz besonders, wenn dieser den vergötterten nationalen Poeten Milton
übergehe zugunsten des fremden, allgemein noch als finster
und geschmacklos geltenden Italieners, der allerdings in Wirklichkeit „bald der Raffael und bald der Michelangelo der
Poesie" sei. Mit den Dante-Blättern macht er denn auch den
Anfang der Besprechung und behandelt sie (auf 16 Seiten)
weitaus am ausführlichsten, indem er die Gelegenheit benutzt,
über den von ihm so hoch gestellten und durch seine Bemühungen gerade damals langsam aber immer fester in Deutschland sich einbürgernden Poeten manche treffende Zwischen-
bemerkung einzustreuen. Es hat hier keinen Sinn, auf
Einzelnes einzugehen, was in fruchtbarer Weise nur vor den
Umrissen selbst mit Dantes Text in der Hand geschehen
könnte. Wir werden heute nicht durchweg mit Schlegels
Urteilen übereinstimmen, und manches Blatt des Engländers
muss uns neben der gewaltigen Dichtung, die vor ihm und
nach ihm so viele zu künstlerischer Nachbildung gereizt hat,
ohne dass doch eine einzige davon vollauf befriedigte,[150]) recht
ungenügend vorkommen, wie wir auch seine Ueberschätzung
der Umrisszeichnung nicht mehr teilen: gerade für manche
Szene Dantes vermöchte eine Wirkung mit Licht und Schatten,
ein Sichverlieren im Halbschatten, ein Auftauchen aus geheim-
nisvollem Dunkel dem Eindruck der Verse viel näher zu
kommen als die harte Bestimmtheit des blossen Konturs.
Auch sieht Schlegel in Flaxmans Figürchen oft mehr von
Inhalt und Ausdruck hinein, als wirklich darin liegt. Vor
den in Lichtglanz und Musik getauchten Visionen des Para-
dieses muss überhaupt jedes Ausdrucksmittel bildender Kunst[151])

---

[150]) Für mich bleiben immer noch Sandro Botticellis Silberstift-
zeichnungen die wirksamste und künstlerisch bedeutendste Lösung der
Aufgabe. — [151]) Nur die Musik kann auf ihrem Gebiet Entsprechendes
erreichen, wobei ich besonders an gewisse Beethovensche Sätze in den

erlahmen, und selbst Schlegel giebt zu, dass hier die dem
Dichter nur allzu genau folgende Zeichnung „dann freilich
Umriss vom Umrisse bleibe." — In eine ganz andere Welt
führen uns die weiteren Bilderfolgen. Wie Flaxman den Dante
„recht enthusiastisch modern" gegeben, so den Homer und
Aeschylus „recht entschieden antik." Die Umrisse zu Homer
seien eine Rückübersetzung aus Popes Travestie in das Echt-
griechische und Heroische. Schlegel benutzt den Anlass zu
einem Lobe Winckelmanns und seines richtig angefassten Bemühens, Schriften und Kunstwerke der Alten sich gegenseitig
erklären zu lassen, sowie zu dem bereits (S. 37 f.) angeführten
Ausfall gegen Hirt. Wenn Flaxman auch „die alten Sprachen
nicht besass", so hat er doch das Kostüm genau studiert und
dadurch für die nebenbei ziemlich derb verspotteten Antiquitäts-
dilettanten reichlich gesorgt. Allerdings sind so Kostüm und
Beiwerk, wie die Götter- und Menschengestalten nicht wahrhaft „homerisch", d. h. der Zeit, in die sie Homer versetzt,
angemessen, sondern so, „wie sie einem gebildeten Griechen
aus den Zeiten der blühenden Kunst dabei gegenwärtig waren."
Denn „ein vollendeter Stil der Poesie kann nur durch einen
ebenso vollendeten Stil der bildenden Kunst ausgedrückt
werden."[152]) — Beim Aeschylus dagegen durfte der Zeichner
von einer noch so herrlich zu denkenden antiken Bühnen-
darstellung ausgehen. Die eigentlichen Vorbilder aber gaben
für seinen Zweck besser als alle Statuen die antiken Vasen-
bilder, deren Stil er sich „selbständig angeeignet und nach
seinen Bedürfnissen mit Verstand und Eigentümlichkeit modi-
fiziert" hat. Diese auch im Format am grössten gehaltenen
Aeschyleischen Umrisse hält Schlegel für die besten. Mit
dem Hinweis, wie dankbar für ähnliche künstlerische Behandlung auch Pindar, Sophokles, Euripides und Aristophanes
wären, ja wie selbst bei Homer noch Nachlese zu halten sei,
und mit dem Wunsche, dass die deutschen Künstler sich da
bethätigen möchten, schliesst der Aufsatz, nicht ohne noch
zu allerletzt auf die Wünschbarkeit guter poetischer Ueber-
tragungen der Tragiker und Pindars ins Deutsche, wie sie der

letzten Quartetten denke. — [152]) Athen. II. 231.

Verfasser selber damals plante, nachdrücklich hinzuweisen.
— Mit deutlicher Wendung gegen diese fast begeisterte Beurteilung des englischen Künstlers nennt Goethe in seinem
Briefe an Heinrich Meyer vom 1. April 1799, nachdem er
„durch einen günstigen Zufall", d. h. bei Schlegel, der zum
Zwecke seines Aufsatzes die drei Bilderfolgen, wie wir sahen,
von Heine in Dresden erhalten hatte, „die Flaxmanschen
Kupfer sämtlich gesehen",[153] den Mann den „Abgott aller
Dilettanten" und wiederholt diesen Ausdruck, der ihm somit
besonders treffend erschien, in einem kleinen Aufsatze „Ueber
die Flaxmanischen Werke." Dieses eben jetzt (Weihnachten
1896) zum erstenmale gedruckte[154] Bruchstück giebt eine
Charakteristik dieser Zeichnungen, die in ihrer Kürze, objek-
tiven Ruhe und Klarheit von Schlegels wortreicher und weit
übers Ziel gehenden Verherrlichung vorteilhaft sich abhebt.
War dieser in allerdings dilettantischer Art noch stark abhängig von den ihm besonders anziehenden Stoffen, die Flaxman
behandelte, so urteilt Goethe einzig vom künstlerischen Standpunkte aus in einer Weise, der wir heute wohl unbedingt
beistimmen werden. Seine Worte blieben damals unbekannt,
wohl nur deshalb, weil er dem jungen Autor, der schon öfter
mit überzeugter und überzeugender Wärme für ihn eingestanden
war, nicht öffentlich gegenübertreten wollte. Als Schlegel
dann den Aufsatz 30 Jahre später (1828) wieder abdruckte,
konnte er in einem Nachtrage nicht nur von seinem Besuche
bei dem inzwischen (1826) verstorbenen Meister im Jahre 1823
berichten und dessen spätere Arbeiten (Umrisse zu Hesiod;
Schild des Achilles nach Homer) kurz beurteilen, sondern er
durfte auch seiner Befriedigung über die seitherigen Fortschritte der deutschen Kunst Ausdruck geben und in den
Nibelungen- und Faust-Blättern seines Freundes Cornelius
eine Frucht seiner Anregungen erblicken.[155]

---

[153] Goethes Briefe W. A. XIV. 62. — [154] Goethes Werke W. A.
XLVII. 245 f. — [155] Krit. Schriften 1828. II. S. 306—309. Cornelius'
Faust in 12 Blättern, gestochen von Ruscheweyh, erschien Frankfurt
1810, die 7 Blätter zum Nibelungenlied, gest. von Lips und Ritter,
in Berlin 1822. Vergl. Nagler, Monogrammisten II. 193.

Inzwischen ging nun aber Friedrich nicht müssig, und
wenn er auch von seiner Legion Pläne nur wenige wirklich
in Angriff nahm und von diesen begonnenen nur die wenigsten
zu Ende führte, so war er doch gerade jetzt, seit Dezember
1797, besonders mit sich zufrieden: er hatte den Dichter in
sich entdeckt und schrieb seine „Lucinde", die, so viel Zeit
und Mühe sie ihm auch kostete, doch in seiner Phantasie
sogleich nur zum ersten einer langen Reihe von Romanen
und Novellen wurde, auch Faust und Dithyramben sollten
nachfolgen. [156]) Ueber die „Lucinde" [157]) selber habe ich hier
nur so viel zu sagen, als direkt zu meinem Thema gehört, und
das ist wenig genug. Zwar könnte man gerade diesen sogenannten Roman in seiner unglaublichen Zerfahrenheit und
Haltlosigkeit als besten Beweis dafür anführen, wie wenig
Friedrich Schlegel selber Künstler, wie ihm alle Plastik in der
Bildung seiner Gestalten und Situationen, alle Gestaltungskraft
abging. Er kommt nicht heraus aus einem musikalischen
Phantasieren über die Situation, die er schildern sollte, nicht
hinaus über ein mosaikartiges Zusammensetzen der Charaktere
aus kleinen, nie ein Ganzes gebenden Strichen, statt sie in
innerer und äusserer Handlung zu entwickeln. Interessant ist
immerhin, dass er Julius, die männliche Hauptfigur (denn von
einem „Helden" kann man hier füglich nicht sprechen!), von
Beruf Künstler, und zwar Maler, sein lässt. „Was er bildete"
heisst es einmal, „war gross gedacht und im alten Stil; aber
der Ernst war abschreckend, die Formen fielen ins Ungeheure,
das Antike ward ihm zu einer harten Manier, und seine Gemälde blieben bei aller Gründlichkeit und Einsicht steif und
steinern. Es war vieles zu loben, nur die Anmut fehlte; und
darin glich er seinen Werken." [158]) Nun aber trifft Julius
Lucinde, die selber die Malerei treibt, „nicht wie ein Gewerbe
oder eine Kunst, sondern bloss aus Lust und Liebe." In
ihren Armen findet er seine Jugend wieder. Und nun ändert

---

[156]) Laut einer Stelle in den Briefen an Wilhelm, Walzel S. 400.
— [157]) Die „Lucinde" erschien 1799 in Berlin bei-Fröhlich, nachdem
sich die Verhandlungen mit Unger, deren Reflexe wir in den Briefen
an Wilhelm verfolgen, zerschlugen. Ich benütze den als zweite Auflage bezeichneten Stuttgarter Nachdruck von 1835. — [158]) A. a. O. S. 89.

sich auch der Charakter seiner Werke. „Seine Gemälde belebten sich, ein Strom von beseelendem Licht schien sich
darüber zu ergiessen, und in frischer Farbe blühte das wahre
Fleisch."[159]) Nun werden badende Mädchen, sich im Wasser
bespiegelnde Jünglinge, Mütter mit Kindern „die höchsten
Gegenstände seines Pinsels." Am liebsten malt er „Umarmungen, in deren Verschiedenheit er unerschöpflich war": „In
ihnen schien wirklich der flüchtige und geheimnisvolle Augenblick des höchsten Lebens durch einen stillen Zauber überrascht und für die Ewigkeit angehalten" u. s. w. [160]) So hat
denn auch die Kunst in dieser Rhapsodie der Sinnlichkeit
keine andere Stelle, als zu zeigen, wie sie sich unter dem
Einflusse sinnlicher Liebe verändere (nach Schlegels Auffassung
verbessere) aus der Gebundenheit eines ernsten Stiles zur
Freiheit lüsterner Darstellungen. Es ist somit, wenn wir alle
romantischen Floskeln und bilderreichen Umschreibungen wegstreichen, eine recht niedrige Auffassung der Kunst wie des
Lebens, die uns in der „Lucinde" entgegentritt, und gerne
wenden wir uns anderen und bald auch erfreulicheren und
innerlich wahreren Schöpfungen des proteusartig sich wandelnden Verfassers zu.

Unklar und verworren waren Friedrichs philosophische
Gedanken meist gewesen; jetzt aber macht er diese Unklarheit absichtlich zum Prinzip und verliert sich in eine Mystik,
deren Vorbilder hauptsächlich bei Novalis zu suchen sind.
Er nähert sich, um Hayms zugespitzten, aber treffenden Satz
zu wiederholen, nachdem er lange einem konfusen Radikalismus
gehuldigt hatte, der radikalen Konfusion, [161]) und seine mystischen Anschauungen werden nun in Vers und Prosa laut verkündet. Dass er sich selbst dabei das Höchste zutraute, lehrt
das von einem beneidenswerten Selbstgefühl zeugende Gedicht
„An Heliodora".[162]) Da vermisst er sich, nicht nur als

---

[159]) Eine Schilderung, die es nahelegt an Correggio zu denken, der
ja im Gemäldegespräch sehr gefeiert worden war. — [160]) ib. S. 102 f.
Auch das lässt uns an Correggios „Io" denken. — [161]) Haym S. 490.
Haym findet mit Recht in den „Ideen" die Keime von Schlegels nachmaligem Katholizismus. (S. 492.) — [162]) Athen. III. S. 1-3. S. W. VIII.
S. 102—104.

Dichter und Gelehrter, sondern auch als Förderer der Kunst
das Höchste zu vollbringen (wie er sich das denkt, bleibt unklar), und versteigt sich zu der Strophe:

Die schwangere Zukunft rauscht mit mächtgem Flügel,
Ich öffne meiner Lebensbahn die Schranken;
Schau in des klaren Geistes tiefsten Spiegel! —
Da kämpf' ich Werke bildend sonder Wanken,
Entreisse jeder Wissenschaft das Siegel,
Verkünd'ge Freunden heilige Gedanken
Und stifte allen Künsten einen Tempel,
Ich selbst von ihrem Bund ein neu Exempel.

Er sah in seinem geistigen Grössenwahne nicht, dass das,
was er von sich selbst für die Zukunft prophezeit, in der
Gegenwart und vor seinen Augen, soweit es einem Einzelnen
überhaupt erreichbar, bereits erfüllt war durch seinen hochgefeierten Meister Goethe, der allerdings solche Worte über
sich selbst nie über die Lippen gebracht, geschweige denn
aller Welt verkündigt hätte. Diesem Gedicht folgen im
„Athenäum" anderthalbhundert „Ideen", [163]) die in fast prophetischem Tone seine neue Weisheit verkündigen. Auch
über Kunst und Künstler finden sich hier einige Aussprüche,
die eine interessante Parallele zu den nüchterneren und klareren,
meist eben vom älteren Bruder herrührenden „Fragmenten"
des ersten Bandes bilden. Da finden wir zunächst Urteile
über den Unwert der Aesthetik, [164]) über den zum Heiligen
einer neuen Religion gestempelten Winckelmann, [165]) über den
Kunstgeist sowie die Stellung von Kunst und Wissenschaft
unter den Deutschen, welche dieselben als ihre Nationalgötter
verehrten. [166]) Neben solche, für die Deutschen so schmeichelhaft klingenden Sätze halte man nun den Anfang des nicht
viel später entstandenen Gedichtes „An die Deutschen", [167])
der viel eher an das bekannte Strafkapitel gegen dieselben

---

[163]) Athen. III. 4—33. Minor II. 289—307. Die Nummern nach
Minors Zählung. — [164]) 72. Min. II. 297. — [165]) 102. ib. S. 300. —
[166]) 120 und 135. ib. S. 302 u. 304. — [167]) Athen. III. 165—168. S. W.
IX. 13—16. Ganz nach der Art künstlerisch unproduktiver Versemacher
bevorzugt Friedrich Schlegel die äusserlich schwierigen, ausländischen
Formen: „An Heliodora" ist in Stanzen, „An die Deutschen" in Terzinen
geschrieben, und Disticha, Kanzonen und Sonette sind seine Lieblingsformen. Sein Lehrer dabei war natürlich das Formgenie August Wil-

im zweiten eben (1799) erschienenen Bande von Hölderlins
„Hyperion" [168]) anklingt:

> Vergasst auf ewig ihr der hohen Ahnen?
> Ihr uneins all, an Stumpfheit alle gleich,
> Gelehrte, Laien, Herrn und Unterthanen!

Allerdings schreibt er später von ihnen: „Die Kraft der Kunst
gewährt er (Gott) sonder Bitte", und der Schluss des ver-
worrenen, den Gedanken einer gewaltigen poetischen und
künstlerischen Renaissance auf deutschem Boden in mystischen
Bildern verkündenden Gedichtes erhebt sich wieder zum Preise
Deutschlands, in welchem der Quell der neuen Zeit fliesse. —
Wenden wir uns zu den „Ideen" zurück, so sind es vor allem
zwei Fragen, mit welchen sich die auf Kunst bezüglichen von
immer neuen Seiten befassen. Es handelt sich dabei mehr
um die Persönlichkeit des Künstlers, worunter immer auch
der Dichter mitverstanden (denn Schlegel kann jetzt seine
weltumspannenden Sätze gar nicht weit genug formulieren),
als um die Kunst. So sucht er zunächst die Frage „wer ist
Künstler?" zu beantworten, und diese Antworten werden immer
weiter gefasst: zunächst „der seine eigene Religion, eine ori-
ginelle Ansicht des Unendlichen hat",[169]) dann „dem es Ziel
und Mitte des Daseins ist, seinen Sinn zu bilden",[170]) endlich
„wer sein Zentrum in sich selbst hat."[171]) Hier fällt der
Begriff „Künstler" mit dem Begriff „Mensch" schon ganz zusammen, und Friedrichs damalige Ansicht würde paradox ausgedrückt auch nicht anders gelautet haben als: Jeder Mensch
im höhern (Schlegelschen) Sinne ist ein Künstler. Schroff
und energisch spricht er dann aus: „Der Künstler, der nicht
sein ganzes Selbst preisgiebt, ist ein unnützer Knecht",[172])
und dieser, wie der folgende, für die Universalität der einzelnen Künstler eintretende Satz [173]) führt hinüber zur zweiten,
viel erörterten Frage nach der Stellung des Künstlers in der
Welt, zum Menschen und zur Menschheit: hier wird der Begriff nun wieder enger als der des, gleichviel auf welchem
Gebiete, schaffenden Künstlers zu fassen sein. Die Künstler

---

helm. — [168]) Die Erstausgabe ist mir nicht zugänglich. In den
Werken, ed. Schwab, I. 2. S. 142 ff. — [169]) 13. Min. II. 290. — [170]) 20. ib.
S. 291. — [171]) 45. ib. S. 294. — [172]) 113. ib. S. 301. — [173]) 114. ib. S. 301.

sind unter den Menschen, was diese unter den anderen Bildungen der Erde,[174]) sie bilden einen ewigen Verein, eine
Gemeinde der Heiligen;[175]) „wo die Künstler eine Familie
bilden, da sind Urversammlungen der Menschheit";[176]) sie sind
das höhere Seelenorgan der Menschheit, die nur durch sie ein
Individuum wird.[177]) Im Staate darf der Künstler „eben so
wenig herrschen als dienen wollen. Er kann nur bilden, nichts
als bilden, für den Staat also nur das thun, dass er Herrscher
und Diener bilde, dass er Politiker und Oekonomen zu Künstlern
erhebe",[178]) wobei allerdings Gesetzgeber Schlegel auf die Frage,
wie dies letztere denn nun eigentlich zu geschehen habe, wohl
um die Antwort verlegen gewesen wäre. Dass die Künstler
innerhalb der Welt einen besonderen, für sich abgeschlossenen
Kreis bilden, diesen Gedanken variieren noch die Sätze 142,
143, 146,[179]) wo dieser Kreis bald als eine Hansa, bald als die
einzig „grosse Welt", bald als „höhere Kaste" (sie sind Brah-
minen, aber nicht durch Geburt, sondern durch freie Selbst-
einweihung geadelt) gefasst wird, während Nr. 145 ihnen als
„doppelten Menschen" das Vorrecht, auch doppelt lächerlich
und grotesk als die andern zu sein, zuspricht. Für die Erkenntnis künstlerischen Schaffens, für die Auffassung von
Kunstwerken, für die Klärung der Probleme der Kunst war
mit alledem wenig oder nichts gewonnen; aber ein Gedanke
klingt durch alle diese Sätze, gleichsam als langausgehaltener
Orgelpunkt, hindurch, so frei auch die musikalischen Variationen
darüber hinspielen mögen: der Gedanke von der Ausnahme-
stellung des Künstlers unter den Menschen, eine Auffassung,
welche die heutige, vielfach ungesunde Vergötterung des
Genies direkt vorbereitet und für die Kunst selber, die dadurch ausserhalb des lebendigen Lebens in eine künstlich
nur für sie existierende Welt versetzt wird, gewiss nicht von
Vorteil ist. Ganz deutlich sodann gewinnen wir auch von
dieser Seite einen Einblick in die Persönlichkeit des Sprechers,
wie er sich damals unter den Anregungen Schleiermachers und
mehr noch im Verkehr mit Novalis entwickelte. Diesen be-

---

[174]) 43. ib. S. 293. — [175]) 49. ib. S. 294. — [176]) 122. ib. S. 302.
[177]) 64. ib. S. 296. — [178]) 54. ib. S. 295. [179]) ib. S. 305; ebenso 145.

zeichnete er in der letzten der „Ideen" [180]) als gleichsam eins
mit sich selbst, ihm eignete er sie zu mit den Schlussworten:
„Allen Künstlern gehört jede Lehre vom ewigen Orient. Dich
nenne ich statt aller andern." —

Inzwischen war Friedrich im Herbste 1799 nach Jena
übergesiedelt, wo er sich als Dozent für Philosophie aufthat.
Für das „Athenäum" war er jetzt fleissiger als je vorher, und
der dritte Band enthält ausser den schon genannten Arbeiten
das Bedeutendste, was er in der Zeitschrift veröffentlicht hat,
das Bedeutendste auch, was er in dieser Zeit überhaupt geschrieben, das grosse „Gespräch über die Poesie" [181]).
Die bildende Kunst wird darin nur nebensächlich gestreift
und etwa zu Vergleichen herbeigezogen, die uns kaum Neues
bringen. So wenn Andrea im Aufsatze über die Epochen
der Dichtkunst von Shakespeare sagt: seine „frühesten Werke
müssen mit dem Auge betrachtet werden, mit welchem der
Kenner die Altertümer der italienischen Malerkunst verehrt." [182]);
oder wenn es in dem Briefe über den Roman heisst: „Tasso
ist mehr musikalisch, und das Pittoreske im Ariost ist gewiss
nicht das schlechteste. Die Malerei ist nicht mehr so phan-
tastisch, wie sie es bei vielen Meistern der venetianischen
Schule, wenn ich meinem Gefühl trauen darf, auch im Correggio und vielleicht nicht bloss in den Arabesken des
Raffael, ehedem in ihrer grossen Zeit war." [183]) Oder wenn
sich Schlegel ebenda verwahrt, dass ihm das Romantische
und Moderne nicht völlig gleich gelte: „Ich denke, es ist
etwa ebenso verschieden wie die Gemälde des Raffael und
Correggio von den Kupferstichen, die jetzt Mode sind." [184])

Das „Athenäum" schloss mit dem dritten Bande im Jahre
1800 ab. Bald darauf trat auch der Bruch zwischen den
beiden Brüdern ein, hauptsächlich veranlasst durch die
Frauen Dorothea und Caroline, die nicht mit einander aus-
kamen, und während Wilhelm im Februar 1801 nach Berlin

---

[180]) ib. S. 307. — [181]) Athen. III. 58—128 u. 169—187. Minor II.
338—385. — [182]) Minor II. 351. — [183]) ib. 371. [184]) ib. S. 372.
Gegen die modischen englischen Kupferstiche und ihre deutschen
Nachahmungen war auch A. W. Schlegel schon zu Felde gezogen:
vergl. oben S. 62 f.

zog, wo ihn seine Vorlesungen in den nächsten Jahren (bis 1803) festhielten, wusste sich Friedrich, der in Jena, durch Schelling in Grund und Boden gelesen, bald abgehaust hatte, und dessen ökonomische Verhältnisse wieder so zerrüttet waren wie nur je, nur noch durch eine fluchtähnliche Uebersiedelung nach Paris im Frühling 1802 zu retten. Mit diesen Aufenthaltswechseln beginnen für beide Brüder neue Lebensabschnitte, die in Wilhelms Vorlesungen über die Kunstlehre, in Friedrichs Zeitschrift „Europa" auch für unser Thema sehr ergebnisreiche Werke entstehen sahen. Bevor wir an diese herantreten, erübrigt es, einen Blick auf zwei Gedichte zu werfen, die noch in die Zwischenzeit fallen, und die mit starken Tönen das Thema der bildenden Kunst anschlagen, Wilhelms „Bund der Kirche mit den Künsten" und Friedrichs „Herkules Musagetes". Das erstere, erschienen in der ersten Ausgabe der Gedichte August Wilhelms von 1800 [185]), schildert in tönenden Stanzen, wie die personifizierte Kirche auf des Parnasses verwilderten Höhen die in Gram versunkenen Künste aufsucht und sie auffordert, sich nun, durch Thaten büssend, ihrem Dienst zu weihen, dem neuen Glauben Tempel zu bauen und ihn mit Hymnen zu feiern. So ermahnt sie denn zuerst Architektur und Musik, ans Werk zu gehen, dann Skulptur und Malerei, die Apostel und Heiligen, ja Maria selbst und Christus zu bilden. Schon sieht sie prophezeiend die lange Reihe hoher Geister, die sich so bethätigen werden, aber

> Zwei bleiben dennoch die erkornen Meister:
> An ihrem Namen sollst du sie erkennen,
> Weissagend will ich sie nach Engeln nennen.

Und die folgende Strophe schildert Michelangelo und sein gewaltigstes Werk, das Jüngste Gericht der Sixtina, also:

> Nach Michael, der einst, von Mut beflügelt,
> Sieghaft den Drachen in die Tiefe warf,
> Wird jener heissen, den die Furcht nie zügelt,
> Und dessen Geist wie Blitze rasch und scharf.
> Durch seines Pinsels Züge wird entsiegelt,
> Was bange Sterblichkeit kaum ahnen darf:
> Des Heilands Kunft, die weckenden Posaunen,
> Des Todes Tod und der Natur Erstaunen.

---

[185]) S. 143—156. S. W. I. 87—96.

Und einer der sieben Engel, die vor Gott stehen, Raphael,

> Er leiht den Namen einem holden Strahle
> Der Lieb' und Kunst, den still ein Jüngling heget;
> Als ob mit Geist er, nicht mit Farben male,
> Wird tiefre Seel' in jeden Zug geleget.
> Oft ladet er die Andacht zu dem Mahle,
> Wo hohes Antlitz, reiner Blick sie pfleget,
> Wo jenes Weib erscheint, der Gottheit Freude,
> Ihr Kind die ihr', und aller Wesen beide.

So sollen die Schwestern wieder die Welt schmücken, vor allem aber die „grosse Stadt, der weltlich einst, nun geistlich keine gleich", Rom, und die Künste gehorchen und schaffen „manch heiliges Werk"

> Wie das, wovon es Gleichnis, überschwänglich,
> Wie die, so es geboten, unvergänglich.

Ein Seitenstück zur Elegie „Die Kunst der Griechen" ist dies katholisierende Gedicht, in dem die „prédilection d'artiste" Wilhelms starken Ausdruck gefunden, [186]) künstlerisch bedeutend schwächer als jene, wo ihn nicht nur der Gegenstand, sondern auch der Gedanke an den, dem sie gewidmet war, zu höherem Fluge begeistert und befähigt hatte.

Friedrich dagegen gab als Nachklang des nie vollendeten, 1801 in den Charakteristiken und Kritiken neu abgedruckten und um eine Anzahl Fragmente („Eisenfeile") und einen notdürftigen Abschluss vermehrten Lessing-Aufsatzes das Gedicht „Herkules Musagetes" [187]), einen mit vollen Backen daher posaunenden Lobeshymnus auf sich selbst, der die doch auch nicht gerade bescheidenen Stanzen „An Heliodora" an Selbstgefälligkeit noch überbietet. Aber er zollt darin wenigstens den grösseren Vorgängern wie den mitstrebenden Freunden bewundernde Anerkennung, und da darf auch der „heilige Winckelmann" nicht fehlen:

> Lessing und Goethe, die haben die Bildung der Deutschen gegründet,
> Würdiger Quell warst du, heiliger Winckelmann, einst!

---

[186]) Die sehr freie Umsetzung des Gedichtes in ein Gemälde gab Overbeck in seinem allerdings erst 1846 vollendeten „Triumph der Religion in den Künsten" (Städelsches Institut, Frankfurt). — [187]) Charakteristiken und Kritiken I. 271—281; Min. II. 429—431. Der Abdruck in den S. W. VIII. 307—313 zeigt mehrere für die Anschauungsweise des späteren katholischen Autors bezeichnende Aenderungen im Texte.

Und unter den „mutigen Lehren, die mich das Leben gelehrt,
Wahrheit und Liebe geweiht" sind auch folgende:

Willst du leben der Kunst, so könne dem Leben entsagen,
  Was dem Volke so scheint, fliehen wie langsamen Tod

und:

Jegliches werde zur Kunst dir, Gebildeter, was du berührest,
  Wem das Kleinste zu klein, dem ist auch Grosses zu gross.

Auch hier finden wir so jene sehr allgemeine und weitaus-
greifende Kunstauffassung ausgesprochen, wie wir sie für diese
Zeit des Mystizismus und des Dichterhochgefühles [188]) in
Friedrichs Leben am charakteristischesten in den „Ideen"
auftreten sahen.

Nur in einer kurzen Randglosse sei darauf hingewiesen,
dass auch in Dortheas trefflichem, leider unvollendetem Roman
„Florentin", den Friedrich Schlegel 1801 herausgab, der
Titelheld Künstler ist: er wird in Rom Maler, obgleich er
„eigentlich gar kein Talent zur Malerei hatte", und lebt dann
trotzdem in Frankreich vom Porträtieren, in Basel als Zeichnen-
und Mallehrer.   Ausserdem werden hie und da in dem liebens-
würdigen, in seiner Einfachheit gerade für jene Zeit und
Umgebung überaus sympathischen Buche Beschreibungen von
Kunstwerken gegeben (die Einrichtung des Grafenschlosses
und die dortigen Gemälde Kap. 3; das Psyacherelief in Julia-
nens Schlafzimmer Kap. 14; das Monument mit dem Cäcilien-
bilde darüber Kap. 18), die allerdings kein allzu günstiges Urteil
über den Geschmack der Verfasserin begründen können.   Interessanter noch sind eine Reihe Tagebuchnotizen Dortheas [189])
über ihre Eindrücke von Antiken und italienischen Bildern,
denen sie meist nur durch Vergleiche aus dem Gebiete der
Poesie beikommen kann.

Friedrich gab dem Roman der Geliebten das Geleite
mit zwei mystischen Sonetten, von denen das zweite, das

---

[188]) In diese Periode, Frühjahr bis Herbst 1801, fällt auch die
Arbeit am Alarkos (gedr. 1802). — [189]) Publiziert bei Raich, Dorothea
von Schlegel. Mainz 1881. Vergl. bes. I. 98. 121. 131. An letzter Stelle
will sie die Madonna di Foligno Giulio Romano zuteilen, weil sie von
Raffael „nichts so Unchristliches, so Uebertriebenes gesehen" habe!

in und mit Farben spielende „Farbensinnbild“, wie er es
später betitelte, das Terzett enthält:

> Es war der alten Maler gute Sitte,
> Des Bildes Sinn mit einem Strich zu sagen,
> Der den Akkord der Farben drunter schriebe.

Es kann damit nur der antike Künstler gemeint sein, der
die „Aldobrandinische Hochzeit“ (heute in der Bibliothek des
Vatikans) malte. H. Meyer hatte bei seinem zweiten römischen Aufenthalt 1796 über diesen „prismatischen Streifen“
berichtet und Goethe ihn in seiner Antwort als „äusserst
bedeutend“ bezeichnet. [190]) Aber erst im historischen Teile
der „Farbenlehre“ (1810) führte er in der „hypothetischen
Geschichte des Kolorits“ Näheres darüber aus: „Ein bunter,
als Einfassung unten durchgezogener Streifen, beinahe auf
die Art eines prismatischen Farbenbildes abschattiert, dürfte
dem Betrachtenden .... noch besonders auffallen, vielleicht
rätselhaft, vielleicht auch nur zufällig und ohne Bedeutung
scheinen. Wir unseres Orts wären der Vermutung geneigt,
der antike Maler habe diesen Streifen sozusagen als De-
klaration der von ihm beabsichtigten Farbenharmonie und
Tones unter sein Bild gesetzt.“[191]) Diese Stelle zeigt eine
so auffallende Uebereinstimmung mit Friedrichs Sonett, dass
ich annehmen muss, dieser habe schon vor dessen Abfassung
Goethes und Meyers Meinung über den merkwürdigen Streifen im Gespräche direkt oder indirekt erfahren und in seinen
Versen nach der bei ihm beliebten Weise generalisiert, da
ich nicht wüsste, woher er sonst auch nur die Kenntnis
seiner Existenz haben sollte. Winckelmann erwähnt, soweit
ich sehen kann, nichts davon.

In dieser Periode gemeinsamen Schaffens der beiden
Brüder ist es unstreitig August Wilhelm, der voransteht und
für bildende Kunst das Gewichtigere leistet. Sein nach Universalität strebender und dabei doch theoretisch fester Zusammenfassung geneigter Geist zeigt sich hier im besten
Lichte. Ueber antike (Fragmente, Kunst der Griechen) und

---

[190]) W. A. Briefe XI. 103. — [191]) W. A. Naturwissenschaftliche
Schriften. III. 99.

moderne Kunst (Gemäldegespräche, Flaxman) schreibt er mit
gleicher sachlicher Kenntnis und formeller Gewandtheit, und
so haben seine im besten Sinne populär gehaltenen Arbeiten
zur Gleichstellung der beiden grossen Kunstwelten des Altertums und der Renaissance im Bewusstsein des Publikums,
die für jene Zeit ein so grosser Fortschritt war, entscheidend
beigetragen. Sind es auch vielfach Anregungen Friedrichs,
die er dabei verwertet, so weiss er ihnen doch erst die
richtige, für ihre Anerkennung und Verbreitung günstigste
Form zu geben, indem er sie des allzu Paradoxen entkleidet
und in weitere Zusammenhänge einreiht. Seine „Gemäldegespräche" haben für die Kenntnis und Erkenntnis manches
Meisters der italienischen Blütezeit (nur beispielsweise seien
Raffael und Correggio genannt) dem weiteren Publikum erst
die Augen geöffnet. Wie er dann einerseits im Flaxman-
Aufsatze manchen beherzigenswerten Wink über das Verhältnis des Malers zum Dichter, dem er nachbildend folgen
will, giebt, so verwirklicht er andererseits in den Gemälde-
sonetten praktisch den theoretisch öfters ausgesprochenen, echt
romantischen Gedanken, dass die Poesie zur Dolmetscherin
der Kunst berufen sei, und lässt in seinem „Bund der Kirche
mit den Künsten" seiner „prédilection d'artiste" für den
Katholizismus am weitesten die Zügel schiessen. Mit dem
„Athenäum" hatte August Wilhelm seinen Ruf und seine
Stellung als Kunstschriftsteller in Deutschland fest begrün-
det [192]) und erschien nun wohl vorbereitet, als Aesthetiker
nicht nur der Poesie, sondern auch der bildenden Kunst vor
das kritische, noch im Banne des Rationalismus befangene
Berliner Publikum zu treten und dort mit seinen neuen Ansichten einen vollen, ehrlich verdienten Erfolg zu erzielen.

Von Friedrich Schlegel dagegen gewinnen wir in dieser
Zeit seiner grössten Zerfahrenheit auch auf dem von uns

[192]) Einen Beweis dafür giebt z. B. der Brief des Philosophie-
professors Aloisius Wilh. Schreiber in Baden-Baden vom 5. Juli 1800.
Er bittet um Schlegels Unterstützung und Beiträge für eine neue
allgemeine Kunstzeitung, die er herausgeben will. (Ungedruckt.
Original in der kgl. öffentl. Bibliothek zu Dresden. A. W. v. Schlegels
Briefwechsel, Bd. 25. Klette. 80.)

behandelten Gebiete ein wenig erfreuliches Bild. Fragmente und Lucinde wie die von grössenwahnähnlichem Selbstgefühl erfüllten Gedichte („An Heliodora", „Herkules Musagetes") geben nur verworrene und möglichst allgemein gehaltene Gedanken, die wohl im Einzelnen mit treffenden Einfällen brillieren (ist es doch die Zeit seiner geistreichsten Feuerwerkerei, besonders in den Fragmenten), aber wenig dauernd Wertvolles enthalten. Erst gegen das Ende dieser Periode hebt er sich mit dem „Gespräch über die Poesie" wieder zu einer vorzüglichen Leistung, deren Schwerpunkt allerdings ausschliesslich auf litterarischem Gebiete liegt. In seinen Kunstgedanken verfolgen wir, am deutlichsten in den „Ideen", ein immer tieferes Versinken in mystische Gedankenkreise, das des Bruders klaren und verständnisvoll eindringenden Ausführungen gegenüber doppelt auffällt. So gewinnen wir denn auch von unserm Standpunkt aus die Ueberzeugung, wie nicht nur äusserlich, sondern gerade innerlich notwendig für ihn ein Losreissen aus den bisherigen, ein Versetzen in neue Verhältnisse war: die Reise nach Paris gab ihm beides in vollstem Masse. Dort in der damaligen Hauptstadt Europas unter der Fülle der neuen, künstlerischen Eindrücke wurde es ihm auch möglich, die Gemäldenachrichten der „Europa" zu schreiben und so als Kunstschriftsteller sein Bestes zu leisten.

IV

August Wilhelms Berliner Vorlesungen und Friedrichs „Europa".

Ueber die Vorgeschichte der Berliner Vorlesungen A. W. Schlegels, die er nicht allzu hoffnungsvoll unternahm, die aber dann einen über alles Erwarten grossen Erfolg hatten, giebt Minor in der Einleitung zu seinem Neudrucke derselben[1]) alles Wünschenswerte. Für uns kommt nur der erste Cursus, der die Kunstlehre behandelt und nur soweit er sich auf die bildenden Künste bezieht, in Betracht. Diese theoretischen Ausführungen sind als die einzigen, in denen der Vorkämpfer und Organisator der Romantik seine Ansichten im Zusammenhange vorträgt, sehr wertvoll; nur dürfen wir das eine nicht vergessen, dass sein Zweck dabei vor allem war, einen möglichst grossen Kreis für seine Ansichten zu gewinnen und so der in Berlin immer noch herrschenden moralisierend-platten Kunstanschauung des Rationalismus, wenn möglich, den Todesstoss zu versetzen. Er wollte daher, wie er an Schleiermacher schreibt,[2]) in den Vorlesungen „alles Vernünftige und Gemässigte anbringen" und „zur Erholung mit seinen Freunden recht viel Tolles und Ungemässigtes schwatzen", und gewiss werden seine wahren und letzten Ansichten in diesen tollen Gesprächen besser und klarer zutage gekommen sein, als in den auf wirksame Propaganda berechneten und deshalb nirgends zu schroff auftretenden Vorträgen. Aesthetik war übrigens auch das mehrfach wiederholte Hauptkolleg in den vier Semestern (Winter 1798/99 bis Sommer 1800) seiner Professorenthätigkeit in Jena gewesen.[3]) Mit Anfang Dezember 1801 begann der erste Cursus in Berlin und dauerte bis zu Ostern des folgenden Jahres.

---

[1]) Deutsche Litt.-Denkmale des 18. und 19. Jahrh. ed. Seuffert. Nr. 17 19. Heilbronn 1884. Vergl. bes. 17 S. V ff. — [2]) A. a. O. S. VII. Nach Jonas und Dilthey, aus Schleiermachers Leben III. 289. — [3]) Haym, S. 765.

Gleich zu Anfang erklärt er, nicht Theorie, Geschichte und Kritik einzeln behandeln, sondern alle drei vereinigen zu wollen, und wendet sich bald gegen Baumgartens Ausdruck „Aesthetik" als „auf einer falschen Ansicht der Sinnlichkeit im Wolffischen System" beruhend. Giebt es aber überhaupt, kann es eine philosophische Theorie der Kunst geben? Dass es eine technische giebt, ist klar: sie gründet sich für die bildenden Künste und die Musik auf Optik und Akustik, wie aber bei der Poesie? Hier ist schon die technische Theorie, nämlich die Grammatik, nicht physikalisch, sondern philosophisch. Aber auch bei den anderen Künsten ist eine philosophische Theorie notwendig, da mit der technisch äusserlichen Richtigkeit allein ein Werk noch nicht lebensfähig ist. Ja, das Schöne ist vom Nützlichen prinzipiell verschieden, sogar sein Gegensatz: es ist vom Nützlichkeitsstandpunkt aus zwecklos, weil es einen absoluten Zweck hat. Diesen zu lehren hat die Theorie der Kunst, die Kunstlehre (oder Poetik, da es in allen Künsten über dem technischen einen poetischen, d. h. auf freischaffender Wirksamkeit der Poesie ruhenden Teil giebt). Sie soll ausgehen von dem an das oberste Prinzip der Philosophie anzuknüpfenden Grundsatze „Das Schöne (als Gegenstand der Kunst) muss sein", und die Autonomie der Kunst behaupten, um sodann die Gesamtsphäre der Kunst, wie die besonderen der einzelnen Künste abzugrenzen und endlich so „durch beständige Synthesis zu den bestimmtesten Kunstgesetzen fortzugehen". — Damit war denn gleich zu Beginn der alten rationalistischen Nützlichkeitslehre der Fehdehandschuh hingeworfen und im Prinzip der Autonomie der Kunst ein Grund- und Hauptsatz der Romantik als Eckstein des zu errichtenden Baues mit aller wünschenswerten Bestimmtheit festgesetzt.

Ist so der Begriff der Theorie klargestellt, so giebt er zweitens seine Begriffsbestimmung der Kunstgeschichte. Alle Geschichte ist Bildungsgeschichte der Menschheit, ihre Hauptarten sind die politische, die Wissenschafts-, die Kunstgeschichte. Gediegene Darstellung ohne Raisonnement und hypothetische Erklärerei ist der eigentliche Charakter der Historie: diese ist „die Wissenschaft vom Wirklichwerden alles dessen, was

praktisch notwendig ist." Wie nun aber Geschichte und
Philosophie (Theorie) einander begegnen und in einander übergehen wollen, so Kunstgeschichte und Kunsttheorie, und umgekehrt setzt diese jene voraus, indem sie von jener erst das
Material zu ihren Aufstellungen erhält, und sich ohne Schaden
nicht vom historisch Gegebenen entfernen darf; kurz gefasst:
„die schöne Kunst lässt sich nur vermittelst der Beispiele
lehren." Aber gegen die Möglichkeit der Kunstgeschichte
selbst erheben sich Zweifel: wenn die Geschichte nur das
behandelt, worin menschlicher Fortschritt stattfindet, wie kann
sie dann die Kunst behandeln, da doch jedes wahre Kunstwerk in sich vollendet ist? Antwort: Die Kunst erscheint
überall unter nationalen und lokalen Beschränkungen, jedes
ihrer Werke muss aus seinem Standpunkt betrachtet werden;
es ist kein absolut Höchstes, sondern schon vollendet als
Höchstes in seiner Art und seiner Sphäre. Ein weiterer
Zweifel: die Geschichte soll die Notwendigkeit des Wirklichen,
den gesetzmässigen Gang im Chaos der Erscheinungen auf-
zeigen: ist aber nicht das Genie eine blosse Gunst der Natur,
also ein Zufälliges? Antwort: Nur das Subjektive (Zeit, Ort,
Name des Künstlers) ist zufällig, das Objektive dagegen, dass
nämlich ein bestimmtes Werk bestimmter Art „irgend einmal
im Ganzen der Kunstwelt zum Vorschein komme", notwendig.
Alle individuellen Genies sind bloss „einzelne Erscheinungen
und Seiten des Einen grossen Genies der Menschheit"; so darf
denn auch die Kunstgeschichte keine Elegie sein. Die hellenische
Blütezeit war ein in sich Vollendetes und wird so nie wieder-
kehren, aber wenn ein solches Zusammentreffen günstiger
Faktoren in anderer Weise wieder erlangt wird, wird etwas
weit Grösseres und Dauernderes werden als damals: also auch
hier der Gedanke des unendlichen Fortschrittes im Grossen.
Die Kunstgeschichte darf sich nicht, wie die politische, an Ort
und Zeit binden, sie muss grosse Massen zusammenfassen,
alles Wertlose ausscheiden, vielleicht durch Jahrtausende Ge-
trenntes verbinden.[4]) So ist ihre Behandlung überaus schwierig:

---

[4]) Als Beispiel hiezu: „Goethe, der erste epische Dichter im Sinne
der Alten, nachdem die Schule der Homeriden erloschen." (a. a. O. S 20.)

sie wäre „wiewohl in prosaischer Form, eine Poesie in der zweiten Potenz, und die Entfaltung der Künste liesse sich vielleicht am tiefsten in einem grossen Gedichte darstellen." Ein Lieblingsgedanke Schlegels: seine Ausführung in bescheidensten Grenzen haben wir schon im Gemäldegespräch, das ja in die Sonette und die Legende vom hl. Lukas ausklang, gefunden. Bis jetzt haben die verschiedenen Völker wenig in der Kunstgeschichte geleistet, den Deutschen ist diese Aufgabe vorbehalten, Winckelmann der Stifter der echten Kunstgeschichte. Für diese aber überaus wichtig ist die Erkenntnis des Gegensatzes zwischen antikem und modernem Geschmack; die grosse Antinomie des Klassischen und Romantischen, die gleichsam die entgegengesetzten Pole einer magnetischen Linie bilden, tritt hier mit bedeutsamer Wichtigkeit am Schlusse dieses Abschnittes ein, ein zweiter Haupt- und Grundsatz der Romantik, ein zweiter Eckstein des aufzuführenden Baues.

An dritter Stelle folgt der Begriff der Kritik, die zwischen Theorie und Geschichte das verbindende Mittelglied bilde. Die durch das Kunstwerk erregten Gemütsbewegungen dürfen ja nicht „der Beurteilung zuliebe aufgehoben" werden, im Gegenteil bleibt das Gefühl „doch die Hauptsache bei der Entscheidung" über das Kunstwerk. Die Fähigkeit des Urteils setzt aber voraus, dass man ein Kunstwerk als Ganzes zu fassen verstehe, ohne am Einzelnen haften zu bleiben, was in der bildenden Kunst leichter als in der Poesie und Musik. Auch muss man das, was nur auf momentaner persönlicher Stimmung beruht, auszuscheiden verstehen. Und alles dies genügt noch nicht zu einem objektiv giltigen Urteil: dazu ist Studium der Kunstgeschichte, um überallher die Vergleichsobjekte bei der Hand zu haben, richtiges Einfügen des Einzelwerks in den historischen Zusammenhang, Kenntnis der Schulen nötig. Andrerseits bedarf die Kritik der beständigen Verbindung mit der Theorie; ja „die kritische Reflexion ist eigentlich ein beständiges Experimentieren, um auf theoretische Sätze zu kommen." Trotz alledem bleibt etwas Subjektives in jedem Urteil zurück, und da die Kritik ihrem Wesen nach individuell ist, soll sie es auch der Form nach sein. Ein weiteres Erfordernis ist die Kenntnis der technischen Mittel der einzelnen Künste, deren Erlangung viel Zeit und Mühe kostet. Dagegen braucht der Kenner durchaus nicht ausübender Künstler zu sein (ebensowenig als der Künstler immer Kenner ist), er braucht nur Empfänglichkeit, Urteil und Forschungsgabe, sein eigentliches Ziel ist Universalität, während der Künstler einseitig sein darf. Falsch ist ferner die Auffassung, als ob der Kenner kalt sein müsse, da doch Empfänglichkeit ein Hauptforfernis und somit der wärmste Kritiker der beste ist.[5] Zum Schlusse charakterisiert der Redner noch kurz und prägnant die Leistungen der einzelnen Völker in der Kritik (die Franzosen glänzend und oberflächlich, die Engländer klar und langweilig, die Deutschen ehrlich und schwerfällig) und erklärt die alexandrinischen Grammatiker als die „respektabelste Schule von Kritikern, die es vielleicht je in der Welt gegeben."

Kürzer geht Schlegel dann auf die Begriffe des Geschmackes und der Mode ein. Nach einer Betrachtung über Ursprung und Angemessenheit des Ausdrucks „Geschmack" stellt er die besondere Ausbildung und Anwendung desselben bei den Franzosen fest, welche man „eine geschmackvolle, aber dabei gänzlich unpoetische Nation nennen kann." Sie haben den „unseligen Gegensatz zwischen Geschmack und Genie" aufgebracht, „da doch, wenn jenes wahrhafter Kunstsinn sein soll, das Genie nichts anderes ist als produktiver Geschmack."[6] Verwandt ist der Begriff der Mode, die in rascher Veränderlichkeit das Urteil über das Schöne von Zeitbedingungen abhängig macht; sie herrscht am auffallendsten im modernen Europa, während ihr Gegensatz, das Herkommen, bei den asiatischen Völkern gebietet und z. B. die ganze chinesische Kunst bedingt. In Frankreich aber finden wir beides: in der Kleidung die Mode, in der Poesie, wo noch immer die Mode Ludwigs XIV. unerschüttert fortbesteht, das Herkommen.

---

[5] Beispiel dafür Winckelmann, bei dem Kennerschaft und Enthusiasmus im höchsten Grade verbunden waren, während Lessing (als Typus des kalten Kritikers) „alles mit seinem scharfen Verstande ausmachen wollte". (a. a. O. S. 30.) — [6] Den orthodoxen Kunstrichtern der Franzosen erscheinen folgerichtig Dante, Michelangelo, Shakespeare als geschmacklos. (ib. S. 33.)

Nachdem so die theoretischen Grundlagen vorläufig fest-
gelegt sind, geben die folgenden Abschnitte eine historische
Uebersicht des bisher auf dem Gebiete der Kunstlehre Geleisteten. Bei den Alten findet Schlegel „nur fragmentarische
vorläufige Bemühungen." Sie brauchten keine Theorie, da
sie die Praxis instinktiv besassen, erst in der Zeit der sinken-
den Kunst kommt jene häufiger zu Worte. Zahlreich waren
dagegen die uns meist verlorenen Schriften über die Technik
der Künste. Was er über Plato zu sagen weiss, ist unbedeutend, und über Aristoteles urteilt er wie Friedrich und
von diesem stark beeinflusst,[7]) abfällig, bei welcher Gelegenheit er auch Lessing, den „auf eben die Art einseitigen Kunstrichter", seinen Glauben an ihn entgelten lässt. Cicero und
Quintilian werden, als praktische Tendenzen bei ihren Rheto-
riken verfolgend, rasch abgethan, im Gegensatz, wenn auch
ebenfalls nur kurz, Dionys von Halikarnass als der „eigentlich
artistische" Lehrer der Redekunst wieder in Uebereinstimmung
mit Friedrich[8]) hervorgehoben, und endlich Longin, „der letzte
der Zeit und dem Werte nach", als leerer Deklamator verworfen. — Hat Schlegel bis hieher ziemlich den historischen
Weg eingehalten, so erklärt er nun, bei der übergrossen Zahl
neuerer ästhetischer Schriftsteller nach allgemeinen Gesichtspunkten rubrizieren zu wollen, und stellt als solche das
Wesen des Schönen und das Verhältnis von Natur und
Kunst auf. Die praktische Unfruchtbarkeit der allgemeinen
Abhandlungen über das Schöne, mit ihren Einteilungen in das
Schöne und das Erhabene, deren Arten und Unterarten wird,
Kant inbegriffen, scharf verurteilt und darauf hingewiesen,
welches Unheil die Vermengung des Natur- und Kunstschönen
bei diesen Untersuchungen angerichtet, so gut wie das Heraus-
reissen von Einzelheiten aus Kunstwerken, die nur als Ganzes
beurteilt werden dürften. Die bisherigen Definitionen des

---

[7]) Vergl. z. B. Friedrichs Aufsatz „über die homerische Poesie"
1796 (Min. I. 215 ff.), wo fast mit den gleichen Worten von dem
„rödlichen Forscher" gesagt wird, dass er sich lieber in Widersprüche
verwickle als offenbare Thatsachen wegleugne. — [8]) „Kunsturteil des
Dionysius über den Isokrates." Attisches Museum 1797. Min. I. 194 ff.
besonders am Schlusse.

Schönen sind entweder zu weit und unbestimmt (z. B. „das
Schöne ist Einheit in der Mannigfaltigkeit") oder zu eng und
partial (z. B. Hogarths Reduzierung aller Formenschönheit
auf die Wellenlinie); alle enthalten etwas Richtiges, aber keine
ist erschöpfend oder gar alleingiltig, und der Grundirrtum lag
immer darin, „dass man die Existenz schöner Gegenstände
für zufällig, und die Art, wie das Gemüt von ihnen affiziert
wird, bloss für ein psychologisches Phänomen hielt." Die
empirische Psychologie wird als unmöglich und in ihrem Beginnen widersinnig abgelehnt und diese „Experimentalphysik
der Seele" mit wohlfeilem Spotte von oben herab abgethan.
Ebenso wenig Gnade vor Schlegels Augen findet die Erklärung
des Wohlgefallens am Schönen aus Ideenassoziation, wie sie
besonders „die englischen Theoristen" vertreten, und Homes
„physikotheologische Erklärung" des Schönen wird als sehr
treuherzig und drollig bespöttelt. Schaut hier überall der
Schalk zwischen den Zeilen hervor, so wird der Vortragende
völlig ernst, wenn er weiter erklärt, dass eigentlich nur drei
Systeme über das Schöne möglich seien: 1) das rationale,
welches das Schöne in der intellektuellen Welt findet (beispielsweise vertreten durch Baumgarten), 2) das empirische, welches
es in der sinnlichen Welt findet (z. B. Burke), und 3) das des
ästhetischen Skeptizismus, welcher zwischen diesen einseitigen
Theorien in der Mitte stehend, vertreten durch Kant, das
Schöne auf dem Uebergange von der sinnlichen zur geistigen
Welt findet. Er führt das erste an einigen Hauptsätzen Baum-
gartens vor und widerlegt sie, verfährt dann „in grösserer
Ausführlichkeit, weil es der gemeinere Abweg ist", mit Burkes
„On the sublime and the beautiful" ebenso, und behandelt
breit Kants Kritik der ästhetischen Urteilskraft, Schritt für
Schritt seine Sätze begleitend, erläuternd und kritisierend.
Wie in den Fragmenten kämpft er wieder gegen die gänzliche
Trennung des Erhabenen vom Schönen und findet auch in
den Schöpfungen der Kunst beides vereinigt, während Kant
jenes vorzugsweise in der Natur gesehen hatte. Er wendet
sich gegen die Unterscheidung der freien und anhängenden
Schönheit als „nichtig und aus einer zu engen und niedrigen
Ansicht des Schönen entsprungen". Kants Begriff des Ideals,

den er weitläufig entwickelt, genügt ihm nicht, er deutet schon
hier auf die (bei Kant gänzlich ausser Acht gelassene) symbolische Natur des Schönen hin und deckt die Widersprüche in
der Lehre vom Genie scharf und eingehend auf. Auch die
Einführung der „ästhetischen Ideen" leite zu keinem höheren
Begriff des Schönen, obgleich es erst so scheinen möchte, und
die Unterordnung des Schönen unter das Sittliche reizt ihn
zu dem Einwurfe, dass die Sittlichkeit erst nach dem Sünden-
falle eintrete, das Streben nach dem Schönen dagegen uns
jenseits des Sündenfalles in den Stand der Unschuld zurück-
führen wolle. Zum Schlusse wendet er sich nochmals gegen
die Vermischung der Beurteilung der Natur nach Zwecken
mit dem Suchen nach Zwecken in ihr; wenn Natur- und
Kunstschönheit Schwestern seien, so sei diese die erstgeborene.
Bei Kant aber sehe man keine Notwendigkeit der schönen
Kunst. — Diese Kritik Kants, so fasst Haym die Stellung
Schlegels zu ihm zusammen, „ist treffend und scharfsinnig
und würde vorzüglich genannt werden dürfen, wenn sie nicht
über der Hervorhebung der Irrtümer Kants und der Grenzen
seiner Einsicht das unermessliche Verdienst und den grund-
legenden Wert seiner tiefsinnigen Untersuchungen ungerecht
übersähe."[9]) Dass das Unbefriedigende der Kantschen Aesthetik
in gewissem Sinne aufgehoben, jedenfalls sehr verringert wurde
durch Schillers Fort- und Ausbildung derselben, wird ganz
verschwiegen; denn seit dem Bruche Schillers mit den beiden
Brüdern existierte er kaum mehr für sie, und sie übten lange
Zeit ihm gegenüber konsequent die ihrer wenig würdige Taktik
des Totschweigens. Schlegel geht vielmehr von Kant nach
einem flüchtigen Seitenblick auf Fichte sofort zu dem Philosophen der Romantik κατ᾽ ἐξοχήν über, zu Schelling, der „die
Grundlinien einer philosophischen Kunstlehre mit dem Prinzip
des transcendentalen Idealismus" zu verbinden angefangen
habe; er citiert die Hauptstellen des Systems des transcendentalen Idealismus wörtlich und übernimmt dessen Definition
„Das Schöne ist die endliche Darstellung des Unendlichen",
indem er nur den Ausdruck so weit ändert, dass er statt „end-

---

[9]) Haym S. 772.

liche" setzt „die symbolische Darstellung des Unendlichen."
— Dazu führt er in längerer Auseinandersetzung aus, wie das
Unendliche nur symbolisch auf die Oberfläche und zur Dar-
stellung gebracht werden könne.

Damit ist für Schlegel die Frage nach dem Wesen des
Schönen beantwortet; nun wendet er sich dem zweiten Gesichtspunkte zu, dem Verhältnis von Natur und Kunst.[10]
Er geht dabei aus von dem schon früher erwähnten Satze
des Aristoteles, die schönen Künste seien nachahmend, der
dann von den Neueren zu der Vorschrift „Die Kunst soll
die Natur nachahmen" verwandelt worden sei, und zeigt,
dass dieser falsch sei, falsch aber auch die etwas engere
Formel des Batteux: „Die Kunst soll die schöne Natur (oder
„die Natur ins Schöne") nachahmen." Falsch ferner das
daraus abgeleitete Verlangen nach völliger Täuschung, und
falsch die damit nahe verwandte Forderung der Wahrscheinlichkeit, die besonders in der Poesie so schlimme Früchte gezeitigt habe. Einer andern Art von Natürlichkeit (= Kunst-
losigkeit) ist die Künstlichkeit entgegengesetzt und auf diesem Wege der Wert eines Kunstwerks in der überwundenen
Schwierigkeit gesehen worden, so dass Boileau „sich nicht
schämte, die Poesie mit der Kunst zu vergleichen, Hirse-
körner durch ein enges Loch zu werfen". Aber auch die
Natürlichkeit ist nach Zeit und Ort ganz verschieden gefasst
worden, und „die gröbste Verwirrung aller Begriffe" hat,
„was Form der Darstellung ist, zu ihrem Inhalte gerechnet"
und so etwa den Vers im Drama für unnatürlich erklärt.
Fasst man aber Natur als den Inbegriff aller Dinge, so kann
die Kunst nichts anderes als sie nachahmen, und der Satz
lautet dann: „Die Kunst muss Natur bilden." Aber selbst
der Satz „Die Kunst soll die Natur nachahmen" kann voll
aufrecht erhalten werden, wenn man nur die Begriffe „Natur"
und „nachahmen" richtig fasst, und heisst dann: „Die Kunst
soll, wie die Natur, selbständig schaffend, organisiert und

---

[10] Die dieses Thema behandelnden Vorlesungen wurden 1808
gedruckt in der von Seckendorff und Stoll herausgegebenen Wiener
Zeitschrift „Prometheus" Heft 5 und 6 (S. W. IX. 295), vergl. Neudr. 17.
S. XXVII.

organisierend, lebendige Werke bilden", und in diesem Sinne
war Prometheus der erste Künstler, als er den Menschen
schuf. In diesem höchsten Sinne hat nur Moritz den Grundsatz der Nachahmung aufgestellt in seinem Schriftchen
„Ueber die bildende Nachahmung des Schönen".[11]) Diese
schaffende Natur als seine Lehrmeisterin aber findet der
Mensch nur im eigenen Innern, und so kommen wir schliesslich darauf, dass „der Mensch in der Kunst Norm der Natur"
sei, also auf Platons Lehre, der Mensch sei das Mass aller
Dinge, die hier gleichsam sichtbar gemacht wird. Daran
knüpfen sich noch als Abschluss der allgemeinen Erörterungen Abschnitte über Manier und Stil, die sich nahe berühren
mit Goethes schönen Ausführungen „Einfache Nachahmung
der Natur, Manier, Stil"[12]): Manier ist ein trübes oder ge-
färbtes Medium zwischen Natur und Kunst, Stil die völlige
Abwesenheit von Manier und darüber hinaus „Verwandlung
der individuellen, unvermeidlichen Beschränktheit in frei-
willige Beschränkung nach einem Kunstprinzip", oder nach
Winckelmanns Ausdruck „ein System der Kunst, aus einem
wahren Grundsatze abgeleitet, Manier im Gegenteil eine subjektive Meinung, ein Vorurteil, praktisch ausgedrückt". Wie
aber kann es denn verschiedene Stile geben? Erstens dadurch, dass die Kunst als ein unendliches Ganzes sich von
sehr verschiedenen Seiten kann fassen lassen (verschiedene
Stile einzelner Künstler); zweitens dadurch, dass sie in verschiedene Gattungen auseinandergeht, deren jede ein anderes
Darstellungsprinzip hat (malerischer, musikalischer, poetischer
u. s. w. Stil, bei weiterer Teilung epischer, lyrischer, drama-
tischer Stil u. s. f.); drittens endlich dadurch, dass sie sich
allmählich in der Zeit entwickelt (Stile der verschiedenen
Entwicklungsstufen). Auch hier kommt Schlegel auf einen
seiner Lieblingsgedanken, die Gegensätzlichkeit der antiken
und modernen (romantischen) Kunst. Schliesslich findet er
in der Natur selber Manier und Stil bei der Bildung der
menschlichen Gestalt: wo sie diese schön bildet, d. h. die ihr

---

[11]) Erste Ausgabe 1788. Neudruck von S. Auerbach in Nr. 31
der Deutsch. Litt. Denkmale. — [12]) Im Februarheft 1789 des „Teutschen Merkur"; W. A. XLVII. S. 77 ff.

mögliche Mannigfaltigkeit auf ein der menschlichen Organi-
sation innewohnendes Prinzip beschränkt, und so sich den
Charakter des Menschen am reinsten aussprechen lässt, da
hat sie Stil, wie das der Fall war in der Körperbildung der
Griechen, die mit ihrer Gymnastik nur den stark angedeu-
teten Intentionen der Natur nachhalfen.

Schlegel schreitet nun weiter zur Einteilung der
schönen Künste. Wie es zwei Formen der sinnlichen
Anschauung giebt, Raum und Zeit, so zwei Gattungen von
Künsten, die simultan und successiv darstellenden. Jene
wirken auf den Gesichtssinn und zwar auf zweifache Weise,
indem sie Formen entweder durch sich selbst (Plastik) oder
durch Farben und Beleuchtung (Malerei) darstellen; diese
auf den „eigentlich inneren Sinn", das Gehör: die Musik,
welche, wie die bildenden Künste die klarsten, so die innig-
sten Anschauungen giebt, die Poesie, welche die grenzen-
loseste aller Künste ist. Gemeinsam ist diesen beiden Takt
und Rhythmus, da ursprünglich alle Poesie gesungen wurde;
bei der Scheidung bleibt davon das Silbenmass in der Form
der Poesie zurück. Die ursprünglichste der sichtbar darstellenden Künste ist die Tanzkunst: ihre Bewegungen gehen
im Raume vor sich nach der Zeitmessung der Töne; sie
bildet also das verbindende Mittelglied zwischen den simultan
und successiv darstellenden Künsten, und wir erhalten die
Reihe: Plastik, Malerei, Tanzkunst, Musik, Poesie. Andererseits entwickeln sich von der Tanzkunst aus durch fortschreitende Abstraktion nach der einen Seite Malerei und
Plastik, nach der andern Musik und Poesie, und so liegen
an den Enden der Reihe die Extreme von Geist (die Poesie
stellt durch Gedanken dar) und Materie (die Plastik stellt
durch Körper dar). Eine neue Reihe entsteht nun durch
Kombination des Schönen mit dem Nützlichen nach dem
Grundsatz, dass die innere Zweckmässigkeit nie unter der
Schönheit der Erscheinung leiden darf. So ergiebt sich durch
Verbindung der Plastik mit dem Nützlichen die Architektur,
durch die der Poesie mit ihm die Rhetorik oder die Komposition in Prosa. Beide stehen auf dem Uebergang zu den
mechanischen Künsten, bezeichnen aber zugleich eine An-

näherung an die Wissenschaft. Mit diesen sieben ist die
Zahl der für sich bestehenden Künste erfüllt. Es giebt nun
noch anhängende Künste, solche des Vortrags, wie die Ausführung des Tanzes, die Virtuosität in der Musik, die Recitation und Deklamation in der Rhetorik. Durch Verbindung
der Recitation und des Geberdenspiels erhalten wir die Schau-
spielkunst, welcher, „wo sie in ihrer Vollendung auftritt, nur
Weniges im ganzen Umfange der Kunstwelt an Wirkung
gleich kommen" kann.

Ist so die systematische Uebersicht vollendet, so wendet
sich der Vortragende nun zur bildenden Kunst, indem er
zunächst auf die Streitfrage, ob Plastik oder Malerei älter sei,
eingeht und die Gründe für beide Ansichten angiebt, ohne
sich zu entscheiden. Er beginnt mit der Skulptur, die,
auf viel engere Sphäre als die Malerei beschränkt, ihre
Gegenstände „in der belebten Welt tierischer Organisationen
zu suchen habe, und auch da nur unter den ausgebildetsten
Klassen". Tiergestalten also, etwa von den Vögeln an auf-
wärts (Adler als Attribut Jupiters, als Räuber Ganymeds,
Schwan der Leda schon weniger individualisiert) kommen da
in Betracht; aber die Hauptaufgabe der Plastik muss immer
die menschliche Gestalt bleiben, „überhaupt die schönste,
weil am vollkommensten symbolisch", und Schlegel weiss hier
in beredten Worten die „Welt von lebendiger Bedeutung"
zu schildern, die in der menschlichen Gestalt so reich hervortrete. Hauptsächlich nach der Beschaffenheit der äussern
Bedeckung (Schuppen, Federn, Fell) weist er dann die ge-
ringere oder grössere Tauglichkeit tierischer Organismen zur
plastischen Behandlung nach, um anschliessend das Problem
der Bekleidung des menschlichen Körpers in der Skulptur zu
behandeln. Wir werden hier von vornherein ein Loblied auf
das für die Plastik so einzig günstige griechische Kostüm
und auf griechische Nacktheit erwarten, und diess erfolgt
denn auch im Anschluss an ein bekanntes Wort des Plinius[13]),
indem sehr hübsch der günstige Einfluss der Gymnastik geschildert wird. „Sowohl im Nichtbekleiden als im Bekleiden

---

[13]) Hist. nat. XXXIV. 18: Graeca res est nihil velare.

haben die griechischen Künstler die höchste Weisheit offenbart" und weiter: „Wo bloss materielle Wahrscheinlichkeit durch das Wegwerfen der Kleidung verletzt ward, machten sie sich kein Bedenken daraus" (Darstellung kämpfender Helden, Laokoon). Die jugendlichen Götter, voran die „himmlische Buhlerin" Venus, werden nackt gebildet, bekleidet dagegen die Würdenträger (Zeus, Aeskulap), die Jungfrauen (Diana) und Matronen (Juno, Ceres). Aber diese Bekleidung selbst war nur eine Hülle, keine Verhüllung, die Wirkung jeder Bewegung darin sichtbar, ihr Faltenwurf (für das Gewand, was die Zeichnung des Muskels für den Körper) bewunderungswürdig. Es ist nur folgerichtig, wenn Schlegel die den Griechen sich nähernde Damenmode seiner Zeit als für die Skulptur geeignet lobt, während er die barbarische Männertracht derb verspottet. — Dann geht er über zu Ausdruck, Handlung und Gruppierung in der Skulptur und schränkt Hemsterhuys' Forderung, dass der Bildhauer für die Ansicht von allen Seiten arbeiten müsse[14]), mit dem Hinweis auf die Natur der menschlichen Gestalt (das Gesicht, „der Spiegel der Seele", muss von einer Seite ganz abgewandt sein) und auf die bestimmte Richtung einer in Handlung dargestellten Gestalt schon für die Einzelfigur, mehr noch bei der Gruppendarstellung ein. Dass bei dieser der Plastiker schon zu einem malerischen Prinzipe (Anweisung eines bestimmten Standpunktes) greife und doch den Maler nicht erreichen kann, entgeht ihm natürlich nicht, und er lobt daher die Auskunft, die zusammengehörenden Figuren auf verschiedene Piedestale zu stellen und etwa an einer Wand herum oder in Nischen zu ordnen (Niobidengruppe). Aber nicht nur bei der Gruppe ist die Skulptur beschränkt in ihrem Ausdrucksvermögen, sondern auch bei der Einzelfigur, die meistens nicht eigentlich handeln (weil die Beziehung der Handlung nicht deutlich wird), sondern nur Ausdruck haben kann. Damit kommt er auf Lessings Regel von der Wahl des prägnantesten Momentes, dem er einerseits die Wahl eines „ewigen Momentes" entgegensetzt, eines „ruhigen und selbst-

---

[14]) In der lettre sur la sculpture (Oeuvres, Paris 1792. I. 1—55, bes. S. 44).

genügsamen Ausdruckes, der nichts ist als das eigentümlichste
Dasein des durch seine Formen charakterisierten Wesens",
oder, wie er später sagt, „die Formen sollen durchaus charakteristisch ohne fremdartige Einwirkung sein" und „die
Bewegung frei und durch sich selbst bestimmt aus dem Innern
hervorgehen" (Apoll vom Belvedere, Venus von Medici). Zu
seiner Unterstützung nennt er hier Hemsterhuys[15]) und Winckelmann, die beide behaupten, die Alten „hätten den Ausdruck
bei Darstellung gewaltsamer Handlungen gemässigt oder
Momente gewählt, wo er nicht den äussersten Grad erreicht
haben durfte, weil er der Schönheit Eintrag thue", und führt
einschlägige Stellen aus der „Geschichte der Kunst des Altertums" wörtlich an.[16]) Dass die Alten auch mit tragischen
Darstellungen den Grad von Schönheit, der ohne Zerstörung
des Charakters und der Formen möglich, zu vereinen suchten,
wird ausführlich am Laokoon und der Niobe gezeigt. Trotz
alledem ist aber die Skulptur da am meisten Skulptur, wo
„die menschliche Schönheit vorzugsweise ihr Gegenstand ist",
welchen Satz Lessing (im Laokoon 1766) auch auf die Malerei
ausdehnen wollte, mit Unrecht, wie Herder (in der Plastik 1788)
zeigte. Die Symmetrie der beiden Seiten giebt die allgemeinste
aller Proportionen, die Grundlage der übrigen, und ihre momen-
tane Aufhebung in Stellung und Bewegung erst recht die
Erscheinung des Lebens und der Freiheit (ägyptische Plastik;
Fortschritt der Griechen darüber hinaus: doch tritt dieses so
überaus wichtige und fruchtbare Moment in der Entwicklung
der griechischen Kunst bei Schlegel lange nicht stark genug
heraus). Im Massstabe ihrer Bildungen ist die Skulptur unbe-
schränkt; sie kann beliebig vergrössern und verkleinern und
hat im Gegensatz zur Malerei infolge der Isolierung des von
ihr Dargestellten (so dass der Massstab der Vergleichung nur
ausserhalb des Kunstwerkes liegt) auch die Fähigkeit, kolossal
zu bilden (ägyptische Werke, Zeus von Olympia und die
anderen Werke der Zeit des Phidias, Koloss von Rhodus).
Die erhaltenen Aufzeichnungen Schlegels werden hier ganz
skizzenhaft und geben nur noch die Schlagworte. Wir sehen

---

[15]) Ib. S. 45. — [16]) Die Seitenzahlen des Citates (167. 8) beziehen
sich auf die erste Ausgabe der Kunstgeschichte (Dresden 1764).

daraus, dass er weiter die Materialfrage berührte, und innerhalb der griechischen Kunst eine Stufenfolge: Holz, Gold-
elfenbein, Bronze, Marmor aufstellte. Bei der Behandlung der
Polychromie behauptet er, obgleich er von einzelnen Färbungen
der Alten weiss, die Skulptur dürfe nicht kolorieren, erstens
um der Wirklichkeit nicht zu ähnlich zu werden, und zweitens
(als Hauptgrund), weil sie dann die Formen nicht mehr rein
heraushebe. Die Chryselephantintechnik des Phidias sei zu
rechtfertigen, „insofern sie nicht die Natur nachahmen, sondern
bloss anzeigen soll, der Künstler stelle aus ganz heterogenen
Gebieten dar." Auch bei Werken der Kleinkunst und bei
Gemmen sei die Polychromie als Spielerei erlaubt. Zum
Schlusse behandelt er noch kurz die Kleinplastik, die Mischun-
gen tierischer und menschlicher Formen in der Gestaltung
mythologischer Fabelwesen und schliesslich als das Kühnste
die Darstellungen von Verwandlungen, um mit einem Seiten-
hieb auf Berninis „scheussliche" Daphne zu enden.

Ausführlich sind wieder die Abschnitte über das Basrelief
erhalten, welches als Mittelglied zwischen Malerei und Skulptur
mit jener den einzigen Umriss, mit dieser die Angabe der
Formen durch wahre Erhöhung gemein hat. Diese Darstel-
lungsart gründet sich darauf, wie wirkliche Figuren vor einem
gleichförmigen Hintergrund, etwa der Luft erscheinen. Abweichungen von der strengen Konsequenz sind beim Relief,
das „eine ewige Lüge" ist und bei dem „durch falsche Mittel
ein wahrer Effekt hervorgebracht wird", unvermeidlich. Es
ergiebt sich aus den Schwierigkeiten die Regel, den Verkürzungen möglichst auszuweichen; das Richtigste für Reliefdar-
stellung ist deshalb die Profilstellung und daher bei bewegten
Szenen die Auflösung in Einzelgruppen das künstlerisch Beste
(Kämpfe der Centauren und Lapithen in den Metopen des
Theseions zu Athen). Auch die Verwendung an Säulen und
Vasen ist „keineswegs hinderlich", da nicht auf die Linien-,
sondern nur auf die Luftperspektive Rücksicht zu nehmen ist.
Die Ansicht, die Alten hätten ihren Reliefs darum keine Tiefe
gegeben, weil sonst die Mauern der Gebäude, wo sie angebracht waren, durch das scheinbar Hineingehende fürs Auge
ihre Festigkeit verloren hätten, wird mit dem Hinweis auf die

überall an Aussenwänden angebrachten Fresken glänzend widerlegt.[17]) Den „unermesslich grossen Wert des Basreliefs" sieht Schlegel gerade in der Verbindung mit der Architektur, von der zur Skulptur es eben so gut das Mittelglied bilde, wie von dieser zur Malerei; auch „von Seiten des Selbstbewusstseins der Kunst" stehe es sehr hoch, da es sich nur „für gelehrte Augen" bestimme. Hieher gehören auch Münzen und Gemmen, die oft „sinnreiche und geschickte Auszüge aus dem Grossen, was die Skulptur liefern kann", geben.

Wie steht es nun mit der neueren Skulptur? Hier erklärt Schlegel radikal: „In allen andern Künsten giebt es etwas eigentümlich Modernes, nur in der Skulptur ist das, was dafür ausgegeben wird, blosse Ausartung . . . . die Antike ist für ihr Studium alles." Von diesem allgemeinen Verdammungsurteil sei möglicherweise nur Michelangelo auszunehmen, mit dessen Werken er aber zu „mittelbar und unvollständig" vertraut sei, um darüber zu entscheiden; jedenfalls habe sich sein Einfluss „sehr bald ins Manierierte verloren." Der Geist der ganzen antiken Kunst sei plastisch, wie der der modernen pittoresk: ein Satz, der auf Hemsterhuys zurückgeht,[18]) in dieser antithetischen Zuspitzung aber an Friedrich gemahnt; oder mit anderer Wendung: „die alte Kunst sei durchgängig rhythmisch, die neue gehe auf Harmonie." Zum Beweise dient ihm die malerische Ausgestaltung des modernen Reliefs von Ghiberti (1378—1455) bis auf Algardi (1592—1654); in der Skulptur habe Bernini, dem Schlegel bei jeder Gelegenheit eins versetzt, „dem Fasse den Boden eingeschlagen und den verderbtesten Geschmack eingeführt", und nun wird den

---

[17]) Schlegel schreibt diese Ansicht „wo ich nicht irre", Ramdohr zu: ich habe aber weder im Abschnitt vom Basrelief (Charis. Leipzig 1793. II. 305—310) noch in seinem Werke „Ueber Malerei und Bildhauerarbeit in Rom für Liebhaber des Schönen und der Kunst" (Leipzig 1787, 3 Bde.; II. Aufl. 1798) derartiges ausgesprochen gefunden. Eine vortreffliche knappe Charakteristik von Ramdohrs Kunstschriftstellerei giebt Harnack, Deutsches Kunstleben in Rom (1896) S. 93 -95. — [18]) Hemsterhuys schreibt in der lettre sur la sculpture (a. a. O. S. 46): „ . . . on peut dire que nos sculpteurs modernes sont trop peintres, comme apparemment les peintres grecs étaient trop sculpteurs." Diesen Satz führt Schlegel (S. 156) in wörtlicher Uebersetzung an.

Werken jener Zeit ein langes Register ihrer Sünden (darunter
Theatralik, Tänzergrazie und Perrückenwürde) vorgehalten.
Bis auf die neuere Zeit sei es so fortgegangen, noch ein Fal-
conet (1716—1791), ein Pigalle (1714—1785) waren manieriert
oder Naturalisten, und erst Winckelmann und Mengs haben
durch „Herstellung des Studiums der Antike und richtige
Nachahmung derselben" sich unsterbliches Verdienst erworben.
— Als Anhängsel folgt noch eine weitläufige Auseinandersetzung über das vielgelobte und oft kopierte Grabdenkmal
von Nahl,[19]) wo sich die Verstorbenen durch den zerborstenen
Grabstein durchzwängen: als gänzlich ungehörige Vermischung
von Natur und Kunst von Schlegel aufs herbste verurteilt.
Zum Schlusse des ganzen Abschnitts über Plastik giebt er
als „Rückkehr zur Darstellung des Geistes der antiken Kunst"
seine dahin gehörigen Stellen aus der Elegie an Goethe, die
wir oben (vergl. S. 60 ff.) besprochen haben.

Seiner allgemeinen Einteilung getreu schliesst Schlegel
nun die Behandlung der Architektur an. Er definiert sie
als „die Kunst schöner Formen an Gegenständen, welche ohne
bestimmtes Vorbild in der Natur frei nach einer eigenen ursprünglichen Idee des menschlichen Geistes entworfen und
ausgeführt werden".[20]) Ihre Werke müssen auf einen Zweck
gerichtet, d. h. nützlich sein, die Forderung der Zweckmässigkeit steht hier höher als die der Schönheit, die Phantasie muss
sich somit dem Verstande unterordnen. Schlegel ist sich bewusst, mit dieser Definition die Grenzen der Architektur
weiter, als gewöhnlich geschieht, gezogen zu haben, so weit,
dass auch Altäre, Vasen, Geschirre aller Art darin inbegriffen
sind. Immerhin lassen sich die Gesetze der Architektur am
besten an Bauwerken grosser Formen, an Tempel und Palast,

---

[19]) Johann August Nahl, der Aeltere (1710—1781) schuf 1751 sein
Grabdenkmal der Gattin des Pfarrers Langhans für die Kirche zu
Hindelbank (Kanton Bern), das, im letzten Jahrhundert viel gefeiert,
in der zeitgenössischen Litteratur oft erwähnt wird. Haller verfasste
die Aufschrift dafür (Hallers Werke, ed. Hirzel, 1882. S. 203), und
Goethe erwähnt es in den Briefen von der Schweizerreise an Frau
von Stein, ausführlich in dem vom 20. Okt. 1779. (W. A. Briefe Bd. IV.
S. 91.) — [20]) Im Gegensatz zur Skulptur, der „Kunst schöner Formen
an Gegenständen, welche der Natur nachgebildet sind".

entwickeln. Hier ist Schönheit Erscheinung der Zweckmässigkeit und darf auch wohl noch darüber Hinausgehendes, nie
aber ihr Widersprechendes geben. Der hier freiwirkende (nicht
nachahmende) menschliche Geist ist doch abhängig von Natur-
gesetzen. „Die Natur baut entweder geometrisch oder or-
ganisch", und so zeigen die dem tierischen Kunsttrieb ent-
sprungenen Bauten (der Seidenwürmer, Spinnen, Bienen etc.)
geometrische Regelmässigkeit. Die Architektur nun ahmt die
Natur nach in ihrer allgemeinen Methode, sie baut zunächst
geometrisch und mechanisch. Erst wenn dieser ihrer Richtigkeit Genüge geleistet ist, darf in der freieren Ausschmückung
auch das Organische betont werden. Perpendikular- und Hori-
zontallinie geben die Erscheinung der Festigkeit und des Gleich-
gewichts, des Haltens und Tragens; darüber hinaus gehen die
freien Lineamente des Ornaments, die Anspielungen aufs
Organische bieten und bei weiterer Ausbildung (Blumen, Tier-
köpfe u. s. w.) die Architektur in die Skulptur überleiten.
Aber auch im Ganzen des architektonischen Gebildes finden
wir ein Analogon zur organischen Natur in der Symmetrie
der beiden Hälften, die zwar an Wohnhäusern häufig dem
Bedürfnisse geopfert wird, an Werken, die auf Kunstwert
Anspruch machen, aber nie fehlen darf, wie ja auch die Natur
in der organischen Welt, je höher sie steigt, um so symmetrischer
bildet. Auch die Architektur ahmt also die Natur nach, indem
sie „in der Grundlage, im eigentlichen Bauen, die Wirkungen
der mechanischen Kräfte sichtbar zu machen" sucht, „in der
Anlage des Ganzen und Ausschmückung der Teile sich des
Zoomorphismus befleissigt." Aber nicht „durchaus und in eigent-
licherem Sinne" ist sie nachahmende Kunst, wie behauptet
wurde, wo sie denn entweder „sich selbst als Handwerk des
blossen Bedürfnisses" oder in ihren Bildungen bestimmte Vorbilder der Natur nachahmen sollte. Nach der ersten Hypothese
wären die Höhle des Troglodyten, die Holzhütte des Wilden
ihre ersten Vorbilder, somit das Bauen aus Stein eine beständige Maskerade des Bauens aus Holz; nach der zweiten Ansicht, die Vitruv vertritt, soll die dorische Ordnung die Verhältnisse des männlichen, die jonische die des weiblichen, die
korinthische die des jungfräulichen Körpers nachahmen: als

7

Bild und Einfall lobenswert, als Grundsatz eine Albernheit.
Dass die Säule aufrecht steht, dass ihre Verhältnisse denen
des Körpers ähneln, dass sie Haupt und Fuss hat, das sind
ihre Analogien mit der menschlichen Bildung, was noch ins
Einzelne ausgeführt wird. Schlegel geht dann ebenfalls nach
Vitruv auf die Proportionenlehre ein, wobei er sich fast ganz
auf die Säulenordnungen beschränkt, und kommt nochmals
auf seine früheren Ausführungen zurück: „Das Erste beim
Bauen ist das Bedürfnis, das Zweite die Erscheinung der Zweckmässigkeit, worin das wesentliche Schöne besteht, das Dritte
die Ausschmückung", was an einzelnen Beispielen ausgeführt
wird. Dann aber werden die Aufzeichnungen wieder knapp
und geben nur Schlagworte. Der Redner gieng noch auf Möbel
und Vasen näher ein, stellte dann die antike Architektur als
ebenso vollendet und unübertrefflich wie die antike Plastik
hin und warf der gotischen Baukunst gegenüber die Frage
auf, „ob sie überhaupt Kunstwert hat, da sie durchaus der
griechischen entgegengesetzt", um in der Beziehung auf ihre
Bestimmung die Erklärung ihrer Bauart zu finden und endlich
mit einem Vergleich von Dantes „Göttlicher Komödie" mit
einem gotischen Dome zu schliessen.

Bei der Malerei der Modernen liegt die Gefahr nahe,
dass sie, wie die Skulptur zur Malerei ausgeweitet wurde,
nun ihrerseits zur Skulptur eingeengt werde, und die Lehren
Winckelmanns, Mengs' und Lessings haben diesen Abweg
begünstigt. Es ist verkehrt, beide Künste als bildende
durchaus denselben Regeln zu unterstellen, was Herder schon
mit Recht gegen Lessing betont hat (in der „Plastik"). Auch
die antike Malerei könnte, selbst wenn sie, dem Geiste jener
ganzen Kunst gemäss, durchaus plastisch gewesen wäre, nichts
gegen die Natur der Sache beweisen. Im Gegensatz zur
Skulptur, die Formen durch Formen darstellt, stellt die Malerei
„die ganze sichtbare Erscheinung durch einen optischen Schein"
dar. Umriss, Licht und Farbe der sichtbaren Erscheinung
entsprechen drei unzertrennlich verbundene und sich gegenseitig bedingende Teile der Malerei: Zeichnung, Helldunkel,
Kolorit, wogegen Ausdruck und Komposition, die oft diesen
koordiniert werden, überhaupt keine Mittel der Darstellung sind,

sondern zu dieser selbst gehören. Zeichnung ist der der Malerei
und Skulptur gemeinsame Teil, aber erstere zerfällt in viele
Gattungen und zeichnet perspektivisch, während es nur eine
Skulptur giebt und diese immer der Wahrheit getreu bildet.
Nach einer kurzen Darlegung der Grundsätze der Perspektive
spricht Schlegel über die Wahl des Gesichtspunktes und des
Horizontes und betont, dass sowohl die Antiken als die Maler
des 14. und 15. (!) Jahrhunderts eben keine Meister der Luftperspektive waren, die überhaupt erst durch die Erhebung der
Landschaftsmalerei zu einer eigenen Gattung recht kultiviert
worden sei. Ebenso widmet er dem Lichte eine allgemeine
Betrachtung, bevor er über die Behandlung desselben spricht,
hält sich aber auch hier ziemlich im Allgemeinen und nennt
von einzelnen Künstlern bloss Correggio und Leonardo. Er
schliesst mit einigen Einzelregeln, wie: Licht und Schatten
seien in grossen Massen zusammenzuhalten, die Hauptmasse
des Lichtes in der Mitte des Bildes anzubringen. Im Abschnitt
über das Kolorit giebt er wieder zuerst Allgemeines über die
Farben in der Natur, betont die Wichtigkeit einer guten Wahl
und Zusammenstellung, der „Harmonie" derselben, und wendet
sich dann zur Farbenlehre, wobei er auf Goethes noch unver-
öffentlichte, Newton widerlegende Forschungen hinweist. Schon
Diderot habe etwas von den ursprünglichen Verhältnissen der
Farben geahnt, als er den Regenbogen den Generalbass des
Koloristen nannte,[21] Goethe aber sähe darin nur einen Ein-
zelfall weit umfassenderer Erscheinungen. Abgeschmackt dagegen sei die Erfindung eines sogenannten Farbenklaviers;
„die Bilder der grossen Komponisten sind die eigentlichen
Farbenkonzerte und Symphonien", und nur der Feuerwerker
könne ein successives Farbenkonzert geben. Von grösster

---

[21] Diderot sagt im Essai sur la peinture, dessen zwei erste
Kapitel bekanntlich Goethe übersetzt und mit Zwischenreden ver-
sehen zuerst in den Propyläen Bd. I und II veröffentlicht, dann in die
Werke Bd. XX (1819) aufgenommen hat: „L'arc-en-ciel est en peinture
ce que la basse fondamentale est en musique." (Oeuvres, Paris l'an
VIII, XIII. 345.) Man beachte auch an diesem kleinen Beispiel, wie
Schlegel in der Uebersetzung den Ausdruck zuspitzt, Goethe giebt
den Satz ganz einfach: „Der Regenbogen ist in der Malerei, was der
Grundbass in der Musik ist."

Bedeutung für die Komposition ist das Helldunkel und Correggio hierin universell und unerschöpflich mannigfaltig, dagegen „Rembrandt bei aller seiner Grösse Manierist, so wie Schalken in noch weit höherem Grade". Die Wichtigkeit der Farbengebung für die Wirkung der Komposition liegt darin, dass die Farben einerseits aus dem inneren Wesen der Körper hervorgehen, und wir sie andrerseits nach ihrem Eindruck auf uns symbolisch deuten: all das kann vom Maler zur Charakterisierung benutzt werden. Stil und Manier ist auch in der Malerei wohl zu beachten, auch die technische Verschiedenheit der Behandlung, ob Fresko, Oelbild etc., in Betracht zu ziehen, sowie der Charakter der Zeichnung, die Art z. B., wie sie die Körper durch die Gewänder durchscheinen lässt, von grösster Wichtigkeit ist. Zeichnung und Kolorit sind gleich wesentlich: „nur kann nach der Beschaffenheit der Gegenstände bald das eine, bald das andere mehr hervortreten"; und damit findet Schlegel den Uebergang zu den einzelnen Gattungen der Malerei, die er von unten nach oben durchgehen will.

Die niedrigeren Gattungen, Stillleben, Blumen- und Fruchtstücke, macht er kurz ab. Schon etwas ausführlicher wird das Tierstück behandelt, in dem er zwei Gattungen unterscheidet: die eine, wie sie Hondekoeter repräsentiert, steht dem Stillleben, die andere, wie sie die Jagd- und Kampfbilder eines Snyders und Rubens zeigen, dem historischen Gemälde näher. Ein weiterer Schritt führt zum „musikalischen" Teile der Malerei, zur Landschaft, die entweder der Wirklichkeit getreu oder komponiert sein kann, in jedem Falle aber als musikalische Einheit erfasst und dadurch wieder in Dichtung verwandelt sein muss, wenn sie nicht blosse Kopistenarbeit bleiben soll. Die Staffage muss zum Charakter der Landschaft passen, worin Salvator Rosa besonders vortrefflich ist (man denke an die Ausführungen des Gemäldegespräches); Tizian ist ihr Vater, Claude Lorrain, Poussin, Salvator Rosa und die Niederländer Ruisdael, Berghem u. s. w. ihre Meister. Im Anschluss daran wird die Gartenkunst behandelt, der Schlegel auch in seiner Uebersetzung Walpoles eine ausführliche Anmerkung zu dessen Abhandlung „über die neuere

Gartenkunst" gewidmet hatte,[22]) obgleich er sie nicht als
eigene schöne Kunst will gelten lassen. Dabei tritt er sehr
bestimmt auf gegen die damalige Liebhaberei für die englische Gartenkunst, wie sie durch Rousseau besonders zum
guten Ton geworden war, und gegen die daher rührende Ab-
neigung gegen die französische, architektonische Garten-
behandlung: „Die englische Gartenkunst ist eine Landschaftsmalerei mit wirklichen Naturgegenständen, die zwar gefällige
Darstellungen hervorbringen, aber aus eben diesem Grunde
sie nie völlig von der Natur ablösen kann, um sie zu reinen
Kunstwerken in sich zu vollenden." Sie wäre „ohne die vor-
gängige Vollendung der Landschaftsmalerei niemals so entstanden.". Die Romantik war überhaupt (einer ihrer vielen
Widersprüche!) dem architektonisch gebundenen Gartenge-
schmacke hold, wie noch viel später Tiecks Gartengespräche
im ersten Bande des „Phantasus" (1812) sattsam bezeugen. —
Von dieser Abschweifung kehrt der Vortragende zu seinem
Thema zurück und behandelt das Porträt, das, so oft unbillig
zurückgesetzt, vielmehr die Grundlage und der Prüfstein des
historischen Gemäldes sei, wie denn dessen grösste Meister
Leonardo, Raffael, Tizian auch die grössten Porträtisten gewesen seien. Freilich dürfe nicht sein höchstes Lob in der
äusseren Aehnlichkeit bestehen, die so oft nur durch kari-
kierte Verstärkung des Auffallenden erreicht sei, sondern die
Physiognomie müsse „von innen heraus in ihrer Einheit
gleichsam rekonstruiert" werden, so dass ein so gelungenes
Bildnis dem Dargestellten „ähnlicher sehen wird, als er sich
selbst". Sein Zweck ist Charakterdarstellung, desshalb muss
das Modell in Ruhe gefasst werden; schon hier ist wie noch
weit mehr beim historischen Gemälde das Kostüm von grösster
Wichtigkeit. Zu diesem übergehend fasst Schlegel dasselbe
zunächst im weitesten Sinne als solches, „auf welchem mehrere
Personen in Lagen, Verhältnissen, Handlungen gegen und
mit einander dargestellt sind", wozu allerdings noch ein gewisser Grad von Ernst und Würde treten muss, da es sonst

---

[22]) Historische, litterarische und unterhaltende Schriften des Horatio Walpole, übersetzt von A. W. Schlegel. Leipzig 1800. S. 443—446.
Diese Anm. wieder abgedruckt S. W. VIII. 62 f.

zum Gesellschaftsstück, zur Bambocciate wird. Ein solches Bild kann nun allgemein symbolische Bedeutung haben: hieher gehören Werke wie die Carità, Leonardos (heute Luini zugeteilte) „Eitelkeit und Bescheidenheit" [23]), Raffaels „Parnass" und „Schule von Athen", die trotz ihrer historischen Figuren in der Zusammenstellung ganz symbolisch sind, auch gewisse Darstellungen der Madonna (als Bild der reinen Weiblichkeit), der Magdalena (als Bild der Reue über gemissbrauchte Jugend und Schönheit). Dagegen ergiebt sich schon durch die Hinzufügung des Johannesknaben zur Madonna ein historisches Bild im eigentlichen Sinne: die Darstellung eines mystischen Aktes (im „feurigen Bestreben des andern Knaben zu dem kleinen Jesus hin"), der „nur aus dem in der Religion geoffenbarten Verhältnis der beiden Personen begriffen werden kann." Ein historisches Bild ist eben überall da, wo zu seinem Verständnisse die Kenntnis wirklicher oder erdichteter Thatsachen vorausgesetzt wird. Mag der Maler auch den Moment

---

[23]) Nur dieses Bild, das Schlegel sehr gut bekannt sein konnte (sei es aus Giovanni Volpatos Stich von 1770, sei es durch die Kopie Fritz Burys, die er 1805 wenigstens [Schreiben an Goethe S. W. IX. 262] als ihm bekannt erwähnt), kann hier gemeint sein, aber niemals, wie Thausing behauptet (Neudr. 17 S. XXVI) „Tizians himmlische und irdische Liebe". Da Thausing mit so apodiktischer Sicherheit spricht („es giebt absolut kein echtes und auch kein früher zugeschriebenes Werk von Leonardo, auf welches die Beschreibung einigermassen passte") muss ich dem entgegenhalten, dass sie allerdings auf das oben genannte, damals allgemein für Leonardo gehaltene Bild Zug für Zug passt. Man höre; „... eine weibliche Figur, die geschmückt und selbstgefällig Blumen in der Hand hält, um sich damit zu putzen, und eine andere, eigentlich schönere, aber schlicht gekleidet und von verständigem Ausdruck, die ihr darüber zuredet und sie zur Besonnenheit zu bringen sucht" u. s. w. Hier stimmt alles genau mit Luinis „Modestia e Vanità", fast gar nichts dagegen zu Tizians Bild, wo die nackte Figur die „schlichter gekleidete" Schlegels sein soll (!), ganz abgesehen davon, dass sich Schlegel auch im Namen des Malers geirrt haben müsste, was ja an sich denkbar wäre. — Das Bild existiert in mehreren Wiederholungen: die als Original Leonardos (heute Luinis) geltende war früher im Palazzo Sciarra zu Rom und befindet sich jetzt im Besitze des Barons Alfons v. Rothschild zu Paris; eine andere, nach welcher Volpatos Stich wie Burys Kopie genommen sind, war in der Galerie Barberini (Rom), eine dritte in der Sammlung Lucian Bonapartes.

„noch so glücklich, so unzweideutig, so prägnant und viel-
sagend" wählen, er muss zum Verständnis und zur Beurteilung
des Bildes eine vorläufige Bekanntschaft mit der dargestellten,
historischen Thatsache beim Beschauer voraussetzen. Die
ältesten Maler der neueren Kunst haben den Figuren Zettel
aus dem Munde gehen lassen, die griechischen wenigstens den
Göttern und Helden die Namen beigeschrieben, die ausge-
bildetere Kunst muss dieser Hilfsmittel entraten können. Diese
ganze, ziemlich ausführliche Auseinandersetzung richtet sich,
wie Schlegel nun selbst erklärt, gegen den Satz der Propyläen, [24]) dass ein Werk bildender Kunst sich selbst ganz aussprechen müsse. Da ein einzelnes Bild eine Geschichte nur
unvollständig geben kann, so haben Alte wie Neuere (Raffael)
zu Cyklen gegriffen, frühere Meister auch wohl in naiver Weise
verschiedene Momente einer Geschichte auf demselben Bilde
vereinigt; immer aber muss sich der Historienmaler auf schon
Bekanntes beziehen, wie ja auch der Landschafter eine Bekanntschaft mit dem Dargestellten (etwa einem Baume) beim
Beschauer voraussetzt. Je geläufiger uns deshalb das voraus-
gesetzte historische Wissen ist, um so besser für den Maler;
solch günstiges Stoffgebiet ist nun das mythologische, die
Mythologie die eigentliche Welt des Historienmalers in alter
wie neuer Kunst, wenn' schon die von der christlichen Kirche
ausgebildete für die Kunst nicht so günstig ist wie die antike.
Auch die unendliche Wiederholung derselben Gegenstände ist
nicht nur nicht nachteilig, sondern günstig, insoferne sie das
Urteil vom bloss stofflichen Reize zum höhern der künstlerischen Behandlung emporführt. Weitere Stoffgebiete der neueren
Kunst sind antike Mythologie, antike Geschichte und Szenen
aus bekannten Dichtern (Beispiel Dantes für die Malerei des
14. und 15. Jahrhunderts). Aber „nicht der Historie wegen
wird historisch komponiert, sondern die Geschichte ist nur das
Vehikel, vermittelst dessen der Künstler das malerisch Grosse
und Schöne entfaltet." Darnach allein muss auch die Wahl
des Momentes beurteilt werden, und es ist ganz verkehrt,

---

[24]) Stück 1 Seite 21. In Heinrich Meyers Aufsatz „Ueber die
Gegenstände der bildenden Kunst" (vergl. Seufferts Deutsche Litt.
Denkm. Nr. 25 Seite 3).

Darstellungen „patriotischer und überhaupt edler Handlungen"
zu empfehlen. „Als ob sich das, was sie dazu macht, das
Sittliche, auch zeichnen und kolorieren liesse." Wo das Wesen
der Sache nicht sichtbar gemacht werden kann, ist die Grenze
der Malerei überschritten, z. B. in Dosso Dossis trefflicher Vision
der vier Kirchenväter,[25]) wo die Empfängnis der Jungfrau, über
die sie meditieren, in den Wolken über ihnen dargestellt ist.
Falsch ist dagegen der Tadel gegen die Zusammenstellungen
verschiedener Heiliger mit der Madonna als gegen die Chro-
nologie: handelt es sich doch um Visionen himmlischer Selig-
keit, und solche Kompositionen, etwa eines Raffael oder
Correggio, „gehören zu den glorreichsten, wozu die christliche
Religion der Kunst die Hand geboten hat." Weitere Polemik
gegen die Propyläen und gegen Lessing führt Schlegel dazu,
den ganzen „dramatischen Regelkram" als unfruchtbar, ja
schädlich zu verwerfen, und ähnlich beurteilt er die Vor-
schriften „über den eigentlich pittoresken Teil der Komposition", die nicht weit reichten und leicht zur Manier führten.
Auch die Lehre vom Kontrast dient ihm, wie die Ausführung
über die Komposition überhaupt, zu immer wiederholter Betonung des Satzes, dass es nicht auf allgemeine Regeln an-
komme, sondern darauf, die Regel im einzelnen Falle aus der
bestimmten Aufgabe selbst von innen heraus zu entwickeln.
Klarheit, Einfachheit und Präzision werden dabei immer als
Vorzüge empfunden werden. — Die Forderung der Kostüm-
richtigkeit ist von den Franzosen sehr übertrieben worden;
es kann dabei nie auf „antiquarische Belustigung" ankommen.
„Das künstlerische Kostüm ist die charakteristische Aeusser-
lichkeit", und die älteren Maler waren in ihrer naiven Behandlung desselben bei kirchlichen Stoffen (z. B. der Kreuzigung)
weiser als die heutigen Kostümkrämer, wenn auch der Moderne bei der grossen Wichtigkeit, die unsere Zeit auf
historische Genauigkeit legt, hier allerdings genauer arbeiten
muss. Denn im verfehlten Kostüm kann heute wirklich ein
Travestieren liegen, wie etwa Paul Veroneses „Hochzeit von

---

[25]) In Dresden. Heutige Nr. 129. Ein ähnliches Bild desselben
Meisters ebenda Nr. 128.

Kana"[26]) beweisen mag, die als Kunstwerk unvergleichlich wertvoll, doch nicht den Wert hat, den der Name verspricht, oder Rembrandt[27]) und andere, die bäurische Vorstellungen dahin trugen, wo sie nicht hingehören. Aber sie geben doch innerlich Angeschautes und in gewissem Sinne Wahres, während die „willkürlichen Veredler des Kostüms", wie etwa van der Werff[28]) völlig kalt und frostig werden.

Als Gegenstück des historischen Gemäldes bleibt noch die nach ihrem ersten Meister Pieter Laer gen. Bamboccio[29]) benannte Bambocciate, das besonders in Holland ausgebildete niedrige Gesellschaftsstück, eine Gattung, die schon die Alten kannten und deren Meister sie Rhyparographen nannten. Man darf sie nicht, wie z. B. Salvator Rosa gethan, gänzlich verwerfen, sie hat ihren Platz in der Malerei so gut, wie die Komödie und die Posse in der Poesie. Ihr Gebiet ist das „der alltäglichen, gleichgültigen Handlungen, bei denen kein sittliches Gefühl aufgefordert wird, und in den niedrigen Ständen, die nicht gelernt haben, ihre egoistischen Regungen künstlich zu verbergen." Kleineres Format liegt im Wesen der Sache und höchste Meisterschaft der Behandlung „durch fertige Keckheit oder durch saubere Ausführlichkeit", wie es die Holländer geleistet haben. Die Gefahr der Plattheit liegt allerdings nahe. Aber viel schlimmer ist es, wenn der Maler moralisieren will, wie Hogarth, gegen den Schlegel hier wie früher in den Fragmenten (vgl. S. 40) und im Aufsatze über Flaxman (vgl. S. 62) scharf polemisiert. Mit wenigen Bemerkungen über die Karikatur, deren Wesen „charakteristische Exzentricität", deren angemessene Form die Skizze sei, und dem Versprechen eines Ueberblicks über die Geschichte der Malerei und deren gegenwärtigen Zustand, von dem jedoch nichts erhalten ist,[30]) schliessen die Abschnitte über Malerei und damit die Vorlesungen über bildende Kunst überhaupt ab.

---

[26]) In Dresden. Gal.-Nr. 226. — [27]) Schlegel denkt hier wohl hauptsächlich an die hl. Familie von 1631, heute in München (alte Pinakothek Nr. 324), damals in Mannheim befindlich. — [28]) Von ihm sind in Dresden 5 Bilder biblischen Stoffes. — [29]) Lebte ca. 1590 bis nach 1658. Von ihm in Dresden 4 Bilder Nr. 1369—1372. — [30]) Er

Eine allerdings sehr kurze Skizze „Ueber den gegenwärtigen Zustand der bildenden Künste" giebt eine
Ausführung des nächsten Vorlesungscyklus vom Herbst 1802.
Sie wurde schon im folgenden Jahre in der „Europa" gedruckt,
wo einige dieser Vorträge unter dem Titel „Ueber Litteratur,
Kunst und Geist des Zeitalters"[31]) erschienen. Der „unermessliche Abstand unseres Zeitalters" von der Höhe des 15. und
16. Jahrhunderts wird da als allgemein anerkannt geschildert:
„Wer kann sich gegenwärtig berühmen, zu malen und zu komponieren wie Leonardo, Raffael, Michelangelo, Giulio Romano,
Fra Bartolomeo, Correggio, oder auch wie Holbein und die
anderen grossen Meister?" Schon diese Zusammenstellung
von ausschliesslich Italienern mit dem einzigen deutschen
Holbein ist interessant und ganz im Geiste der Gemäldegespräche und der theoretischen Ausführungen des vorigen
Winters. Freilich könne man von Fortschritt sprechen, aber
nur „in Bezug auf eine noch kläglichere Ausartung"; z. B.
werde in Frankreich wieder mehr nach der Antike studiert
(es ist die Zeit Davids!) und nicht mehr so maniert gemalt
wie von Coypel und Boucher,[32]) aber „von da ist es noch
weit hin bis zu wahren Originalschöpfungen". Ebenso sieht
die Skulptur nicht mehr in Bernini das höchste Muster, man
hat sich in ihr wie in der Architektur historisch zu orientieren
gesucht, man baut einfacher und reiner. Aber „der kleinliche Geist des Zeitalters, das immer nur auf die Gegenwart
denkt", offenbart sich hier ganz besonders. Die Architektur,
die einst ihre Lehren in riesenhaften Buchstaben für die
Nachwelt niederschrieb, ist zum blossen Privatunternehmen
geworden, und alle früheren Zeiten („die gotische nicht ausgenommen") beschämen die unsere an Solidität.

In der „Zeitung für die elegante Welt" erschienen 1803

---

wurde nach Minors Annahme (Neudr. 17 S. XIX) aus alten Heften, aus
verloren gegangenem Manuskript, oder ganz aus freier Hand gegeben.
— [31]) Europa II. I. S. 1—94. Die im Texte besprochenen Stellen Seite
28—30 (Neudr. 18 S. 40—42). — [32]) Es ist hier jedenfalls der späteste
und bekannteste der drei Coypel, Charles Antoine gemeint, der 1694
bis 1752 lebte. François Boucher 1703—1770.

(Nr. 4—9) Besprechungen A. W. Schlegels über die berlinische Kunstausstellung des Vorjahres, die gleichsam praktisch die in den Vorlesungen aufgestellten theoretischen Grundsätze bewähren sollten. Sie bilden zu diesen auch insofern eine Ergänzung, als der Kritiker, der dort das Grosse und Vollendete für seine Besprechung heranziehen musste und das Schlechte höchstens streifen konnte, hier gerade das Verfehlte und Unkünstlerische im Einzelnen nachzuweisen hat. Gleich im Eingang stellt er sich auf einen hohen Standpunkt mit der Frage, ob die Akademie mit dieser Ausstellung „eine scherzhafte Prüfung des öffentlichen Geschmackes habe anstellen und versuchen wollen, wie schlecht ein Kunstwerk wohl sein dürfte, ehe das Publikum es merkte", oder ob sie „die grossen Grundsätze der Toleranz und Humanität durch die That habe predigen wollen?" Obgleich er nur eine Auswahl des Besseren bespricht, so lohnen doch auch diese oft geistreichen und immer eindringenden Worte über Werke, die sich ausnahmslos nicht als bleibend wertvoll erwiesen haben, ein genaueres Eingehen nicht mehr. Wohl lässt er bisweilen allgemeine Fragen aufblitzen, — z. B. bei Gelegenheit Schadows, der in Reliefs für das Münzgebäude seinen eigenen Grundsätzen [33]) entgegen antik stilisierte Figuren angebracht hatte, die Frage, warum hier nicht naturalistische, allgemein verständliche Bergleute u. s. w. gegeben werden durften, oder bei Gelegenheit Tiecks [34]), an dessen Goethe-

---

[33]) Ueber Schadow und seinen Mangel an Stilgefühl vergl. Neumann, Der Kampf um die neue Kunst (1896) S. 189 f. — [34]) Der Bildhauer Christ. Friedr. Tieck (1776—1851), der Bruder des Dichters, lebte 1803—1807 in Italien, dann zu München, und 1811—1819 wieder in Ialien; 1820 wurde er Professor an der Berliner Akademie. Von ihm ist die von Fr. Bolt (1769—1836) gestochene Titelvignette zur Erstausgabe von A. W. Schlegels „Ion" (1803): sie stellt eine fliegende Frauengestalt in Profilstellung mit gesträubtem Haar, antik gewandet, dar, die geöffneten Mundes im Vorüberschweben in die Saiten einer mächtigen Lyra greift. Diese kleine Arbeit scheint ihm doch einige Mühe gemacht zu haben; er schreibt am 16. Aug. 1802 an A. W. Schlegel: „Mit der Vignette zum Ion bin ich nicht ganz einig, was es werden soll." (Ungedruckt. Original in der kgl. öffentl. Bibliothek zu Dresden: A. W. v. Schlegels Briefwechsel Bd. 28. Kletle 83. 7.)

büste man den leicht geöffneten Mund getadelt hatte, während Bury auf Zeichnungen und im Oelbild ihn, der Gewohnheit des Dichters gemäss, festgeschlossen gezeigt hatte, die Frage, ob hier nicht der Fall für Maler und Bildhauer wirklich verschieden liege — aber ohne sie wirklich zu beantworten oder auch nur genauer zu verfolgen. Die meisten plastischen Arbeiten bezeichnet er als ganz verfehlt; volle Freude hat er nur an sechs kleinen holzgeschnitzten Hochreliefs mit Blumen und Tieren von Parent[35]), die in ihrer Art ein Vollkommenes seien und deshalb trotz der niedrigen Gattung den schönsten Kranz verdienten. Die Gemälde bespricht er ebenfalls in der „umgekehrten Rangordnung", indem er mit dem schlechtesten, einem „Mucius Scävola" von Grätsch, beginnt, einer langen Reihe von Bildern oft mit beissendem Spott Unfähigkeit oder kümmerliche Nachahmung nachweist, und nur bei zweien von Weitsch[36]), „Friedrich II. in der Schlacht von Kunersdorf" und „Komala" (nach Ossian), sich länger aufhält, weil „sie vermutlich am allgemeinsten gefallen" und er deshalb ihre Fehler im Einzelnen wie im Ganzen eingehender beleuchten will. Den Schluss bildet eine kurze Besprechung einer Kopie Hummels[37]) nach Leonardos „Christus unter den Pharisäern"[38]), der hier nach all den mit verdientem Tadel bedachten manierierten Erzeugnissen einer tiefstehenden Kunstepoche als glänzendes Zeugnis jener grossen Zeit, „wo sich die Künstler lächerlicher Weise niemals mit der Vollendung Genüge leisteten", in wirksamem Kontraste herausgehoben wird.

---

[35]) Aubert Parent, Architekt und Bildhauer aus Neufchatel, 1766 geb., seit 1797 Mitglied der Berliner Akademie. — [36]) Friedrich Georg Weitsch aus Braunschweig (1758—1828), hauptsächlich Porträtist und als solcher auch von Schlegel etwas glimpflicher behandelt, seit 1797 Hofmaler und Direktor der Berliner Akademie. — [37]) Joh. Erdmann Hummel aus Kassel (1770—1852), 1792—1799 in Italien, meist in Rom, seit 1800 in Berlin, wo er 1809 Professor an der Akademie wurde. — [38]) Das Bild, heute als Luini bezeichnet und seit 1831 in der Londoner Nationalgalerie (Kat.-Nr. 18), war am Ende des letzten Jahrhunderts in der Sammlung Aldobrandini im Palazzo Borghese zu Rom (vergl. Ramdohr, Malerei und Bildhauerarbeit in Rom, II. Aufl. 1798. Bd. I. S. 307) und kam 1800 nach England.

August Wilhelm Schlegels Bedeutung als Aesthetiker
und Kunstforscher erscheint in diesen Berliner Jahren auf
der vollen Höhe, und wie er als Haupt der Romantiker und
Redaktor des „Athenäums" sein hervorragendes organisatori-
sches Talent bewiesen hatte, so sehen wir in den „Vorlesungen" den Systematiker von seiner besten Seite. Sein
Bedürfnis nach Zusammenfassung und abschliessender Gestaltung der gärenden Ideen seines Kreises und vor allem
Friedrichs hat sich nirgends in grösserem Umfange, nirgends
aber auch mit vollerem Gelingen kundgegeben als in diesen
Vorträgen, die eine für ihre Zeit geradezu glänzende Leistung
genannt werden müssen und, wenn auch ihr Schwerpunkt
vielleicht noch mehr in den folgenden die Litteratur behandelnden Teilen liegt, doch auch in diesen ästhetischen und
kunstgeschichtlichen Partien wertvoll genug sind. Schon der
weite Blick, die vielseitige Sachkenntnis und die von aller
schulmeisterlichen Beschränktheit freie Behandlung verleihen
ihnen eine Frische, die wir selbst in dem erhaltenen Koncept
noch empfinden, die aber beim mündlichen, jedenfalls im
Augenblick vielfach improvisierenden Vortrag sicher noch
weit stärker hervortrat. Die Wissenschaft ist ja auch hier
mächtig fortgeschritten: die moderne Aesthetik, die sich mit
Vorliebe auf die von Schlegel so verächtlich behandelte
„Experimentalphysik der Seele" gründet, wozu sich die
neueste Psychologie immer mehr ausgewachsen, wird nur
noch mit vielen feinen Einzelzügen und scharfsinnigen Ausführungen, nicht mehr mit den systematischen Grundlagen
Schlegels übereinstimmen können. Dabei darf jedoch nicht
übersehen werden, dass auch in ihr sich schon heute wieder
ein gewisser Rückschlag gegen die allzu naturwissenschaftliche Behandlung geistiger Probleme geltend macht. Wie
dem auch sei, rein historisch betrachtet sind August Wilhelms Berliner Vorlesungen ein grosser und bedeutsamer
Schritt vorwärts: durch sie ist auf dem Gebiete der Aesthetik
und Kunstgeschichte dem mit allgemeinen Kategorien und
feststehenden schematischen Tabellen wirtschaftenden Rationalismus der Garaus gemacht und der auch heute noch prinzipiell gültigen, historisch verstehenden und die Einzel-

erscheinung liebevoll in ihrer Berechtigung charakterisieren-
den Methode, die ein Hauptverdienst der Romantik ist, der
Sieg errungen worden. —

Im Frühling 1802 war Friedrich Schlegel mit Dorothea nach Paris gekommen, wo er sich bald mit allem
Eifer auf orientalische Sprachen, am meisten auf Sanskrit
warf. Daneben aber beschäftigten ihn die Kunstwerke der
Stadt, die damals wirklich die Hauptstadt Europas war,
wo Bilder und Statuen aus ganz Italien und Spanien durch
Napoleon zusammengehäuft wurden, aufs eingehendste. So
schrieb er am 16. September dem Bruder: „Der neuen Gegenstände sind zu viel und die Gemälde und Antiken allein
haben mich eine Zeitlang ganz absorbiert." [39]) Im gleichen
Briefe steht mitten unter Plänen und Fragen, persönlichen
und sachlichen Mitteilungen ganz abrupt der Satz: „David
ist ein greulicher Schmierer, der nichts wert ist;" Friedrich
macht, wie wir bald sehen werden, auch in der „Europa" den
damals hochberühmten Führer der französischen Klassicisten
arg herunter. Diese neue Zeitschrift „Europa" [40]), die eine
Art Fortsetzung des „Athenäums" sein sollte, bezeichnete in
der Vorrede als ihren Zweck, „an allem Anteil zu nehmen,
was die Ausbildung des menschlichen Geistes am nächsten
angeht, und das Licht der Schönheit und Wahrheit so weit
als möglich zu verbreiten", und bat zugleich um Nachsicht
für die Form des Vortrages („es ist nicht meine Absicht,
Kunstwerke der Darstellung aufzustellen"). Sie war grössten-
teils von Friedrich selbst geschrieben, Dorothea und August
Wilhelm waren Mitarbeiter; doch auch dieser war ausser
einem kurzen Aufsatz über das spanische Theater und dem
Bruchstück seiner Berliner Vorlesungen (S. oben S. 106) sowie
einigen Gedichten und Miscellen für nichts zu haben trotz
aller flehentlichen Bitten in den Briefen des Bruders. Auch
die übrigen Mitarbeiter, Caroline von Humbold, Ast, Achim
von Arnim, der nach seinem „Hollin" hier mit den „Erzäh-

---

[39]) Walzel S. 495. — [40]) Es erschienen 2 Bände zu je 2 Stücken
1803 bei Wilmans in Frankfurt a/M.

lungen von Schauspielen" zuerst vor das Publikum trat, wollten
nicht viel heissen. Für Friedrichs Kunstansichten ist die
„Europa" die wichtigste Quelle, dafür ebenso bedeutsam wie
die Berliner Vorlesungen für Wilhelm und auch mit derselben
Einschränkung zu benutzen. Friedrich war durch seine
Misserfolge etwas mürbe gemacht, zahmer und wenigstens
äusserlich versöhnlicher geworden; es herrscht jetzt dem
Athenäum gegenüber ein gemilderter, ruhigerer Ton, wenn
auch der einseitige Parteistandpunkt durchaus nicht aufgegeben
erscheint. Persönliches wird möglichst vermieden. Der französischen Kunst, die ihm neu und immerhin der deutschen
Zersplitterung gegenüber imponierend genug entgegentrat,
steht er, wie der französischen Poesie, wenig sympathisch
gegenüber. Schon in der die „Europa" eröffnenden „Reise
nach Frankreich" schreibt er gelegentlich: „Seit Jahrhunderten
strebt die Nation gerade in denen (Künsten und Wissenschaften) sich auszuzeichnen, zu denen sie verhältnismässig
entweder gar kein Talent oder doch nur ein sehr geringes zu
haben scheint, als Musik, Malerei, Poesie und dergl."[41] —
Die lobende Zusammenfassung deutscher Litteraturerschei-
nungen rückt zwar überall die Parteigenossen in den Vordergrund, führt aber neben den anderen Grössen der Zeit sogar
den vielgeschmähten und lange prinzipiell totgeschwiegenen
Schiller mit sauersüssem Lobe der „Jungfrau von Orleans",
allerdings gönnerhaft genug, an.[42] Warm und aufrichtig
klingt dagegen noch immer das Lob Winckelmanns, als dessen
Schüler im weiteren Sinne Friedrich sich immer noch fühlen
durfte, wenn er seinen „Enthusiasmus für das Altertum und
die Kunst die Grundlage des Besten und des Edelsten unter
uns" nennt und von seiner Geschichte, „philosophischer als
noch keine war", sagt, sie sei „unbewusste Poesie, er selber
gewissermassen ein Vorgänger Goethes", in Friedrichs Munde
noch immer das höchste Lob.[43] Als ein Einlenken und Ab-
schwächen ist auch die Stelle über die Propyläen zu betrachten: wie scharf war das Athenäum, wie deutlich Wilhelms
Berliner Vorlesungen gegen die von diesen vertretenen Kunst-

---

[41] Europa I. 1. S. 23 f. — [42] Europa I. 1. S. 58 f. — [43] Europa I. 1. S. 44.

anschauungen aufgetreten, während jetzt ihr Aufhören beklagt
und ihnen formal wie inhaltlich Lob gespendet wird. Auch
hierin sehen wir das Bestreben, nicht anzustossen und so dem
neuen Unternehmen weitere Kreise und damit bessere Ein-
nahmen zuzuführen, deren der Herausgeber damals gar dringend
benötigte.

Der Aufsatz über „Die Pariser Kunstausstellung
vom Jahre XI"[44]) ist zwar laut einer Vorerinnerung des
Herausgebers nicht von ihm selbst, sondern von einem
„kenntnisreichen Maler", aber die Chiffre ***ch und die
durchweg ablehnende Haltung gegen die zeitgenössische
französische Malerei könnten Zweifel erregen, ob nicht doch
Friedrich hinter der Maske stecke. Allerdings sind die meist
kurzen Notizen über die einzelnen Werke auffallend sachlich
gehalten, und Friedrich hätte es kaum über sich vermocht,
so lange bei der Stange zu bleiben, ohne abzuschweifen.
Jedenfalls entsprechen die darin vorgetragenen Ansichten den
seinigen und lohnen deshalb ein kurzes Eingehen in diesem
Zusammenhange. Einen Grundschaden der damaligen französischen Malerei trifft der Tadel des Theatralischen; nicht
am Leben und an der Wirklichkeit bilde sich der Künstler,
sondern an der Bühne, und zwar an der hyperkonventionellen
des französischen Dramas! Auch der weitere Vorwurf, dass
die Malerei allzusehr als Plastik behandelt werde, trifft ins
Schwarze. Nachdem der Berichterstatter die Dii minorum
gentium abgethan hat, kommt er zu den Grössen: François
Gérard (1770—1837), dessen „blinden Belisar" von 1795[45]) er
für „das beste Werk der jetzigen französischen Maler" erklärt,
dessen auch heute noch in seiner reinen Grazie und Poesie
trotz der etwas gezierten Einfachheit uns ergreifendem Bilde
„Amor und Psyche" (1798)[46]) er aber bei allem Lobe nicht
völlig gerecht wird. Anne Louis Girodet (1767—1824) verwirft er dagegen als maniriert und affektiert und behandelt
dann Jacques Louis David (1748—1825), seiner damaligen
Stellung entsprechend, am ausführlichsten. Für das beste

[44]) Europa I. 1. 89—107. — [45]) Heute in der Leuchtenberger Galerie
zu Petersburg. — [46]) Im Louvre, Kat.-Nr. 238.

seiner Werke hält er den „Schwur der Horatier" (1784),[47] dem
wir heute diese Stellung kaum mehr einräumen werden, bezeichnet dann den „Belisar" als unter dem Gérards stehend,[48]
„Paris und Helena"[49] als statuarisch (die Figuren beweisen,
„dass er weder erfinden noch komponieren kann"), um sich
zuletzt ausführlichst mit dem grossen, 1800 vollendeten Bilde
der „Sabinerinnen"[50] auseinanderzusetzen, dessen Figuren entweder von Gips oder nach der Antike und Raffael kopiert,
dessen Zeichnung vielfach schülerhaft, dessen Farbe schlecht
sei bei manchen trefflichen Einzelheiten. Gerade weil David
in Paris als der erste Maler der Welt, als Wiederhersteller
der Malerei in Frankreich gelte (welch letzteres zuzugeben,
wenn schon „Mengs zuerst der Kunst in Europa aufgeholfen"),
wolle er ihn, so wie er ist, seinem Vaterlande bekannt machen.
In dem Gesagten ist die Spitze gegen Goethe und die Propyläen nicht zu verkennen. Dort[51] hatte Frau von Humboldt
eine Schilderung der „Sabinerinnen" gegeben, die, ohne ein
abschliessendes Urteil zu fällen, durchaus freundlich gehalten
war. Als Einleitung dazu[52] diente eine kurze, ganz vortreffliche Charakteristik des Künstlers, gegründet „auf wiederholte Betrachtung" seines bekannten Bildes vom „Schwure
der Horatier." Wer ist ihr Verfasser? Friedrich Tieck schreibt
sie Goethe selber zu,[53] was jedenfalls unrichtig, da der Dichter
das 1784 in Rom gemalte und schon im folgenden Jahr im
Pariser Salon ausgestellte Bild nie gesehen haben kann. W. v.

---

[47] Louvre, Kat.-Nr. 189. — [48] Eine kleine Wiederholung im Louvre
Nr. 192. David malte den am Thore um Almosen flehenden Greis, Gérard
den mit dem sterbenden jungen Führer auf dem Arme dahinwandernden.
-- [49] Louvre Nr. 194. — [50] Louvre Nr. 188. — [51] Propyläen III. 1.
119—122. — [52] ib. 117—119. — [53] „Die Beschreibung des Davidschen
Bildes ist nicht von mir, sondern von Frau v. Humboldt, und die kleine
Einleitung dazu von Goethe habe ich bewundert. Ich hielt es
für unmöglich, dass ein Mensch, der nichts von ihm gesehen als den
Schwur der Horatier, ihn so richtig beurteilen könnte; alles, was er
gesagt hat, ist im strengsten Verstande wahr, und das neue Bild der
beste Beweis davon. Solange Goethe schreibt, ist es ganz überflüssig,
etwas über Kunst zu schreiben." An A. W. Schlegel, Paris 20 Julius
1800. Ungedr. Original in der kgl. öffentl. Bibliothek zu Dresden:
A. W. v. Schlegels Briefwechsel Bd. 28. Klette 83. 1.

Biedermann [54]) bezeichnet Meyer als Verfasser, und Weizsäcker [55])
fasst den ganzen Artikel als Aeusserung Wilh. v. Humboldts,
was für die Beschreibung der „Sabinerinnen" jedenfalls unzutreffend ist; denn wir haben keinen Grund, die Angabe des
damals in Paris lebenden Tieck zu bezweifeln. Meines Erachtens rührt die Charakteristik in der Hauptsache von Meyer
her, der den „Schwur" jedenfalls in Rom gesehen, ist aber
kaum ohne Goethes Mithilfe verfasst. Besonders scheinen mir
die Schlusssätze, denen wir auch heute noch nur beistimmen
können, in ihrer klaren, alles gerecht abwägenden Fassung
deutlich das Gepräge Goethes zu tragen. [56]) — Der Aufsatz
in der „Europa" endigt mit einem Aufruf an die deutschen
Künstler, für die ein Aufenthalt in Paris so nötig sei wie in
Italien, auch in der Malerei „gleichen Schritt mit ihren Philosophen, Musikern und Dichtern zu halten", und mit dem
Hinweis auf zwei deutsche Künstler in Rom, Asmus Carstens
(1754—98), den besten Komponisten seit Raffael (!), und Heinrich
Wächter (1762—1852), während die Weimarer Preisgewinner
Hofmann und Nahl [57]) von ihm weniger hochgestellt werden
könnten.

In den „Pariser Neuigkeiten" des nächsten Heftes [58]) folgte
noch ein Nachtrag, der hauptsächlich Guérins (1744—1833)
erst später ausgestelltes grosses Bild „Phädra den Hippolyt
vor Theseus anklagend" [59]) behandelt; auch dies sei bei zwar
harmonischer, aber unwahrer Farbe allzu theatralisch. Den
um seiner Leidenschaftlichkeit willen damals vielbewunderten

---

[54]) Goethes Werke. Hempel Ausg. XXIX. S. 279 Anm. — [55]) Meyers
kl. Schriften zur bild. Kunst. Deutsche Litt. Denkm. 25 S. LXIII. —
[56]) „Am glänzendsten wird Davids Verdienst erscheinen, wenn man
bloss Stil und Ausführung an seinen Bildern betrachtet. Sie enthalten
eine gelernte Kunst, aus den Meisterwerken der Alten und Neuern
gezogen, die mit ausharrendem Fleiss erworben worden, unter der Pflege
günstiger Umstände sich ausgebildet hat und mit Ernst geübt wird."
— [57]) Die beiden Kölner Künstler hatten bei der von den Weimarer
Kunstfreunden gestellten Aufgabe (Propyl. III. 2. 163 ff.) „Achill unter
den Töchtern des Lykomedes auf Skyros" und „Achills Kampf mit
den Flüssen" für die Behandlung des ersten Themas den Preis von
80 Dukaten zu gleichen Teilen erhalten. Ebenso schon im vorigen Jahre.
— [58]) Europa I. 2. 140—145. — [59]) Louvre Nr. 395.

Phädrakopf[60]) tadelt er, da die Leidenschaft auf Kosten der Schönheit dargestellt sei; hinter David, der das Schöne fühle und die Antike trefflich nachahme, bliebe Guérin weit zurück.

Unzweifelhaft von Schlegel selbst und auch inhaltlich viel bedeutsamer sind die „Nachrichten von Gemälden in Paris", die sich unter verschiedenen Titeln in allen Stücken der Europa vorfinden.[61]) Wenn auch überall durch das vorliegende Material bedingt, bilden sie doch eine Art Gegenstück zu Wilhelms Berliner Vorlesungen und jedenfalls das Eingehendste, was Friedrich über bildende Kunst geschrieben hat. Sie zeigen die schon im Athenäum ersichtliche Abwendung von der antiken zur neueren Kunst vollzogen, und wir bemerken deutlich in ihren teilweise mystisch gefärbten Ausführungen ein Weiterschreiten Friedrichs auf dem schon dort betretenen Wege, der ihn wenige Jahre später in die Arme der katholischen Kirche führte. Friedrich bespricht zunächst das Lokal des Louvre und die stets wechselnde Aufstellung der Gemälde und geht dann auf diese selbst über mit dem Satze: „Ich habe durchaus nur Sinn für die alte Malerei, nur diese verstehe ich und begreife ich, und nur über diese kann ich reden"[62]) — ein Satz, der allerdings auch gegen seine Autorschaft beim vorhergehenden Artikel spricht. Von der französischen Schule und den ganz späten Italienern will er völlig absehen, aber auch in der Schule des Carracci findet er selten ein ihn ansprechendes Bild: „die kalte Grazie des Guido, das Rosen- und Milch-glänzende Fleisch des Dominichino" vermag ihn nicht zu bezaubern, ein Urteil, das besonders für seine Zeit seinem Geschmack alle Ehre macht, wenn es auch in bekannter Schroffheit gleich das Kind mit dem Bade ausschüttet. Man höre nur: „Ich habe über diese Maler kein Urteil, wenn man nicht etwa das für eines wollte gelten lassen, dass damals schon die Malerei nicht mehr vorhanden war.

---

[60]) Die Gestalt der Phädra war ein Porträt der damals berühmten Tragödin Duchesnois in dieser Rolle. — [61]) Europa I. 1. S. 108—157; I. 2. S. 1—19; II. 1. S. 96—116; II. 2. S. 1—41 u. S. 109—117; das Folgende S. 117—145 behandelt Bilder in Brüssel, Düsseldorf und Köln. — Der Wiederabdruck in den S. W. VI 1—220 zeigt teilweise starke Umarbeitungen. — [62]) Europa I. 1. 113.

Tizian, Correggio, Giulio Romano, Andrea del Sarto etc., das
sind für mich die letzten Maler" — Sätze, die viel später
Goethe-Meyers „Neudeutsch-religiös-patriotische Kunst" (1817)
herausgriff, und die ihm oft vorgerückt werden. Hauptkenn-
zeichen des ihm allein gefallenden Stiles der alten Malerei sind:
wenige einzelne, mit Fleiss vollendete Figuren; strenge, magere
Formen in scharfen Umrissen, reinen Verhältnissen und Farben-
massen; schlichte, naive Gewänder; im Gesichte jene gutmütige
kindliche Einfalt und Beschränktheit, die der ursprüngliche
Charakter des Menschen ist — Forderungen, die fast wie ein
Programm der Nazarener klingen und von diesen vielfach nur
allzu genau erfüllt worden sind. Ausnahmen davon rechtfertigt nur „ein grosses Prinzip, wie beim Correggio oder
Raffael." So wendet er sich zunächst zu dem ihm bis dahin
unbekannten Fra Bartolommeo, dessen „hl. Marcus" von 1514,
und „auferstandener Christus mit den vier Evangelisten" von
1516 [63]) ihn durch ihren „wilden Enthusiasmus" mächtig
ergreifen. Aber gleich fügt er bei: „Ich halte dies nicht für
den wahren Charakter der Malerei, und die stille, süsse Schönheit des Johannes Bellin oder des Perugino geht mir über
alles." So scheint ihm denn Bellinis „lehrender Christus" [64])
strenger und reiner, deshalb erhabener und göttlicher als der
Bartolomeos. In ausführlichster Beschreibung verweilt er dann
bei den immer aufs neue fesselnden allegorischen Bildern des
Mantegna „Parnass" und „Vertreibung der Laster", [65]) welch
letzteres er mit den Allegorien Dantes zusammenstellt. Im
Vergleich zu des Meisters „berühmter Madonna della Vittoria"
von 1495 [66]) bezeichnet er sie als weit vorzüglicher an „Schönheit, Lieblichkeit und Vollendung" und vermutet deshalb eine
spätere Entstehungszeit, „weniger von dem schönen Stil des
Bellini entfernt." Sieht er durch diese Allegorien bewiesen,
wie gut sich mit solchen, wenn sie Gutes und Böses im Kampfe
schildern, „eine innig gefühlte Traurigkeit und Sentimentalität

---

[63]) Beide im Pal. Pitti, Florenz, Nr. 125 u. 159. — [64]) Das heute
mit Nr. 61 bezifferte Bild der Dresdener Galerie trägt die unechte Bezeichnung „Johannis Bellini Opera"; es gilt neuerdings als Cima da
Conegliano. — [65]) Gemalt nach 1492 für die Herzogin Isabella von
Mantua; im Louvre Nr. 1375 u. 1376. — [66]) Louvre Nr. 1374.

verträgt", so andrerseits durch Bartolomeos Werke, wie leicht
und natürlich Kirchenbilder, wenn noch „Wahrheit des Ge-
fühls für diese vorhanden", dahin führen, „den Enthusiasmus
zum Prinzip des Malers zu machen". Weiter geht er zu Tizian
und bespricht zuerst jene uns durch den Brand von 1867
unwiederbringlich verlorene „Ermordung des Petrus Martyr",
die vor und nach ihrem Pariser Exil eine Seitenkapelle von
San Giovanni e Paolo in Venedig schmückte. Als eigentlichen Charakter des Malers bezeichnet er die „Tendenz zum
Frappanten, zu dem, was Effekt macht", und wie früher Correggio von den Brüdern als „musikalischer Maler" charakterisiert
wurde, so nennt jetzt Friedrich den Tizian vorzugsweise pittoresk,
allerdings nur in der „niedern" Bedeutung, „wo das Malerische
durch Neigung zum Frappanten schon nicht mehr weit vom
Theatralischen ist." Weiter berührt er zwei Madonnen,[67]
darunter die herrliche „Vierge au lapin" von 1530, und eine,
an den „schnellhändigen Paul Veronese" erinnernde „Kreuzabnahme", womit wohl die grossartige Grablegung des Louvre[68]
gemeint ist. „Christus in Emmaus"[69] (1547) steht ihm „in
der Mitte dieser beiden Manieren" (der theatralischen und der
kindlich heiteren), und diesem ähnlich im „Streben nach auf-
fallender Wahrheit, nur noch mehr auf den Effekt" sei die
„Dornenkrönung" (von 1560).[70] Als Tizianisch bespricht er
auch Giorgiones sinnenfrohes „Konzert."[71] Höher aber als alle
diese Bilder stellt Schlegel einen Christuskopf in Profil,[72] der,
als Porträt ganz individuell behandelt, durch das glänzende
Kolorit zu „einer farbigen Hieroglyphe" vollendet werde. —
Viel tiefer als die dramatischen Bilder Andrea del Sartos
(Kreuzabnahme und Geschichten des Joseph)[73] steht ihm
Palma Vecchios „Verkündigung an die Hirten",[74] und in einer
„Beschneidung" Giulio Romanos hebt er, wie in den noch
heute im Louvre befindlichen Kartons desselben „die Neigung
zur heidnischen Fülle und Pracht" und „die triumphierende
Fülle des festlichsten und reichsten Lebens" (ähnlich wie bei
Raffaels Tapeten) als Charakteristikum hervor. — Sehr breit

---

[67] Louvre Nr. 1577 u. 1578. — [68] Nr. 1584. — [69] Louvre Nr. 1581.
— [70] Louvre Nr. 1583. — [71] Louvre Nr. 1136. — [72] Pal. Pitti, Florenz,
Nr. 228. — [73] Pal. Pitti, Florenz, Nr. 58, 87 u. 88. — [74] Louvre Nr. 1399.

behandelt er dann seinen Liebling Correggio, „welchen zu verstehen ich mich schon lange bemüht habe", und dessen Gemälde man nur im Zusammenhange verstehen könne. Er fasst hier zunächst das „Martyrium der Heiligen Placidus und Flavia", die „Ruhe auf der Flucht nach Aegypten",[75]) die „Verlobung der hl. Katharina"[76]) und die „Madonna di San Girolamo"[77]) zusammen und macht auf Aehnlichkeiten einzelner Figuren derselben unter einander und mit solchen der Dresdener Bilder aufmerksam, um dann wieder den Gedanken des „musikalischen" Malers breitzutreten. Aber er geht nun weiter: „Alle seine Bilder sind allegorisch", oder anders gefasst: „Allegorie ist die Tendenz, der Zweck, der Charakter seiner Manier", und zwar jene Allegorie, die „den unendlichen Gegensatz und Kampf des Guten und Bösen" verdeutlichen will, wie es am auffallendsten seine „Nacht" in Dresden beweist, deren Grundgedanke das Eintreten des göttlichen Lichtes „in die finstere Nacht der verdorbenen Welt" sei. Er findet in den Dresdener Kirchenbildern den Text zu seiner Charakteristik des Correggio, zu der die Pariser Gemälde einen reichen Kommentar bilden. Für den umfassenden Geist des Künstlers zeuge dagegen seine „Antiope",[78]) die beweise, wie er gewohnt war, in das rechte, wahre Wesen der Dinge einzudringen: er fühlte, dass die antike Fabel „auf nackte Schönheit, nicht auf verstohlene Lüsternheit" ausgehe, und bildete sie demgemäss. — Unter einer andern Gattung von Malern, den „Heldenkünstlern" von „tiefer Strenge ihrer Art und Denkart", von „allumfassendem, welteroberndem Geiste", bilde Leonardo da Vinci den Anfang, der „am meisten Aehnlichkeit und Verwandtschaft mit dem Correggio hat". Sein stets wiederholtes individuelles Lächeln, das wir auch bei seinen Schülern wiederfinden, hielt er „für wesentlich zur Kunst". Seine Manier erscheint Schlegel besonders auffallend in der heute vielfach nur noch als Schulbild geltenden „Vierge aux balances"[79]), deren Madonna ihn zugleich Leonardos Ideal des Göttlichen

---

[75]) Beide in der Galerie zu Parma; das zweite bekannter als „Madonna della Scodella". — [76]) Louvre Nr. 1117. — [77]) Galerie Parma, bekannt als „il giorno." — [78]) Louvre Nr. 1118. — [79]) Louvre Nr. 1590.

„in der möglichsten Annäherung und Vereinigung ernster
Weiblichkeit und jugendlicher Männlichkeit" in den Gesichts-
zügen erkennen lässt, und die Idee des Christkindes findet er
in einer anderen kleinen Madonna „so tief und schön ausgesprochen" wie sonst nirgends, selbst nicht in Raffaels Sixtina.
Mehr darüber könnte er nur in einem Gedichte sagen — ein
Lieblingsgedanke der Romantiker, dem Wilhelms Gemäldesonette Gestalt verliehen haben —, und dies wäre „überall die
beste und natürlichste Art, von Kunstwerken zu reden." Eine
„Neigung zum Sentimentalen" zeige Leonardo in seiner Vorliebe für einen aus Meer und Bergen oder Felsen bestehenden,
in weiter Ferne verschwimmenden landschaftlichen Hintergrund,
z. B. in dem ihm sonst weniger sympathischen Bilde der
„hl. Anna selbdritt",[80]) das wir heute als eine der kostbarsten
Perlen des Louvre betrachten.

Die reichhaltige Porträtsammlung will er nach einheit-
lichen Gesichtspunkten zusammenfassen. Die gewöhnlichste
und niedrigste Gattung geht darauf aus, das Modell „mit
täuschender Wahrheit und in malerischer Stellung und Anordnung frappant darzustellen", ihr Vertreter ist Tizian. (!) Die
einzig richtige Methode dagegen, gar nicht auf reizenden oder
imposanten Effekt, sondern „auf die treueste, tiefste Wahrheit
und Objektivität" ausgehend, finden wir bei Holbein und
Leonardo, während sich Raffael bei aller Verschiedenheit der
Malweise wieder Tizian nähert. Raffael und Leonardo aber
geben Beispiele einer ganz neuen Art des Porträts, der „symbolischen", die durch einen bedeutsamen, etwa landschaftlichen
Hintergrund charakterisiert wird (z. B. Leonardos Mona Lisa
und Raffaels Doppelporträt zweier Jünglinge).[81]) Dies symbolische Porträt tritt bereits aus seiner Gattung heraus und
erscheint als Bruchstück eines historischen Gemäldes; mit der
symbolischen Beziehung fällt die einzige Rechtfertigung für
die Gattung des Porträts weg, nämlich die getreue Nachbildung
einer bestimmten Individualität, und das Aufhören der ganzen
Gattung erschiene Schlegel, falls nur das symbolische Porträt
erhalten bliebe, eben nicht als grosser Schaden, eine Ansicht,

---

[80]) Louvre Nr. 1598. — [81]) Beide im Louvre Nr. 1601 u. 1508.

die mit der von August Wilhelm vertretenen (s. o. S. 101)
wenig übereinstimmt.

Als die Tendenz und das Prinzip Raffaels, zu dem er
nun übergeht, bezeichnet er die Universalität, welche auch
„die Manier und den Stil anderer Kunstverwandten anzu-
nehmen, nachzubilden und zu einem neuen Ganzen zu kom-
binieren weiss." So findet er auf der ebenfalls nach Paris
geschleppten „Madonna di Foligno"[82]) Johannes den Täufer
und den hl. Franz den beiden gleichen Heiligen auf der Dresdener Madonna des hl. Franziskus von Correggio so ähnlich,
dass „einzig nur die Frage sein" könne, welcher Maler den
andern vor Augen gehabt; kein denkender Beschauer aber
werde auch nur einen Augenblick zweifeln, dass Raffael von
Correggio entlehnt habe, „so einleuchtend ist hier die Nachbildung, und so tief stehen diese Figuren unter denen des
Originals". Da die beiden Bilder fast gleichzeitig, das Raffaels
zwischen 1512 und 1514 in Rom, das Correggios 1514/15 in
Parma, gemalt wurden, fällt diese ganze Entlehnungshypothese
dahin. Ebenso flüchtig und oberflächlich urteilt Schlegel über
die „Transfiguration" („der Verklärte und die ihn umgeben, gar
zu gewöhnlich und unbedeutend"), während ihm die beiden
Darstellungen des „hl. Michael mit dem Drachen"[83]) und die
„Vierge au voile"[84]) besser zusagen. Ja, er meint von dieser,
sie dürfte wohl Raffaels „ursprünglichen Charakter am reinsten,
einfachsten und unvermischtesten aussprechen", und orakelt
ebenfalls in Bezug auf dieses Bild: „Eine mehr dichterische
als malerische Konstruktion der Farbe war diesem Künstler
wohl überhaupt eigen." • Eine wenig glückliche Parallele des
Unterschiedes im Kolorite bei Raffael und Correggio mit dem
Unterschiede bei Holbein und Dürer schliesst den mageren
Abschnitt über Raffael hier ab; ich gehe sogleich zu dem ihm
gewidmeten im nächsten Bande über, indem ich die hier
folgenden Bemerkungen über altdeutsche Gemälde auf später
verspare.

---

[82]) In der Pinakothek des Vatikans. — [83]) Im Louvre: der grosse
Michael von 1518 (Kat.-Nr. 1504), von Lips als Titelkupfer der Europa
gestochen; der kleine Michael von 1504 (Kat.-Nr. 1502). — [84]) Auch
„Vierge au diadème" genannt; im Louvre Nr. 1497.

Das zweite Heft des ersten Europabandes eröffnet nämlich wiederum ein Abschnitt „Vom Raffael", veranlasst durch
die Vereinigung der neu restaurierten Transfiguration mit
anderen Werken des Meisters und seiner Zeitgenossen in
einem Saale des Louvre. An einem frühen, noch ganz in
Peruginos Manier gehaltenen Bilde „Verklärung Mariä" [85])
findet er wieder seine Behauptung des starken Aneignungs-
talentes und der damit verbundenen Neigung zur Universalität Raffaels bestätigt. Kurz bespricht er die Predella zu
diesem Bilde, sowie zur Grablegung von 1507 [86]), wobei ihm
die süsse Innigkeit der „Carità" auf der letzteren doch
einige wärmere Worte entlockt. An der „Transfiguration"
tadelt er auch jetzt wieder bei aller sonstigen Anerkennung
den Mangel an Würde und höchster Bedeutung der Handlung in der unteren, die theatralische Stellung der vom
Lichte geblendeten Apostel in der oberen Gruppe; schon
fehle ganz der schlichte Ernst, die stille Gründlichkeit der
älteren Schule, „wie die tiefere Religiosität die Gegenstände
ihrer Verehrung und Liebe sich auszudenken und äusserlich
zu bilden strebt". Wir sehen Schlegel hier deutlich auf dem
Wege, der ihn zurückführt zu der Kirche, in deren Sinne
seiner Ansicht nach die alten Künstler, aber nicht mehr
Raffael geschaffen haben. Voll wirkt dieser dagegen auf
ihn ein in der reinen, gemütvollen Schönheit der „belle Jardinière" [87]), die er „einen höheren, verklärten Tizian" nennen,
und von der aus er eine Reihenfolge seiner Madonnen „von
der möglichst irdischen Ansicht bis zur höchsten Göttlichkeit" aufstellen möchte, also etwa von der schönen Gärtnerin
bis zur Sistina, von welcher er allerdings im letzten Stücke
gesagt hatte, sie sei von „einer zu allgemeinen Göttlichkeit"
und könnte wohl „auch eine Juno oder selbst eine Diana"
vorstellen. Zusammenfassend wendet er sich zunächst gegen
Mengs, der den Charakter des Raffael „in die Vortrefflichkeit der Zeichnung und des Ausdrucks" setze, ihm dagegen

---

[85]) Gemeint ist jedenfalls die für San Francesco in Perugia 1503
gemalte „Krönung Mariä", heute in der vatikanischen Pinakothek.
— [86]) Beide Predellen heute in der vatikanischen Pinakothek. —
[87]) Louvre Nr. 1496.

„Helldunkel und Farbengebung" abspreche[88]), und damit
gegen jene „eitlen Bemühungen", mit unbefriedigenden
Klassifikationen das trennen zu wollen, was ewig zusammen-
gehöre. Das Wichtige sei, die individuelle Absicht jedes
Werkes und seines Künstlers herauszufinden und danach
den Wert des Werkes zu würdigen; so bilde sich der Beurteiler allmählich „allgemeine Prinzipien", die „Anfänge,
Quellen eines neuen Lebens und eines sicheren Strebens
nach einem unvergänglichen Ziele" seien. Einseitig und
falsch sei auch die Ansicht, Raffaels Kunstcharakter liege in
der idealischen Schönheit, da er doch in manchen Werken
„eine bedeutende Allegorie oder auch den sinnlichen Liebreiz
in ganz individuellen, „keineswegs idealischen Gestalten" ausdrücke. Vielmehr — darauf kommt Friedrich immer wieder
zurück — sei die Universalität das Wesentliche seines Charakters, wie er ja auch unter den Neueren am meisten sich
der alten Schule anschliesse „und so gewissermassen den
Uebergang aus der neueren Schule zu jener höheren bezeichnet". Damit ist denn „gewissermassen" das Gesetz der
historischen Entwicklung, die wir gerade an dem herrlichen
Urbinaten in so seltener Reinheit von den noch abhängigen
Erstlingswerken bis zu den vollendeten, freien Meistertaten
der römischen Jahre verfolgen können, auf den Kopf gestellt,
und es ist nur konsequent, wenn ihn Schlegel deshalb den
lebenden Malern als besten Führer anpreist, weil er sie zur
rechten Quelle zurückführe, „zu der alten Schule nämlich,
welche wir der neueren unbedingt vorzuziehen gar kein Bedenken tragen". Auch hier wieder sehen wir den Verfasser
deutlich auf seinem Canossawege wandern.

---

[88]) Mengs äussert sich nirgends so schroff. In dem Aufsatze über
„die verschiedenen Schulen der Malerei" heisst es sogar, „dass Raffael
zum Kolorit und Geschmack zum Malen ebensoviel Genie hatte als
jeder andere". Schlegel fusst auf den Kapiteln des III. Teiles der
„Betrachtungen über die Schönheit", wo Raffael als der erste in der
Zeichnung, Correggio als der erste im Helldunkel, Tizian als der erste
im Kolorit gefeiert werden, während Raffael in der Komposition (im
„Ausdruck") allen weit voranstehe. (1. Ausg. Zürich 1765. S. 68—119;
Werke II. 60—93.)

Zwei allgemeine Betrachtungen schliesst Schlegel hier an, die erste über den Unterschied der alten und neuen Schule in der italienischen Malerei. So gegensätzlich Venezianer und Florentiner auch sein mögen, „gegen die ältere Malerei macht alles dies doch nur eine Masse". Von der neuen Schule (Raffael, Tizian, Correggio, Giulio Romano, Michelangelo — die ältere repräsentieren Mantegna, Bellini, Perugino, Masaccio, Leonardo) ist das Verderben der Kunst ausgegangen[89]), die noch späteren Meister dürften in der Kunstgeschichte überhaupt keinen Platz einnehmen. Zum Schlusse giebt er eine mehr geistreiche als zutreffende Parallelisierung von Mantegna mit Dante, Perugino mit Petrarca, Tizian mit Tasso und Correggio mit Guarini.[90]) — In der zweiten Reflexion über die „Gegenstände der Malerei" erwarten wir vergeblich eine Stellungnahme zu den widerstreitenden Ansichten seines Bruders und der Propyläen. Er hält sich mehr im Praktischen und ans Gegebene: die lebenden Maler sollten auf dem Wege Raffaels, Leonardos und Peruginos weiterschreiten und sich, wie oft jene grossen Meister, innerhalb der Sphäre der christlichen Sinnbilder noch enger auf einen bestimmten Kreis beschränken; so sei Raffael unerschöpflich gewesen in Madonnen, Dürer in Kreuzigungen (?), die Schule Leonardos in Herodiasdarstellungen. Bei der Behandlung antiker Stoffe dagegen wurde deren innerstes Wesen „mehr aus dem tiefen Gefühl des Richtigen als aus gelehrter Kenntnis" selbst von den späteren Italienern (Giulio Romano, Correggio) so innig ergriffen, dass die modernen dagegen ganz zurücktreten mussten. Der älteren Schule aber war die antike Mythologie nur eine „Bildersprache für Allegorien, für Gedanken", die nicht so ernst wie die christlichen genommen wurden (Beispiel dafür Peruginos kleines Aquarell „Streit der Tugend und der Wollust").[91]) Dürer, „der Shakespeare oder Jakob Böhme der Malerei",

---

[89]) Eine Schroffheit, die natürlich Goethes und Meyers ganzen Ingrimm erregen musste! — [90]) In den S. W. (VI. 75) erweitert und berichtigt: Giotto und Mantegna — Dante; Perugino — Petrarca: Tizian — Ariost; Correggio — Tasso; Dominichino — Guarini; Albano — Marino. — [91]) Im Louvre, Kat.-Nr. 1567.

stimmt mit dem Stile der älteren Italiener gar wohl zusammen, nicht aber mit dem der jüngeren.

Ein Nachtrag im ersten Hefte des zweiten Bandes[92]) gilt Lucian Bonapartes Privatsammlung und giebt ausführliche Schilderungen spanischer Bilder, besonders solcher Murillos, den er gleich Correggio unstreitig zu den ganz musikalischen Malern rechnet. Das Streben seiner Landsgenossen überhaupt scheine überall „auf das Sentimentale zu gehen, aber eine Schwermut, eine Traurigkeit von einer ernsten und grossen Art." Friedrich betont ferner das Nationale in der Kunst: wie wir hier überall in den Dargestellten nur Spanier sehen, so habe Raffael oder Leonardo nur Italiener, Dürer nur Deutsche gemalt. Dann bespricht er eine Reihe italienischer Bilder fast nach Art eines Kataloges, wobei weder neue Gesichtspunkte noch Ausführungen allgemeiner Art zutage treten. Um so wichtiger ist der Schluss dieses Abschnittes[93]), indem er hier seinen Lesern die allen seinen Ausführungen zu Grunde liegende Kunstansicht in einigen bestimmten Grundsätzen darlegen will, die ja nicht etwa „willkürlich ersonnene Theorie" seien, sich „vielmehr fast ganz auf das Beispiel der ersten italienischen und deutschen Maler gründen". Die Hauptgedanken sind folgende: Die Malerei ist eine göttliche Kunst, ihr Ursprung liegt in der Freiheit und Willkür; der Mensch könnte recht wohl ohne sie bestehen, aber eines der wirksamsten Mittel würde ihm dann fehlen, sich mit der Gottheit zu verbinden. Und nun stellt er drei Grundsätze fest: 1. Es giebt keine Gattungen der Malerei als die eine, ganz vollständige Gemälde, welche man historisch zu nennen pflegt, schicklicher symbolisch nennen würde. Die Landschaft hat blos Wert als ihr Hintergrund, das Stillleben als ihr Vordergrund, das Blumenstück als Verzierung darauf; das Porträt aber ist, wie schon früher ausgeführt wurde, nur Skizze, Fragment und Studium, nicht vollendetes Kunstwerk. Zweck aller Malerei ist das Bedeutende. — 2. Es ist ein Irrwahn, die Kunst selbst, ihr Leben und Wesen zerstörend, in gewisse Bestandteile, als Zeichnung,

---

[92]) Europa II. 1. 96—116. — [93]) ib. S. 107 ff.

Kolorit, Ausdruck u. s. w. zu zerlegen, eine Irrlehre, die am deutlichsten Mengs ausgesprochen hat. [94]) Muss aber getrennt werden, so „trennt, was sich allein trennen lässt", nämlich „Geist und Buchstabe, Erfindung und Ausführung", zwischen denen bei allem menschlichen Thun eine Lücke bleibt. Anders gefasst: das Mechanische (Technik) und die Poesie, das sind die einzigen Bestandteile der Malerei; auch der Maler soll ja Dichter in Farben sein. Die Poesie der alten Meister war teils Religion (Perugino, Fra Bartolommeo u. a.), teils Philosophie (Leonardo), teils beides (Dürer). Der neuere Maler aber muss sich an die Poesie als die universellste aller Künste anschliessen, in welcher er heute beides vereinigt finden wird, Religion und Philosophie der alten Zeit. Der Maler studiere und erforsche die Natur, vor allem das Göttliche in ihr, den Geist, das Bedeutende, die Eigentümlichkeit, und dieses ist die eigentliche Sphäre der Malerei, während das unendliche Leben, die unendliche Kraft der Natur die eigentliche Aufgabe der Plastik ist, welche Wollust und Tod, Kraft und Körperbildung zur reinsten Anschauung bringen kann. — 3. Die Malerei sei Malerei und nichts anderes, was, trotzdem es tautologisch klingt, fast nirgends beobachtet wird. Und wenn Schlegel selbst Gemälde von musikalischer Tendenz als bedeutend charakterisiert hat, so sollte damit nur die Absicht und das Grosse anerkannt werden; es bleibt aber ein, wenn auch grosser und genialer, Irrtum, der in Correggio seinen höchsten Vertreter hat. Ebensowenig wie Musik ist aber die Malerei Plastik, und dies ist der zweite Irrweg, wie ihn, nicht ohne dass schon Mengs den Anfang dazu gemacht hat, die neueren Franzosen gehen. [95]) Die Forderung der Poesie steht mit diesem dritten Grundsatz nicht im Widerspruch, da die Poesie erstens eine alle übrigen Künste verbindende Mittelkunst ist, zweitens aber darunter überhaupt nur die „im Gegensatz des Mechanismus" poetisch zu nennende Erfindung verstanden

---

[94]) In den „Gedanken über die Schönheit und den Geschmack in der Malerei". 1765. — [95]) Hier berührt sich Friedrich nahe mit Goethe, der in der Einleitung zu den „Propyläen" (1798) über die den Verfall der Kunst kennzeichnende Vermischung ihrer Arten spricht.

wird. — Diese echt romantischen Sätze, die auf der Lehre von der neuen, Philosophie und Religion in sich einenden Poesie beruhen, sind schon stark mystisch gefärbt. Sie können als Friedrichs Programm seiner späteren Anschauungen über bildende Kunst gelten, und ändern sich auch in der Folge nur noch, sofern das mystische Element in Verbindung mit strengkatholischer Auffassung immer stärker wird und schliesslich alles überwuchert.

Auch den zweiten „Nachtrag alter Gemälde" [96]) beginnt Friedrich mit einigen allgemeinen Sätzen, indem er die Wichtigkeit der Anschauung, die „überall das erste sein" soll, hervorhebt und beklagt, dass sie „besonders gegenwärtig" nur fragmentarisch zu erlangen sei, da der Körper der italienischen Malerei zerrissen und zerstreut sei [97]); mit der altdeutschen Schule aber stehe es noch schlimmer. Dann bespricht er die im Louvre neu aufgestellten italienischen und spanischen Bilder, beginnend mit Andrea del Sartos herrlicher Carità von 1518 [98]) in der gewohnten beschreibenden Weise; ich beschränke mich deshalb auf die Stellen, wo allgemeine Gesichtspunkte oder neue Anschauungen Schlegels hervortreten. Sebastiano del Piombos mit der „Nachhilfe" Michelangelos geschaffenes „Martyrium der hl. Agatha" [99]) nennt er „ein klassisches Gemälde, wenn irgend eines den Namen verdient" (er sieht auch in den beiden zuschauenden Soldaten etwas dem Chore der antiken Tragödie Entsprechendes!) und rechtfertigt die Stoffwahl mit dem Hinweis auf den vortrefflich gewählten Moment, da noch der Leib der Heiligen unberührt ist: wenn trotzdem der erste Eindruck des Werkes für die meisten abschreckend sei, so liege das „in der ernsten, erschütternden Wahrheit der Darstellung". Das Bild sei „gewiss religiös, aber doch mehr im antiken Sinn, mehr stoisch und römisch als eigentlich christlich". Die Berechtigung der Martyrien als Gegenstände der bildenden Kunst zu erweisen, wäre „dieses nie genug zu preisende

---

[96]) Europa II. 2. 1—41. — [97]) Wir denken dabei unwillkürlich an Goethes Wort von der Zerstörung des italienischen Kunstkörpers in der Einleitung der Propyläen. — [98]) Louvre, Kat.-Nr. 1514. — [99]) Palazzo Pitti, Florenz. Nr. 179.

Bild allein hinreichend", und indem er sich indirekt gegen
Forster[100]), mehr noch gegen die Anschauungen Goethes und
der Weimarer Kunstfreunde wendet, bezeichnet er wieder
als die einzige an das Kunstwerk mit Recht zu erhebende
Forderung „hohe, ja göttliche Bedeutung". Er führt aus,
wie gerade dafür die Martyrien besonders geeignet seien,
sofern sie nur das Ekelhafte vermieden, ja er bezeichnet sie
ganz konsequent als „zu den günstigsten Gegenständen der
Malerei gehörig", dagegen wenig brauchbar für die Poesie,
während es sich mit den Wunderbegebenheiten der Legende
gerade umgekehrt verhalte. Im Anschluss daran verweist er
aufs neue die jetzigen, in der Wahl ihrer Gegenstände so
haltlos herumschwankenden Maler auf das Vorbild der alten
Italiener und Deutschen und auf die christlichen Stoffe, hier
ganz speziell auf die im Pariser Kabinett in vorzüglichen Ab-
drucken befindlichen Kupferstiche Dürers. Er benutzt dabei
den Anlass, um auf den Wert dieser Stiche (und Holzschnitte,
denn er führt Beispiele von beiden an) überhaupt hinzuweisen,
wenn auch Dürer durch sein Beispiel „unschuldigerweise" mit
beigetragen habe zur Verbreitung „jenes Grundirrtums der
Neueren", der praktischen und theoretischen Trennung von
Zeichnung und Kolorit. „Während einer bald verschwun-
denen Stunde" nur war ihm vergönnt, in St. Cloud Raffaels
„Madonna della Sedia" zu betrachten. Er stellt sie als in der
Mitte stehend zwischen „belle Jardinière" und „Sistina" auf
die Stufe der Madonnen „di Foligno", „del Candelabro" und
dell' Impannata"; oder, wie er sich später ausdrückt: „das Bild
scheint an der Grenze zu stehen zwischen zwei grossen Epochen
in Raffaels Kunstgeschichte", eine für den damaligen Stand
der Raffaelforschung gewiss anerkennenswerte Einreihung.
Im „Farbengewebe" des Bildes sieht er einen neuen Beweis
für die Verschiedenartigkeit des Meisters; sein Farbencharakter
sei „bunt", das Wort „in edlerer Bedeutung" genommen. Auch
hier, wie oft, der „einfache grosse Grundakkord Grün, Rot,
Weiss",[101]) aber nicht „in breiten Massen, sondern in zarten

---

[100]) Man vergleiche z. B. Ansichten vom Niederrhein I. 490 f. —
[101]) „Auf welchem auch Dante den höheren, lichtvolleren und farbigeren
Teil seines unendlichen Gedichtes ausdrücklich gründet." Man vergleiche

Kränzen und Blüten"; ein neuer Beweis für Raffaels Meisterschaft im Kolorit. Im Anschluss daran bespricht er kürzer
des Meisters „hl. Cäcilie",[102]), in der „die ganze Wundertiefe
und Wunderfülle dieser magischen Kunst (der Musik) entfaltet
sei", und erwähnt in den weiteren Abschnitten auch die in
den Propyläen [103]) ausführlich beurteilte „Madonna dell' Impannata."[104]) Im Folgenden ist nur der Abschnitt über
Tizians „Antiope"[105]) hervorzuheben, die Anlass zu einem
Exkurs über die Behandlung mythologischer Stoffe durch die
grossen Italiener giebt: diese hätten solche Gegenstände immer
entweder zierlich allegorisch oder aber lüstern und üppig
behandelt — Ausführungen, die sich inhaltlich mit früher
besprochenen decken.

Der letzte „Nachtrag"[106]) behandelt nur niederländische
und deutsche Werke. Schon in den früheren Abschnitten[107])
hatte er nach Paris gewanderte Bilder van Eycks, den er zur
deutschen Malerei rechnen möchte, weil dadurch die Stufenfolge Eyck, Dürer, Holbein sehr deutlich und verständlich
werde, Dürers und Memlings besprochen. Jetzt gilt nur der
erste, kleinere Teil noch Pariser Gemälden, während im Folgenden solche in Brüssel, Düsseldorf und Köln beschrieben werden.
Unter den aus München nach Paris überführten sind Altdorfers
„Alexanderschlacht" von 1529,[108]) deren kleine Figuren Schlegel
so wunderbar ausgeführt nennt, „dass ein Dürer sich derselben
nicht zu schämen hätte, die er als eine „kleine Ilias in Farben", erfüllt vom Geist des Rittertums, rühmt, und Feselens
„Belagerung Roms" von 1529.[109]) Schlegel ruft hier nach
einem „kunstliebenden und deutschgesinnten" Fürsten, der
die „zerstreuten Denkmale deutschen Kunstgeistes in einer
Sammlung altdeutscher Gemälde" vereinigen möchte; denn
ungleich der Poesie gehe „die reinsinnliche Kunst aufs Einzelne
und Nächste; das heisst, sie muss lokal sein und national."

auch Friedrichs Sonett „Farbensinnbild", das schon oben (Seite 77)
erwähnt wurde. — [102]) Bologna, Pinakothek. — [103]) In Meyers Aufsatz
über „die Gegenstände der bildenden Kunst" Propyl. I. 2 S. 53 (Seufferts
Neudr. 25. S. 28). — [104]) Pal. Pitti, Florenz, Nr. 94. — [105]) Louvre Nr. 1587.
— [106]) Europa II. 2. 109—145. — [107]) Europa I. 1. 152—157; II. 1. 36 ff.
[108]) Alte Pinakothek Nr. 290. — [109]) Ebenda Nr. 294.

In dieser Beschränkung seien alle alten Künstler gross gewesen, und so sollten die Maler immer Dürers Worte beherzigen: „Ich will gar nicht antikisch malen oder italisch, sondern ich will deutsch malen." — In Brüssel treten ihm die bis dahin ihm unbekannten älteren Niederländer imponierend entgegen, und er bemerkt gar wohl den schlechten Einfluss Italiens auf Meister schwächerer Begabung, während die dem „deutschen" Stil getreu bleibenden durch diesen Einfluss nur freier werden. Er führt in einer längeren Abschweifung den Gedanken aus, dass auch der an Können und Wollen beschränktere Meister seinen Platz finde im Ganzen der Kunst, die er einem Gottesgarten vergleicht, wo alles zusammen blüht und gedeiht, und dass „nicht jeder ein Holbein, ein Raffael, ein Dürer sein" müsse. In Brüssel sieht er auch Raffaels „Madonna del Baldacchino", [110]) die Meyer in den Propyläen [111]) besprochen hatte, und lobt in ihr vor allem „die herrliche Einheit des Ganzen", wie er denn überhaupt das Bild stark überschätzt. Die wenigen Seiten über Düsseldorf sind auffallend dürftig, und auch die längere Ausführung über den Raffael zugeschriebenen Johannes, der in der Athenäumszeit in Briefen und Versen enthusiastisch gefeiert worden war, [112]) ist sehr kühl gehalten: jetzt stört ihn die Aehnlichkeit mit Apollo, er sieht nun den Meister in diesem Bilde „ganz auf dem Abwege der antikischen Nachahmerei", es ist ein „sehr kaltes Bild trotz der gelehrten Verkürzungen". Hierbei tritt Schlegels Wandlung Raffael und der ganzen italienischen Kunst des Cinquecento gegenüber recht deutlich zutage; nur die frühen Werke dürfen jetzt noch etwas gelten, und wo er einen Einfluss der Antike oder gar Michelangelos wittert, da wird verdammt und unerbittlich streng geurteilt. Der „gottbegeisterte reine Jüngling Raffael" wird so immer mehr zu dem körperlosen, schon bei Wackenroder vorbereiteten Zerrbilde, das dann die Nazarener aus ihm machten, wobei allerdings zu bedenken ist, dass während deren Aufenthalt in Rom und Italien fast alle späteren Tafelbilder des Meisters sich in Paris befanden: immerhin hätten auch die Stanzen allein genügen können, einen richtigeren Be-

---

[110]) Pal. Pitti, Florenz, Nr. 165. — [111]) Propyl. I. 1. 109 f. Scufferts Neudr. 25. S. 172. — [112]) Vergl. oben S. 55.

griff von ihm zu geben, wären nicht die Scheuklappen der Theorie und der litterarischen Beeinflussung (gerade auch durch Friedrich Schlegel) allzu dick gewesen. Die „Madonna Canigiani"[113]) dagegen sagt ihm durch „das Einfache, Grosse und Symbolische der ganzen pyramidalen Anordnung" mächtig zu, und er erteilt auch ihr sein höchstes Lob: „Das Bild ist ganz, was es sein soll." Rubens, der damals in Düsseldorf noch durch die einst von Heinse[114]) mit höchster Begeisterung beschriebenen Hauptstücke des ihm jetzt in der Münchener Pinakothek gewidmeten Saales glänzend vertreten war, und Guido Reni[115]) stellt er als „die beiden Extreme des verirrten Talentes, des falschen Kunststrebens" zusammen: „Rubens und Guido, manierierter Effekt und das leere kalte Ideal", wobei er sich zu einer Rechtfertigung des Ausdrucks Ideal für ein falsches Kunstprinzip genötigt sieht: hier habe er ihn nicht im Winckelmannschen Sinne als „das höhere Symbolische, die Andeutung des Göttlichen" gebraucht, sondern im Sinne „des bedeutungslosen, nur das Unedle vermeidenden Mittels", das „unfruchtbar, leer und durchaus negativ" ist. Die neueste französische Schule verbinde dann beides, das falsche Ideal und den manierierten Effekt. — In Köln bilden naturgemäss die in Kirchen und Privatsammlungen, insbesondere der Walrafschen, gesehenen altdeutschen Bilder den Mittelpunkt seiner Besprechungen, und er hebt drei davon eingehend hervor. 1) Das grosse Kölner Dombild, die Anbetung der Könige mit den Heiligen Gereon und Ursula auf den Flügeln[116]), dessen Meister Stephan Lochner erst viel später mit Namen bekannt wurde, und worin er eine Vereinigung der Vorzüge Dürers, Holbeins und van Eycks findet, „welche Vorzüge übrigens keineswegs so miteinander streiten als die Manieren der heterogensten italienischen Maler, die man wohl sonst nach den langen Kunstrezepten des Mengs in einem wahrhaft

---

[113]) Alte Pinakothek, München. Kat.-Nr. 1049. — [114]) Teutscher Merkur 1777. II. S. 117 ff., III. S. 60 ff. Werke ed. Laube VIII. 216- 250. — [115]) Es handelt sich in erster Linie um die von August Wilhelm in den Athenäumssonetten besungene Himmelfahrt Marias; vgl. oben S. 55. — [116]) Das um 1440 gemalte Bild befand sich damals in der Rathauskapelle und wurde erst 1810 im Dome aufgestellt.

klassischen und korrekten Gemälde vereinigen zu müssen glaubte." Die Unbekanntschaft des Meisters dieses Bildes, in welchem „die ganze Kunst beschlossen liegt", beklagt er tief. [117]) — 2) Die heute im Kölner Museum befindlichen acht Bilder der Lievensberger Passion, die er ins 13. Jahrhundert (!) verlegt, indem er aus einer missverstandenen Stelle von Wolframs Parzival [118]) eine so alte Kölner Malerschule konstruiert, und die er „unter die schönsten Altertümer rechnet." — 3) Das lebensgrosse Bildnis Kaiser Maximilians mit landschaftlichem Hintergrunde [119]) aus der Walrafschen Sammlung, ein „Heldengemälde", das er unter die höchste Gattung des Porträts, die symbolische, zählt und mit den Bildnissen Raffaels und Leonardos direkt zusammenstellt (!), ein klarer Beweis, wie sehr ihn vorgefasste Theorien blind machten für den künstlerischen Wert eines Werkes.

Zum Schlusse nun aller dieser Betrachtungen wirft er die Frage auf, ob es wahrscheinlich sei, dass in gegenwärtiger Zeit ein wahrer Maler erstehe, und antwortet mit Nein, da nicht nur das Technische vernachlässigt werde, sondern, was viel wichtiger, das innige „tiefe Gefühl" fehle. Vor allem das religiöse Gefühl, oder was dieses allein allenfalls ersetzen kann, ernste Philosophie. Erweckt deshalb vor allem Religion und philosophische Mystik, oder lasst zum mindesten die jungen Künstler die Poesie, „die jenen selben Geist atmet" studieren, d. h. die romantische im weitesten Sinne: Italiener, Spanier, Shakespeare, altdeutsche Gedichte und neuere Deutsche. Das ist der einzige Rückweg „in das alte romantische Land" der Kunst und hinaus aus dem „prosaischen Nebel antikischer

---

[117]) Beim Wiederabdruck in den Ges. Schriften (1823) fügte er (Bd. VI. 203 f.) drei beschreibende Sonette hinzu, ohne jedoch zu sagen, dass diese auch in den Gedichten abgedruckten Stücke nicht von ihm, sondern von seiner Gattin Dorothea verfasst waren (vergl. Raich, Dor. v. Schlegel. I. 179 u. 265). — [118]) Schlegel citiert Myllers Ausgabe (Berlin 1784) Vers 4705. Es sind die Verse 1270/71 des III. Buches „von Kölne noch von Mastricht | kein schiltaere entwürfe in baz." In Lachmanns Ausgabe 5. Aufl. 1891. S. 83. — [119]) Heute in der Münchener alten Pinakothek Nr. 191 unter dem Namen des Bernhard Strigel (1461—1528) und im Katalog als Werkstattwiederholung bezeichnet.

Nachahmerei und ungesunden Kunstgeschwätzes." Dann könnte
wohl ein neues Talent entstehen, das wieder „Hieroglyphen",
göttliche wahrhafte Sinnbilder schüfe, wie jedes rechte Gemälde
eines sein soll, sei es auf neuem, selbstgefundenem Wege, sei
es durch Anschluss an die Tradition. Dies letztere würde das
Sicherere sein, und das beste Vorbild liegt im Stile der altdeutschen Malerei; denn diese ist nicht nur im Technischen
„genauer und gründlicher, als es die italienische meistens ist,
sondern auch den ältesten, christlich katholischen Sinnbildern
länger treu geblieben", während jene oft zu den „bloss jüdi-
schen Prachtgestalten des alten Testamentes" und zum „Gebiet
der griechischen Fabel" abgeschweift ist.

In der „Europa" erweist sich deutlich Friedrich Schlegels
Bruch mit seiner eigenen Vergangenheit, soweit es sich um
seine Anschauungen über bildende Kunst handelt. Seine
mystischen Neigungen, die ihn ja auch zum Studium des
Indischen begeisterten, und die immer stärkere Annäherung
an den Katholizismus wirken nun auch auf seine Kunstanschauungen in bestimmender Weise ein. So vollzieht sich
denn die Abkehr von den Idealen seiner Jugend, von der
Antike insbesondere, und auch die Schöpfungen der neueren
Kunst, voran die Meisterwerke der italienischen Renaissance,
deren bisher ungeahnte Fülle ihm die Pariser Raubbeute
erschloss, werden jetzt nicht mehr in erster Linie auf ihren
künstlerischen Wert hin geprüft, sondern auf ihren religiösen,
ja katholisch-orthodoxen Gehalt hin vorgenommen. So trübt
sich denn sein sonst oft noch überraschend richtiges Urteil
überall da ganz bedenklich, wo solche Erwägungen, die natürlich mit Wert und Bedeutung eines Kunstwerkes als solchen
auch nicht das Mindeste zu thun haben, ins Spiel kommen,
und diese Verirrung führt ihn zur Verkennung aller historischen
Entwicklung und zur Bevorzugung des Unvollendeten vor
dem Vollendeten, wie das in seines jetzigen Beurteilung
Raffaels vielleicht am schlagendsten zutage tritt. Der Mangel
an klarem Mass und an historischem Sinn, welche beide
August Wilhelms Berliner Vorlesungen so zu ihrem Vorteil
auszeichnen, macht sich hier besonders geltend, und darüber

kann manche im Einzelnen wohlgelungene und geistreiche
Schilderung ebenso wenig hinwegtäuschen, als die mystische
Färbung seiner allgemeinen Sätze deren innere Hohlheit und
Unhaltbarkeit zu verdecken vermag. Wo er aufs praktische
Gebiet kommt, wie in den drei von ihm als grundlegend aufgestellten Prinzipien (vgl. oben S. 124 f.), wird man ihm in
der Hauptsache freudig beistimmen, und auch die Erweiterung
seiner Kunstkenntnisse durch die Werke alter deutscher Malerei
wäre ja nur von Vorteil, wenn er diese noch richtiger einzu-
reihen vermöchte und nicht bereits über dem wirklich darin
vorhandenen oder doch von ihm hineingelegten nationalen
und religiösen Gehalte ihre künstlerische Wertung völlig ver-
nachlässigte. In der starken Hervorhebung dieser beiden
Faktoren finden wir eine Fortbildung Wackenroderscher Ideen,
und deutlich weist sie auf die Wege hin, welche Romantik
und Nazarenertum unter einander verbanden und diese beiden
so bedeutenden Erscheinungen deutschen Geistes- und Kunst-
lebens immer weiter abführten von der klassischen Bahn Goethes.

V

Friedrich Schlegels letzte fünfundzwanzig Jahre.

In den Gemäldenachrichten der „Europa" sind im Keime schon alle die Anschauungen über Kunst enthalten, die Friedrich nun immer schroffer und einseitiger ausbildete und verfolgte. An Stelle des einstigen freien ästhetischen Standpunktes, der frohen Begeisterung für die Antike tritt ein einseitig christlicher und mystischer, und je älter er wird, um so schärfer ein beschränkt katholischer. Diese ganze spätere Entwicklung, worin der 1808 mit Dorothea in Köln vollzogene Uebertritt zur katholischen Kirche[1]) nur wie eine notwendige Stufe erscheint, ist für die deutsche Litteraturgeschichte nicht mehr von so grosser Bedeutung, und so dürfen wir denn auch sein Verhältnis zur bildenden Kunst, soweit er sich darüber noch in seinen Schriften äussert, im Folgenden summarischer behandeln, als bis zu diesem Punkte geschehen ist.

Wie ein Nachklang bereits vergangener Tage, ein Wiederhall aus früherer Jugendzeit, berühren die wenigen Seiten, die in seiner dreibändigen Sammlung „Lessings Geist aus seinen Schriften"[2]) 1804 über bildende Kunst handeln.

---

[1]) Es möge hier wenigstens auf einige Stimmen von Zeitgenossen über diesen Schritt hingewiesen werden, die sich nach seinem Tode, also bereits aus objektiver Ferne, vernehmen liessen. Bernhard v. Baskow (1796—1868) beurteilt ihn (in seinem Brief an Tieck vom 28. Febr. 1835 s. Holtei, Briefe an Tieck I. 48 f.) verständnisvoll und mild und Friedrichs Katholizismus als einen echt christlichen; herb lautet dagegen das Urteil von Joh. Dietrich Gries (1775—1842) über Schlegel in seinen letzten Wiener Jahren (Brief an Tieck vom 29. Mai 1829; a. a. O. I. 261), und ähnlich spricht Joseph Freiherr v. Hormayr in seinen Briefen an Tieck vom 20. Nov. 1826 und vom 15. Okt. 1830 (ib. II. 7 u. 14): er sei nicht de bonne foi, von mühsamer Hypokrisie, die noch dazu schlecht bezahlt werde. — [2]) „oder dessen Gedanken und Meinungen zusammengestellt und erläutert von Friedrich Schlegel." Leipzig 1804, II. Auflage 1810. Ich benutze diese letztere „unveränderte".

Die „Vorerinnerung" zu den antiquarischen Versuchen[3]) bringt schöne, warmempfundene Worte über den Laokoon und eine ganz vortreffliche Schilderung der Gruppe, die auch stilistisch zum Klarsten und Reifsten gehört, was Friedrich je geschrieben. Nach unbedeutenden Ausführungen über die Wahl dieses Gegenstandes als eines plastischen oder poetischen Vorwurfs zeichnet er in kurzen Strichen den Entwicklungsgang der antiken Skulptur und reiht den Laokoon ein als das vortrefflichste, „eben so poetisch gedachte, als plastisch vollkommen ausgeführte" Werk der Tendenz „auch da, wo das Leben von Schmerz ergriffen und mit Leiden ringend dargestellt erscheint, gleichwohl die höchste Anmut zu erreichen". — In der Nachschrift[4]) zu den Auszügen aus „Laokoon" und den „Antiquarischen Briefen" fragt er: warum sind Lessings Gedanken und Forschungen über die Kunst so mangelhaft geblieben? und antwortet: wegen der grossen Verbildung der damals herrschenden Denkart und wegen seines Mangels an hinlänglicher Anschauung. Diesen Mangel suchte er zu ersetzen, indem er von Winckelmann und Harris[5]) ausging, aber es fehlte damals an einem „Anschauer der Malerei, wie es Winckelmann für die Antike war", und so leitete ihn die Voraussetzung der Identität von Malerei und Plastik wenigstens für die erstere auf einen Irrweg. Indem nun Schlegel Plastik und Musik, worin „der Gegensatz des Seienden und Werdenden am schneidendsten und strengsten gefunden wird", vergleicht, gelangt er durch eine Reihe antithetisch zugespitzter Sätze zum Ergebnis, diese habe „die Gottheit oder die Verhältnisse der Harmonie", jene „die Natur oder die bildende Kraft des Lebendigen" darzustellen, während zwischen Malerei und Poesie kein Gegensatz, sondern „nur ein Unterschied des Mehr und Minder" bestehe, woraus „keineswegs eine totale Verschiedenheit der Prinzipien gefolgert werden kann". Lessing hat aber nicht nur die vielseitige Kunst der Malerei aus Missverständnis allzusehr beschränkt, sondern auch Grenzen der

---

[3]) I. 152—158. — [4]) I. 331—343. — [5]) Discourse on Music, Painting and Poetry, London 1744 (Deutsch Danzig 1756 und Halle 1780), dessen Ansichten besonders dem XVI. Abschnitte des „Laokoon" zu Grunde liegen.

Poesie festgesteckt, da diese doch ihrem Wesen nach grenzenlos, „schlechthin universell", „der allgemeine Geist, die gemeinschaftliche Weltseele aller Künste" ist. Also auch hier die immer wieder verkündete romantische Haupt- und Grundlehre von der Zentralstellung der Poesie, diesmal in knappster Fassung vorgetragen. Lessings Beschränkung der Malerei, die an Universalität der Poesie am nächsten steht, in die engen Grenzen der Plastik sei ganz verfehlt, da ihre Ausdrucksmittel viel reicher seien. Trotz aller Ausstellungen versucht Schlegel am Schlusse, Lessing gerecht zu werden: er bilde mit Winckelmann und anderen den Uebergang von der früheren „ganz verkehrten Kritik zu der besseren wahren", er habe mitgewirkt, „die ersten und allgemeinsten Bedingungen der Kunstanschauung wieder zu entdecken." Diese nochmalige Berührung mit dem männlich freisten Geiste unserer klassischen Epoche hat in dem eben an der Wende seiner eigenen Wirksamkeit stehenden Romantiker nochmals starke und reine Töne angeschlagen; was noch folgt, bedeutet nur ein langsames Herabsteigen von der stolzen Höhe, die er im „Athenäum" und noch in der „Europa" dicht neben seinem Bruder behauptet hatte.

In Köln, wohin er sich mit Dorothea von Paris aus gewandt hatte, schrieb er seine „Grundzüge der gotischen Baukunst", die als „Briefe auf einer Reise durch die Niederlande, Rheingegenden, die Schweiz und einen Teil von Frankreich im Jahre 1804 bis 1805" in seinem Poetischen Taschenbuche auf das Jahr 1806 [6]) gedruckt wurden. Zur Baukunst, die ihm von ihrer technischen Seite gänzlich fremd geblieben, hatte er auch ästhetisch kein rechtes Verhältnis. Wie sehr er dies selber empfand, beweist eine Stelle aus dem Briefe an Wilhelm vom 15. Jan. 1803 aus Paris: „So wär' es mir unendlich willkommen, wenn du mir von Genelli [7]) irgend

---

[6]) S. 257—390. Mit dem erstgenannten Haupttitel in den S. W. VI 221—300 stark erweitert: ich gebe den Hauptinhalt nach dieser Fassung. — [7]) Von dem Architekten H. Chr. Genelli (1763—1823), dem Oheim Bonaventuras, waren 1801 in Braunschweig erschienen: Exegetische Briefe über des Marcus Vitruvius Pollio Baukunst an August Rode.

etwas von seinen eigenen Ideen über Architektur verschaffen
könntest,[8] es sei nun theoretisch oder historisch; ich halte
diese Kunst für die unverstandenste und erhabenste von allen
und weiss mir selbst darin nicht zu helfen, da ich nichts
gesehen habe" u. s. w.[9] So sind denn auch diese „Grundzüge
der Gotik", soweit sie diesem Titel entsprechen, wenig klar
ausgefallen, aber diese spätere Ueberschrift ist überhaupt
schlecht gewählt; es sind einfach Reiseschilderungen, in denen
allerdings sehr oft von Baukunst die Rede ist und auch
gelegentlich allgemeinere Sätze aufgestellt werden. So bricht
er, als er eine gotische Turmpyramide in Cambray sieht,
in den Ausruf aus: „Sonderbare Art zu bauen!" was seltsam
kontrastiert mit der gleich darauf folgenden Versicherung, dass
er immer eine besondere Vorliebe für die Gotik gehabt habe,
deren vorherrschendes Stilelement die kühne Phantasie sei.
Er fasst übrigens die Grenzen der Gotik ungeheuer weit, so
dass sie den ganzen romanischen Kirchenbau mit einschliessen
und überhaupt alles zwischen dem byzantinischen Stil und
der Renaissance umfassen; dabei ist ihm die Gotik noch mit
einem Hinweis auf Fiorillo die „altdeutsche Baukunst", und
er weiss noch nichts von ihrem nordfranzösischen Ursprung.
Die Abweichungen der italienischen Gotik, die er erst 1819
auf seiner italienischen Reise kennen lernte und in einer nach-
träglich den Werken zugefügten Stelle bespricht, erscheinen
ihm nur durch das Material des Marmors bedingt, und sehr
bedeutsame Sätze, wie den, dass die Symmetrie in der Gotik,
die von der in der Antike massgebenden so völlig verschieden
sei, „ihr eigenes Prinzip und Gesetz der baukünstlerischen
Phantasie" habe, wirft er nur nebenbei hin, ohne jede nähere
Ausführung. Den räumlichen wie sachlichen Mittelpunkt
bilden die Seiten über Köln, wo ihn der Dom trotz des fast
ruinenhaften Zustandes begeistert und er auch die älteren
Kirchen heranzieht; hier sagt er einmal etwas genauer: „Das
Wesen der gotischen Baukunst besteht in der naturähnlichen
Fülle und Unendlichkeit der inneren Gestaltung und äusseren

---

[8] Für die „Europa" nämlich, für welche Genelli jedoch nichts
schickte. — [9] Walzel S. 504.

blumenreichen Verzierungen." Ihre Bedeutung ist die höchste;
denn sie kann „das Unendliche gleichsam unmittelbar darstellen und vergegenwärtigen." Er unterscheidet zwei Epochen,
eine ältere „gräcisierende", noch ähnlich der „christlich byzantinischen", und eine jüngere, vollendete „deutsche". Mit
unserer Bezeichnung gotisch deckt sich nur diese zweite; denn
zur ersten rechnet er einen so entschieden romanischen Bau,
wie die noch im 12. Jahrhundert vollendete Apostelkirche in
Köln und das allerdings schon dem Uebergangsstile angehörige
St. Gereon ebenda (vollendet 1227). In einem späteren Zu-
satze unterscheidet er die zwei Epochen noch dadurch, dass
in der älteren die siderische Gestaltung („gleichsam ein Nachbild von der ewigen Struktur des Himmels im Kleinen") und
geometrische Schönheit, in der späteren das Blumenhafte und
Gewächsähnliche die wesentliche Grundform und eigentümliche Schönheit bilde, wobei er Ursprung und Grund dieser
zweiten „im tiefen deutschen Naturgefühl und in der Phantasie" findet. Von Gemälden bespricht er in Düsseldorf die
Rubens („ein ausserordentlich merkwürdiger Künstler", der
„fast alle Fehler, die zu seiner Zeit und kurz vor ihm in
den verschiedenen italienischen Schulen stattfanden", in sich
vereinigte) ganz im Sinne August Wilhelms und Forsters,
in Basel die Holbein, den er hier hauptsächlich in seiner
Vielseitigkeit bewundert, und, nach Paris zurückgekehrt, noch
einen letzten Nachtrag inzwischen neu ausgestellter italienischer Bilder. Das dortige, nur auf bequemen und flüchtigen
Genuss gestellte Tagesleben aber entlockt ihm den Wunsch,
dass doch die Kunst wieder an die Stelle der Mode treten
möchte, und in richtiger Würdigung der centralen Stellung
der Architektur zeigt er, wie eine solche Umgestaltung nur
von ihrer Erneuerung ausgehen könnte.

Die gleiche Auffassung der Gotik vertritt er auch in
seinen 1812 gehaltenen, 1815 gedruckten Wiener „Vorlesungen über die Geschichte der alten und neuen
Litteratur" [10]), wo er (Vorlesung VIII) die deutsche Ritter-
poesie mit der deutschen Baukunst, der Gotik, vergleicht;

---

[10]) Für den Abdruck in den S. W. Bd. I und II ebenfalls gründlich umgearbeitet.

der Geist des Mittelalters überhaupt und besonders des deutschen spreche sich nirgends so rein aus als in diesen Bau-
denkmälern. Auch sonst greift er in diesen Vorträgen gelegentlich auf das benachbarte Gebiet der Kunstgeschichte
hinüber und führt etwa (Vorlesung IX) aus, wie im 15. und
16. Jahrhundert die Malerei sich in Italien ungleich glänzender
entwickelt habe als die Poesie, da man gewiss keinen der
Dichter mit Raffael vergleichen könne: die bildende Kunst
habe eben nicht die Antike eigentlich nachgeahmt, wie die
Poesie es zu ihrem Schaden gethan. Und wie hier, so sehen
wir bei gelegentlichen Aussprüchen über Winckelmann recht
deutlich, wie weit der katholische Friedrich abgekommen
war von den Idealen seiner Jugend. Denn bei allem Lobe,
das er ihm auch jetzt noch nicht vorenthalten kann, betont
er doch stark, wie durch seinen Einfluss, wenn auch ohne
seine Schuld, in der damaligen- deutschen Litteratur und
Denkweise eine ausschliesslich künstlerische und ästhetische
Anschauungsart herrschend geworden sei statt einer allgemein
philosophischen (lies: katholisch-mystischen).

In Wien hatte Friedrich überhaupt festen Fuss gefasst
und mehr Boden gewonnen als irgendwo zuvor. Das beweist
schon seine neue 1812 und 1813 erscheinende Zeitschrift,
das „Deutsche Museum", das, eine grosse Anzahl Mitarbeiter unter seiner Führung vereinigend, inhaltreicher und
vielseitiger erscheint als irgend eine der früheren derartigen
Unternehmungen. Allerdings tritt darin die bildende Kunst
gegen die Litteratur zurück, und wenn auch Maler Müller
regelmässige Kunstberichte aus Rom beisteuert, Rumohr in
mehreren Aufsätzen mittelalterliche Baukunst und den Ursprung der Gotik bespricht, und Amalie von Helvig, geb.
Imhof, sich in ausführlichen Beschreibungen altdeutscher
Gemälde als treue Schülerin des Herausgebers erweist, so ist
doch dieser selbst als Kunstschriftsteller nicht stark vertreten.
Er giebt der „Nachricht von der Breslauer Gemäldesammlung"
eine kurze Vorerinnerung [11]) mit, worin er auf Wert und
Nutzen solcher Beiträge „zur Spezial-Kunstgeschichte unserer

---

[11]) Deutsches Museum II. 39—41.

Nation" hinweist. Er bringt in seinen „Aussichten für die
Künste in dem österreichischen Kaiserstaat"[12]) die drei bei
der kaiserlichen Geburtstagsfeier der Akademie der ver-
einigten bildenden Künste gehaltenen Reden Metternichs, des
ständigen Sekretärs der Akademie Ellenauers und ihres
Präsidenten des Hofrats Joseph v. Sonnenfels zu wörtlichem
Abdruck und fügt Betrachtungen hinzu über den Nutzen
der geplanten Ausstellung für Publikum und Künstler, über
die Stellung der Kunst in unserer Zeit („die Kunst soll das
Leben durchdringen") und über ihren Zusammenhang mit Gewerbe und Handwerk, um dann in seine bekannten Lieblingsgedanken einzulenken: die Kunst sollte sich nie ganz
von ihrem Ursprung entfernen, und deshalb dürfen ihre Beziehungen zur Religion nicht aufhören, wenn sie nicht herunter-
kommen soll. Er begrüsst die geplante Professur für Theorie
und Geschichte der Kunst; denn „die beste Theorie der Kunst
ist ihre Geschichte", bezeichnet wieder als die für künstlerische Behandlung geeignetsten Stoffe die religiösen, wozu
er nun auch die patriotischen fügt, und betont zum Schlusse,
das Schöne müsse sich einerseits an das Nützliche (in Gewerbe und Handwerk), andererseits an das Heilige, gemäss
der ursprünglichen Bestimmung der Kunst, anschliessen, und
die Kunst, wenn sie praktisch wirken wolle, in lebendigem
Zusammenhange mit allen Anlagen und Zwecken des Menschen stehen. — In der Vorrede zum dritten Bande (dem
II. Jahrgang) zählt er auf, was das „Museum" bisher über
künstlerische Fragen gebracht, und betont, dass es in seinen
Plan gehöre, die unbekannten Regionen in der älteren Geschichte der vaterländischen Kunst mehr zu erhellen. Einen
Beitrag zu dieser Aufgabe giebt sein Aufsatz über „Schloss
Karlstein bei Prag"[13]), das er auf einer Reise 1808 besucht
hatte. Diese um die Mitte des 14. Jahrhunderts erbaute
„persönlichste Schöpfung Kaiser Karls IV."[14]) mit ihren
leider vielfach zerstörten grossen Gemäldecyklen eines Tho-

---

[12]) Deutsches Museum I. 248—287. — [13]) Deutsches Museum II.
357—365, und S. W. VI. 303—310. — [14]) So nennt den Bau Berthold
Riehl in seinem schönen Aufsatz darüber: Beilage zur Allg. Ztg. 1896
Nr. 24.

mas von Modena, Theoderich von Prag, Nikolaus Wurmser
von Straubing hat ihn vor allem durch die Stoffe dieser
Malereien angezogen, und beredt weiss er die ausdrucksvolle
Schönheit der Heiligenbilder auf Goldgrund, die dem Prager
Theoderich zugeschrieben werden, zu schildern. Das Schloss
selber vergleicht er als Denkmal alter böhmischer Kunst mit
dem Campo santo zu Pisa, und wie dieser eben damals (1810)
in einem Werke publiziert worden war, so wünschte er eine
Vereinigung der Kunstfreunde und Patrioten Böhmens, um
den Karlstein, wie er es verdiene, „zum Gegenstande eines
künstlerischen Nationalwerkes zu machen". Erst 1896 sollte
dieser Wunsch durch eine Publikation Prof. Neuwirths [15])
erfüllt werden.

In direkte Verbindung mit der in Rom aufblühenden
neudeutschen religiösen Malerei der Nazarener kam Friedrich
durch seine beiden Stiefsöhne Johannes und Philipp Veit,
die Schüler Overbecks, deren zweiter als der begabtere besonders eifrig die Lehren des Stiefvaters in Praxis umzu-
setzen sich bemühte. In kurzen Nachschriften zu den Briefen
der Mutter an Philipp bemerkt Friedrich Schlegel öfter, dass
er gerne ihm über Kunst, insbesondere über christliche Landschaftsmalerei schreiben würde, z. B. am 30. Nov. 1816 aus
Frankfurt: „Sage mir, Philipp, wie ist es denn mit meinen
Gedanken, dass du die Landschaft ordentlich bei Koch lernen möchtest? Wenn du Neigung dazu hast, so habe ich
vielerlei über Landschafts- und Naturmalerei zu schreiben —
Kunstgedanken, von denen ich hoffe, dass es keine Dunst-
gedanken sind. In keinem Falle, glaube ich, muss der Sieg
des christlichen Malers über den heidnischen Kunstsinn so
triumphierend sein als in der Landschafts- und Naturmalerei." [16]) Später, als Philipp immer wieder schwankte, ob
er nicht seine Kunst lieber an den Nagel hängen und Geist-
licher werden solle, aus dem Klosterbruder von San Isidoro
zu einem wirklichen sich wandelnd, schreibt er ihm: „Ich

---

[15]) Forschungen zur Kunstgeschichte Böhmens. I. Mittelalterliche
Wandgemälde und Tafelbilder der Burg Karlstein in Böhmen von Jos.
Neuwirth. Prag 1896. — [16]) Raich, Dorothea v. Schlegel. Mainz 1881.
II. 394.

begreife nicht recht, warum du den Beruf als Künstler mit dem geistlichen Stande unvereinbar findest. ... An und für sich ist beides gewiss nicht im Streit; in der ältesten Kirche, wie noch jetzt in der griechischen, waren es ausschliessend die Geistlichen, welche die Heiligenbilder verfertigten; in der italienischen Zeit denke doch nur an Fra Bartolommeo und den Fra Angelico. — Auf deinem Malerberufe schien uns allen bis jetzt ein Segen zu ruhen und die Gnade eines frommen Sinns. Die Kunst überhaupt ist zur Verherrlichung Gottes und seiner Kirche bestimmt; entzieht sich ihr der fromme Sinn und bleibt sie weltlichen Händen überlassen, so entsteht daraus die jetzige Verkehrtheit und Verwirrung, und der Tempel des Herrn entbehrt eine seiner schönsten Zierden. Wie viel besser stände es um die Kunst und welch ein Gewinn wäre es auch für die Kirche und für das Bedürfnis so vieler gottliebender Seelen, wenn die Malerkunst nicht in weltliche Hände geraten, sondern recht viel und fortdauernd in dem heiligen Sinne eines Angelico oder anderer frommer Maler behandelt worden wäre." Und im gleichen Briefe sagt er später: „Meine Gedanken von der Landschaftsmalerei, oder wie der Maler die Natur christlich auffassen und darstellen und dadurch die Geheimnisse der Religion noch von einer ganz neuen Seite, so weit es im Sichtbaren möglich ist, verherrlichen kann, muss ich mir vorbehalten, dir ein andermal auseinanderzusetzen ...."[17]), ein Plan, zu dessen Ausführung es jedoch (wir dürfen unbedenklich sagen: glücklicherweise) nie gekommen ist.

Inzwischen hatte Friedrich im Ministerium Metternichs und seit Herbst 1815 als Legationssekretär am Bundestage zu Frankfurt kurze Zeit auch politisch eine mehr oder minder glückliche Rolle gespielt; seit dem Herbste 1818 lebte er wieder in Wien. Noch einmal hätte er hochbedeutsame Kunsteindrücke empfangen können, als er 1819 in der Begleitung Metternichs die grosse italienische Reise des Kaisers Franz I. mitmachte, die ihn bis Neapel führte. In Rom sah er seine Gattin Dorothea wieder, die zur Herstellung

---

[17]) ib. II. S. 449—451.

ihrer Gesundheit dort bei ihren Söhnen, den beiden Malern
Veit, lebte. Aber Schlegel war zu alt, und wenn auch gewiss
manches schöne Werk ihn tief ergriffen und mancher bleibende Eindruck ihn nach Hause begleitet hat, zu einer tiefer-
gehenden Wirkung der italienischen Kunst auf dem Boden
Italiens selber ist es nicht mehr gekommen. Dafür bildet
der Brief an August Wilhelm vom 21. August 1819 den
besten Beweis. [18]) Gleich Lessing und Herder vor ihm ist er
zu spät über die Alpen gelangt. Am meisten haben ihn
Rom und Neapel gepackt, auch Venedig, während es Florenz zu keiner rechten Wirkung brachte. Gerne wäre er in
Rom geblieben, wo sich an der damals geplanten österreichischen Kunstakademie eine geeignete Stellung zu bieten schien,
aber sie wurde durch einen Italiener besetzt. Schlegel war
der Abschied von der ewigen Stadt, wo er seine „gute Frau"
zurückliess, „ganz unsäglich schmerzlich". Gedruckt wurde nur
der Bericht „Ueber die deutsche Kunstausstellung
zu Rom im Frühjahr 1819 und über den gegenwärtigen
Stand der deutschen Kunst in Rom" [19]). Also eine Aeusserung
über jene aufblühende „neudeutsche religiös-patriotische
Kunst", die Meyer unter Goethes Mitwirkung 1817 in „Kunst
und Altertum" (I. 2) angegriffen hatte, in der Friedrich mit
Recht und Stolz die Frucht seiner Lehren erblicken konnte.
Auch in seinen Briefen kam er schon, bevor er selber
nach Italien gieng, gern auf die jungen Leute zu sprechen,
unter denen seine Stiefsöhne einen geachteten Rang be-
haupteten, insbesondere seit Philipp 1818 die Fresken zu
Dante im Palazzo Massimi übernommen hatte.

Der Aufsatz über die römische Kunstausstellung von 1819
rechtfertigt schon als letzte grössere Arbeit Friedrichs auf
diesem Gebiete (denn der über Ludwig Schnorrs hl. Cäcilie
von 1823 ist unbedeutend und spricht mehr von der Heiligen
und ihrer Legende als von dem allerdings ausführlichst beschriebenen Bilde) eine eingehendere Analyse; er ist aber

---

[18]) Walzel S. 624 ff. — [19]) Wiener Jahrbücher der Litteratur, Bd. VII.
1819. Anzeigeblatt für Wissenschaft und Kunst. VII. 1—16. In den S. W.
X. 204—238 mit unbedeutenden Zusätzen und Aenderungen. Ueber die
hier (1825) beigefügte Nachschrift (S. 238—244) siehe oben im Text.

auch inhaltlich als letzte Zusammenfassung seiner Ansichten
über bildende Kunst interessant genug. Sein Zweck ist, den
der neuen Kunstschule gemachten Vorwurf, dass sie in altdeutsche Manier verfallen und im Ganzen auf falschem Wege
sei, zu prüfen und zurückzuweisen. Goethe und die Weimarer Kunstfreunde werden dabei nicht genannt; dass aber
der Aufsatz sich gegen sie und besonders gegen den oben
genannten, durchaus massvollen Angriff Meyers richtete,
musste jedem, der diese Fragen überhaupt verfolgte, ohne
Weiteres klar sein.[20] Um von vorneherein auch über den viel-
deutigen Begriff Manier Klarheit zu schaffen, giebt Schlegel
in Kürze die Grundsätze, auf die es ihm ankommt. Alle
Kunst kann nur durch den Anschluss an Ueberliefertes fort-
schreiten, und auch wo sie ganz neue Bahnen sich eröffnen
will, thut sie es nie „ohne Beziehung auf irgend ein Ver-
gangenes, lebendige Benutzung eines früher Geleisteten“.
Die neuere Malerei hatte im 15. und 16. Jahrhundert mit
den grossen Italienern „den Gipfel der Vollkommenheit er-
stiegen“; Mengs, der sie im 18. wiederherstellen wollte,
machte aber den Fehler, eklektisch die Vorzüge aller jener
Grossen vereinigen zu wollen, und so wurden denn seine
Werke frostig; ebenso falsch aber war die Vereinigung Raffaels, der Antike und der Natur, die von anderer (französischer) Seite angepriesen wurde, wobei eine unheilvolle
Verwirrung die Grenzen der Skulptur und Malerei völlig ver-
wischte und die Malerei, beeinflusst von Winckelmanns Begeisterung für die Antike, vom Ziele ihrer Kunst abgelenkt
wurde. Neben der französischen Schule, die in diesen letzten
Fehler ganz besonders verfiel, beherrschen unsere Kunst die
dem sentimentalen Zeitgeschmacke dienenden englischen
Kupferstiche. Zwischen all diesen Klippen ungefährdet sich
durchfindend, schlugen nun deutsche Künstler einen neuen,
besseren Weg ein, indem sie sich an die grossen Italiener,
an Raffael, Leonardo, Michelangelo, anschlossen: das waren

---

[20] Im gleichen Jahre 1819 brachte dieselbe Zeitschrift (VIII.
277—299) einen Aufsatz J. B. Docens: „Neudeutsche, religiös-patriotische Kunst. Gegen die Weimarischen Kunstfreunde“, worin besonders
der nationale Standpunkt sehr stark betont wurde.

die Männer wie Buri (geb. 1763), Hartmann (1774—1842) und
der früh verstorbene Schick (1779—1812)[21]). Unter den jetzt
in Rom lebenden Deutschen stehen Overbeck (1788—1869)
und Cornelius (1783—1867) in erster Reihe, ihre Kunst ehrt
selbst der weltberühmte Canova, und auf dessen Empfehlun-
gen hin haben jüngere Deutsche wie Philipp Veit und Eggers
den Auftrag zu Fresken im Vatikan erhalten; denn auch die
Wiederbelebung der Freskomalerei ist ein Ruhmestitel dieser
deutschen Künstler in Rom. Ueber die Nachahmung spricht
Schlegel sich dahin aus, dass der Künstler überhaupt nicht
nachahmen solle: die technische Grundlage, Anatomie, Perspektive, Zeichnung lerne er bei einem tüchtigen Meister, für
alles Höhere suche er sich ein Vorbild, schöpfe aber dabei
ja nicht aus sich selbst oder der Natur. Dies Vorbild geben
ihm die Werke jener Blütezeit seiner Kunst, geben' ihm
Raffael und seine Zeitgenossen, nächst ihnen ihre Vorgänger
und älteren Lehrer wie Perugino, Fiesole, Giotto, nicht aber
die „Effektgemälde der späteren Kunstschulen". So ist denn
das Streben dieser jungen Künstler und die Wahl der Vorbilder, von denen aus sie zu einer neuen, „aus den Tiefen
des Altertums wiederhergestellten" Kunst gelangen wollen,
durchaus richtig und lobenswert, wobei man natürlich nur
nach den Leistungen der wirklich Begabten, nicht aber der
Talentlosen und deshalb Uebertreibenden urteilen darf, und
nur auf die letzteren findet der Vorwurf der manierierten
Altertümlichkeit Anwendung. Denn Idee und Leben (wir
würden sagen: Inhalt und Form) müssen im vollkommenen
Kunstwerk völlig eins sein, und jede Abweichung davon
führt zur Manier. — Die Ausstellung nun gab neben Gutem
und Vortrefflichem viel Mittelmässiges und Schwaches, was

---

[21]) „Ueber Schicks Laufbahn und Charakter als Künstler" hatte
im Deutschen Museum IV. 27—71 Ernst Platner in Rom geschrieben
(vergl. Raich, Dorothea v. Schlegel II. 108 Anm.). Siehe auch den
schönen Aufsatz von Dav. Friedr. Strauss (Ges. Schriften II. 303—326).
Dass in dieser Aufzählung der weitaus Bedeutendste, Asmus Carstens,
fehlt, erklärt sich leicht aus Schlegels damaligem ausschliesslich
christlichen Parteistandpunkt. Hatte doch Carstens fast ausnahmslos
antike Stoffe behandelt!

diesen Tadel vollauf verdiente; als Ganzes aber darf man sie
nur nach dem Guten beurteilen, was etwa die beiden Schadow,
Philipp Veit, Wach geliefert hatten, und was auch „das gesunde
Urteil des Publikums mit entschiedenem Lobe auszeichnete".
Gegen diese besseren Werke kommt der Tadel manierierter
Altertümlichkeit nicht an, welcher Begriff, überhaupt schon
zu einem Mode- und Schlagwort geworden, ganz unverstanden
und am falschen Orte gebraucht wird, wie es mit dem Worte
„romantisch" für die Poesie, „mystisch" für die Wissenschaft
gegangen ist. „Altertümlich" ist bei vielen Stoffen überhaupt
kein Vorwurf, „altdeutsch" aber gar von den Röcken der
Maler auf ihre Bilder, die mit der altdeutschen Schule meist
gar nichts zu thun haben, übertragen worden. Aber wir
sollten überhaupt die alte deutsche Kunst nicht gering schätzen;
selbst Raffael hat Dürer hochgehalten, und unsere alten Meister
gehören „nach und neben den Besten und Glücklichsten in
Italien mit zu dem Cyklus des Vortrefflichsten in der Malerkunst." — Was die Wahl der Gegenstände betrifft, so weist
Schlegel den Vorwurf zurück, dass die Jungdeutschen nur
religiös-christliche Stoffe behandelten; gleich den grossen Alten
wählten sie auch anderes, besonders im Fresko, wie die eben
jetzt in Villa Massimi von Overbeck, Philipp Veit und Schnorr
ausgeführten Darstellungen zu Dante, Ariost und Tasso bewiesen.
Stoffe wie Tizians Danae oder Antiope, Correggios Io sollten
nur von ersten Meistern behandelt werden, da sie unter mittelmässigen Händen unerträglich und gemein würden. Geist und
Behandlung ist das Wichtige: „in den Gegenständen möge
keine Ausschliessung stattfinden." Schlegel zeigt sich hier
tolerant und mit seiner wahren Ansicht (man denke an die
oben mitgeteilten Briefstellen!) zurückhaltend; vielleicht gerade,
weil er sich auf einem schwachen Punkt angelangt fühlt. Um
so schärfer wendet er sich gegen die Hochschätzung der
antiken Malerei und den „rückgängigen" Vorschlag, darauf
zurückzugreifen. „Was aus der antikischen Nachahmerei für
Gemälde hervorgehen, das haben wir zur Genüge gesehen",
ruft er mit unverkennbarer Wendung gegen Weimar und die
dortigen Preisausschreiben aus. Nur im Vorbeigehen berührt
er dann sein altes Lieblingsthema von der symbolischen

Behandlung der christlichen Stoffe, die eine auf dramatische
Wirkung angelegte Behandlung nach Art der alten Italiener
kaum erträgen, um dann ganz wie früher für die Plastik um
so rückhaltloser die vorbildliche Bedeutung der Antike anzu-
erkennen, der gleichzukommen das erste, von Thorwaldsen
wirklich erreichte Ziel des Bildhauers sein müsse. Erst dann
könne zu einer christlichen Skulptur fortgeschritten werden,
als deren Beginn er Danneckers (1758—1841) Christusentwurf[22]
bezeichnet. Die Landschaft berührt er nur nebenbei, um zum
Schlusse nochmals zu betonen, dass er den jetzt eingeschla-
genen Weg, von Raffael und seinen Vorgängern aus in neuer
Weise das Ziel zu suchen, für den richtigen halte, auf dem
ein neuer Aufschwung der Kunst zu erwarten sei.

Diese Ausführungen sind bei aller Wärme, womit Schlegel
seine Sache vertritt, ruhig und sachlich gehalten, ja von einer
unerwarteten Toleranz und Weitherzigkeit. Ganz anders im
Tone lauten die wenigen Seiten, die er 1825 in den „Sämtlichen Werken" dem Wiederabdrucke beifügte. Hier triumphiert
er über die „siegreichsten Fortschritte" der Sache der christlichen Kunst, die ein neues Fundament erhalten habe in den
Werken der Brüder Boisserée über den Kölner Dom und die
altdeutschen Gemälde,[23] so dass nun der Begriff der christlichen
Schönheit immer reiner hervortrete. Der fromme christliche
Sinn gewinnt auch in der Kunst die Oberhand gegen „die
dürre antikische Nachahmerei" und ihre falsche Theorie.
Ueber die antichristlichen Bestrebungen siegt die „tieferfasste
und fromm gefühlte christliche Schönheit" auf der ganzen
Linie, so jubelt er laut. Aber das fromme Gefühl genügt

---

[22] Ausgeführte Christusstatuen von Dannecker stehen in der neuen
Kirche zu Moskau (1824) und in der Klosterkirche zu Neresheim (1831).
Das Modell der letzteren schenkte der Künstler 1834 der Hospitalskirche
zu Stuttgart. — [23] Sulpice Boisserée (1783—1854) gab heraus: „Geschichte
und Beschreibung des Domes zu Köln" in 4 Lieferungen 1823—1831
(neue Ausgabe 1842) und gemeinsam mit seinem Bruder Melchior
(1786—1851): „Die Sammlung Alt-Nieder- und Oberdeutscher Gemälde
der Brüder Boisserée und Bertram" in Steindruckkopien von Strixner.
Stuttgart und München 1821—1834 in 38 Lieferungen. — Erst später,
1831—1833, erschienen „Die Denkmäler der Baukunst am Niederrhein
vom 7.—13. Jahrhundert" von Sulpice.

10*

allein nicht für den christlichen Maler, es muss dazutreten „das innere Licht der Beseelung", das weit mehr ist „als das blosse Talent der fruchtbaren Erfindung oder die Magie der Farbe." Die genaue Angabe, was es sei, verschwimmt jedoch in mystischem Nebel: diese Beseelung soll nicht nur im Gefühle ruhen, sondern das beseelte Gefühl „zugleich klar an das Licht hervortreten, die Seele muss sozusagen selbstleuchtend und als ein Licht sichtbar werden." In der Ausstrahlung dieses Seelenlichtes aus den Werken „liegt das eigentümliche Wesen der christlichen Schönheit und das Unterscheidende derselben von der antiken Kunst". Auch schon bei der Stoffwahl wird der Maler durch dieses Licht geleitet, und ein blosses Wiederholen der alten Meister ist ausgeschlossen, weil der Geist und das beseelende Prinzip „immer und unaufhaltsam seinem Ziele entgegenatmet". Mit der „fortschreitenden Sinnesentwicklung der christlichen Weltansicht" wird auch eine ihr eigentümliche Kunst entstehen; aber auch die Werke der alten christlichen Kunst müssen wir in diesem Seelenlichte betrachten. „Denn die Seele allein ist es, welche das Schöne sieht." Jenes Seelenlicht aber „ist nur der wahren Liebe zugänglich und daher auch mit dem Christentume, als der Offenbarung und Wissenschaft von den Geheimnissen der göttlichen Liebe, wesentlich verbunden und unzertrennlich eins".

Mit diesen Sätzen hat Schlegels christlicher Kunstmysticismus seine höchste Höhe erreicht. Wie müssen solche Sätze einen Goethe auf der reinen Geisteshöhe seines Alters (falls er sie überhaupt noch gelesen hat) angewidert haben, und wie trüb ist dies Ende für einen Mann, der gerade auf diesem Gebiete einst so klare und fruchtbare Ausblicke gethan hat. In dieser ganzen, zeitlich ja noch so langen letzten Periode seines Lebens und Schaffens finden wir, soweit unser Thema in Frage kommt, keine neuen Gedanken mehr. Die beiden, unter sich nahe verwandten, leitenden Gesichtspunkte, wie er sie sich in der Pariser und Kölner Zeit zur Norm gemacht hatte, der streng katholische und der mystische, werden nur schärfer herausgearbeitet und treten besonders in den Briefen an Philipp Veit einerseits, in den eben citierten dunkeln Sätzen des erweiterten römischen Ausstellungsberichtes andrerseits

ganz unverhüllt hervor, wenn auch der erstere in den für ein
weiteres Publikum berechneten Schriften im Interesse grösserer
Wirkung zu einer gewissen Toleranz gemildert erscheint. Von
welcher Seite man auch an Friedrich Schlegels Wirken heran-
tritt, immer wird man von ihm scheiden mit tiefem Bedauern
darüber, dass dieser einst so freie, vielseitige und glänzende
Geist sich freiwillig in so enge Fesseln band und so wenig
die Erwartungen erfüllte, die seine Anfänge nicht nur aufs
Höchste gespannt, sondern auch zum Höchsten berechtigt
hatten.

VI

August Wilhelm Schlegel im Dienste der Frau von Staël und bis zu seinem Tode.

Wir kehren in den Anfang des Jahrhunderts und zu August Wilhelm zurück, der in Berlin durch seine während dreier Winter fortgesetzten Vorlesungen sich eine hervorragende Stellung errungen hatte. Trotzdem gab er ohne jedes Bedenken seine dortige Wirksamkeit auf, als ihm Frau von Staël, der Goethe ihn empfohlen hatte, im Frühling 1804 einen Hauslehrerposten bei ihren Söhnen unter glänzenden Bedingungen (Jahresgehalt 12000 Francs) anbot; er blieb mit einer einmaligen längeren Unterbrechung bis zu ihrem Tode (14. Juli 1817) in ihrem Gefolge. Mit der so vielfach durch ihre eigene innere Unruhe, wie durch ihre äusseren und die politischen Verhältnisse herumgeworfenen Frau lebte er bald in Coppet, bald in Italien, in Wien und in Schweden.[1]) Der internationale Zug seines Wesens und seiner Schriftstellerei wurde durch diese Verbindung natürlich nur verstärkt und machte sich nun auch äusserlich darin geltend, dass er neben deutschen französische Abhandlungen schrieb. Der Verbindung mit der geistvollen Frau hat er es zu danken, dass er an ihrer Seite Italien besuchen konnte. Er betrat es im Herbste 1804 zum erstenmale und zog nach längeren Aufenthalten in Mailand, Parma und Bologna am 3. Febr. 1805 abends in Rom ein; Stationen in Neapel, nochmals in Rom, in Florenz und wieder in Mailand schlossen sich an, und Ende Juni kehrten die Reisenden nach Coppet zurück. Dass Schlegel,

---

[1]) Die beste Darstellung des Verhältnisses zwischen Schlegel und der genialen Frau giebt Lady Blennerhassett im III. Bd. ihres trefflichen Werkes „Frau von Staël" Berlin 1889.

der die Kunstgeschichte recht eigentlich als seine Domäne
betrachtete, sich diese Reise wohl zu Nutzen gemacht habe,
lässt sich voraussetzen, und doch war auch er, als er die
Alpen überschritt, eigentlich schon zu alt. Dabei darf nicht
vergessen werden, dass von allen beweglichen Kunstschätzen
das Beste damals nach Paris geschleppt worden war, und ihm
somit die Kunstwelt Italiens in wesentlich reduzierter Gestalt
vor Augen trat. Seine Bewunderung für Rom sprach er in einer
formvollendeten, seiner Gönnerin gewidmeten „Elegie"[2])
aus. Mit ihrer endlos und zum Teil nicht eben geschmackvoll
hereingezogenen Gelehrsamkeit und der Ueberfülle antiker
Namen und Anspielungen, die einen Kommentar nötig machen,[3])
mutet sie uns recht alexandrinisch an; dagegen vermag der
schöne, die ganze grandiose Melancholie der ewigen Stadt
atmende Schluss mit seiner persönlichen Wendung an die edle
Gefährtin und an ihren verstorbenen Vater auch heute noch
zu ergreifen und gehört jedenfalls zum Besten, was August
Wilhelm je in dichterischer Form geschrieben hat. Roms
künstlerischen, von überallher in staunenswertem Reichtum
zusammengetragenen Schmuck zur Kaiserzeit besingen schöne
Verse (103—116), während eine langausgespönnene Stelle
(Vers 189—238) den Zustand der ewigen Stadt, wie er selber
sie geschaut, mit manchem glücklichen Einzelzug beschreibt.
Dann fährt er fort und schildert die Werke der Renaissance
(239—244):

Einzig die Bildnerin Kunst wetteiferte noch mit der Vorwelt,
Als, in dem Schosse der Nacht langem Vergessen geweiht,
Jene hellenische Huldin erstand; an erhabnen Gebilden
Wies sich ergiebig der Geist, nicht ja der Boden allein.
Raffael dichtete liebend, prophetisch ersann Buonarotti,
Wägte des Pantheons Dom stolz in den Aether hinauf.

---

[2]) Sie erschien als Einzeldruck in Berlin 1805; wieder abgedruckt
Poet. Werke, 1811, II. 41 ff. und S. W. 1846. II. 21 ff. — [3]) Einen solchen
gab Ch. Th. Schuch in seiner Ausgabe, Donaueschingen 1835 (mir nicht
zugänglich). — Dorothea Schlegel nennt die Elegie in ihrem Tagebuch
einen „wahren Obeliscus der Eitelkeit" (Raich, Dor. v. Schlegel. I. 256).
Eine lange Besprechung der Elegie von Heinrich Voss, dem Sohne
des Dichters, in der Jen. Allg. Litt. Ztg. 1807 (Nr. 11—13) beschäftigt
sich ausschliesslich mit metrischen Fragen.

Die drei grössten Kunstthaten der goldenen Zeit in Rom, Raffaels Stanzenbilder, Michelangelos Sixtinafresken und Peterskuppel, erscheinen hier in charakteristischer Weise zur Bezeichnung der Renaissancegestaltung der ewigen Stadt.

Von Rom aus richtete Schlegel im Frühjahr 1805 das im Intelligenzblatt der Jenaer Allg. Litteraturzeitung[4]) publizierte „Schreiben an Goethe über einige Arbeiten in Rom lebender Künstler" oder, wie es im ersten Druck betitelt ist, „Artistische und litterarische Nachrichten aus Rom", welche letzteren dann beim Wiederabdruck wegblieben. Er giebt Nachricht von der besonders auf Canovas Betreiben geplanten neuen Einrichtung einer Ausstellung von Werken der in Rom lebenden Künstler und bespricht dann zuerst Canovas (1757—1822) eigne Werke[5]): die nackte, heute im Hofe der Brera zu Mailand aufgestellte Napoleonsstatue, die jetzt an ihrem Bestimmungsort in der Augustinerkirche zu Wien befindlichen Statuen für das Mausoleum der Erzherzogin Christine, und das Modell zu der Kolossalgruppe des Theseus als Centaurenbesieger, die auf Bestellung Napoleons für den Corso in Mailand begonnen, heute im Treppenhause des kunsthistorischen Hofmuseums zu Wien steht. Feinfühlig und klar, wie immer, wenn er sich nicht durch falsche Prinzipien und vorgefasste Meinungen leiten lässt, sieht er im Grabmalschmuck der Erzherzogin die „unstatthafte Vermischung des Dargestellten mit dem Wirklichen" und stellt das Werk von dieser Seite mit dem Hindelbanker Grabmal[6]) und Berninis Monument Papst Alexanders VII. in St. Peter zusammen, all das mit einem glücklichen Ausdruck als „versteinerte Einfälle" bezeichnend. Beim Theseus weist er auf das Speckige statt Derbfleischige der Canova'schen Gewaltmenschen (Herkules und Lichas im Palazzo Torlonia zu Rom, die Faustkämpfer im Vatikan) hin, das er aus missverstandener Nachahmung des vatikanischen Torso (des Herakles) erklärt. Durch Vergleichung einer ganzen Reihe seiner, besonders auch frü-

---

[4]) Nr. 120 und 121 vom 23. und 28. Oktober. Abgedruckt Krit. Schriften II. 337 ff. und S. W. IX. 231 ff. — [5]) Ueber Canova im damaligen Zenith seines Ruhmes vergl. Harnack, Deutsches Kunstleben in Rom. 1896. S. 164 ff. — [6]) Vergl. oben S. 96.

heren Werke konstatiert er feinsinnig einen Widerstreit der
natürlichen Neigung zum Sentimentalen mit dem Ehrgeiz,
es der Antike an Kraft und Grösse gleich zu thun, und
erklärt, das Beste leiste er in jener Mittelklasse jugend-
schöner Gestalten, zu der die beiden Genien am Grabmal
Clemens' XIII. in St. Peter und dem der Erzherzogin, Venus
und Adonis (Neapel), die Hebe (im Besitze des Kaisers von
Russland) und die Gruppe Amor und Psyche (in der Villa
Carlotta am Comersee) gehören. Eine Zusammenstellung mit
Bernini und der Hinweis, dass sich beide wohl gleich sehr
von der Antike entfernten, führt ihn auf das Streben der
neueren Plastik überhaupt, sich von der Antike unabhängig
zu machen, während doch der Weg des Anschlusses an sie
der einzig richtige sei: diesen Weg aber sieht er mit Freuden Thorwaldsen (1770—1844) [7]) verfolgen, dessen Werken,
voran dem Jason (heute im Thorwaldsen-Museum zu Kopen-
hagen), er freudigste Anerkennung zollt. Von den damaligen
Stipendiaten der französischen Akademie stellt er Marin (1773—
1834) [8]) am höchsten. Unter den Malern nennt er Camoccini
(1773—1844) [9]), der damals als „Maler der Peterskirche" bedeutenden Ruf hatte, und dessen Verwandtschaft mit der
neuen französischen Schule er betont, von den Franzosen
dann Guérin (1774—1833) und Harriet († 1805), dessen mechanische Art der Arbeit er humoristisch ad absurdum führt.
Die ganze Richtung der französischen Schule erkennt er als
Resultat der Lehren Winckelmanns und Mengs'. Den Fran-

---

[7]) Ueber Thorwaldsen in Rom vergl. Harnack a. a. O. S. 153—155.
— [8]) Marin erhielt 1812 den ersten grand prix de sculpture; seine
Hauptwerke sind: ein eingeschlafener Amor nach der Antike (Rom
1816), die Kolossalstatue Tourvilles im Schlosshofe zu Versailles, die
Statue de Tournys für Bordeaux (1819) und ein Telemach im Schlosse
zu Fontainebleau. Die hohen auf ihn gesetzten Erwartungen erfüllten
sich nicht. Er starb hochbetagt in Elend. — [9]) Vincenzo Camoccini
studierte in Italien, London, Paris und Deutschland, wurde 1818
Direktor der Akademie zu Neapel, später Oberaufseher der Gemälde
Roms, Ritter und Maler an der Peterskirche. Hauptwerke: Tod des
Cäsar und Tod der Virginia (kgl. Schloss zu Neapel); der ungläubige
Thomas (Mosaik, St. Peter). Meyer hebt ihn in der Kunstgeschichte
des 18. Jahrhunderts („Winckelmann" 1805. S. 324 f.) rühmend hervor.

zosen liege die Plastik besser und deshalb auch in der Malerei der plastische Teil, die Zeichnung, während für die
Musik, also auch für den musikalischen Teil der Malerei,
Kolorit und Helldunkel, aller Sinn fehle. Poesie wie Kunst
üben sie, deren Triebfeder überdies weit mehr Ehrgeiz als
Liebe zur Sache ist, rhetorisch aus, d. h. „sie suchen durch
etwas anderes zu wirken als durch Poesie und Kunst
allein", daher auch die Wendung auf die römische Geschichte.
Unter den Deutschen beginnt er mit Angelica Kaufmann
und bedenkt sie als Goethes persönliche Freundin mit ziemlich allgemeinen Sätzen, hinter deren Lob der Tadel ihrer
schwächlichen Kunst deutlich hervorblickt. Er lässt dem unbedeutenden Rehberg (1758—1835) Gerechtigkeit widerfahren
und hebt dann mit um so kräftigerem Lobe den jungen
Schick [10]) heraus, der sich die alten Meister, insbesondere
Raffael in den Loggienbildern zum Vorbild genommen, und
an dessen Bilde „Noahs erstes Opfer" [11]) er eine Lieblings-
idee der Romantiker demonstriert: die Vortrefflichkeit der
biblischen und überhaupt christlichen Gegenstände, deren Behandlung auch die aus unsern „heutigen Gemälden gänzlich
verschwundene Andacht" zu ihrem Rechte kommen lasse. [12])
Wir hören hier deutlich einen Nachklang des kunstliebenden
Klosterbruders, während andrerseits die Verwandtschaft mit
und die Abhängigkeit von Friedrichs Ideen in der „Europa"
auf der Hand liegt; beides wird nicht gerade zur Freude
des Adressaten Goethe gedient haben! — Der Tiroler Koch
(1768—1839) wird weniger seiner Landschaften als seiner
Zeichnungen zu Dante wegen herbeigezogen, die dem Uebersetzer des Dichters, dem „Altmeister aller Dantesken Wissenschaften", wie ihn Friedrich in einem Briefe einmal anredet, [13])
besonders nahe liegen, und die er als reichhaltiger und gründlicher denen Flaxmans (s. oben S. 65 f.) vorzieht. [14]) Unter den

---

[10]) Vergl. oben S. 145, Anm. 21. — [11]) Jetzt im Besitze des Königs von Württemberg. — [12]) Vergl. über das Bild Tübinger Morgen-
blatt 1809, S. 102 ff., Friedr. Schlegels Deutsches Museum IV S. 87 ff.,
sowie Dortheas Brief an ihren Sohn Johannes vom 11. Dec. 1818
(Raich, Dorothea v. Schlegel, II. 228 ff.). — [13]) Walzel S. 614. —
[14]) Der Anregung Schlegels zur Veröffentlichung ist erst viel später

Landschaftern zeichnet er dann als Vedutenmaler in Aquarell
Giuntotardi, den Schweizer Kaysermann, den nach Claude
Lorrain stechenden Landschaftszeichner Gmelin[15]), endlich
Denis[16]) und Ducros[17]) lobend aus. Als freikomponierende
Landschafter nennt er in erster Linie Reinhard[18]), dann
wieder Koch und benutzt die Gelegenheit zu einer Rechtfertigung dieser Landschaftsmalerei überhaupt, zu deren
musikalischem Charakter gerne in der beigefügten, besonders
mythologischen Staffage ein Hauptton angegeben werde.
Aehnliches wie Koch, der hierin Annibale Carraccis Landschaften in der Galerie Doria zu Rom nacheifere, strebe
auch der Engländer Wallis in seinen Ossianischen Landschaften an. Unter den Kopisten nach alten Meistern fand
er keinen, der dem von ihm so hochgeschätzten Buri[19])
auch nur annähernd gleichkäme. Litterarische Notizen[20]) be-

---

und nie in vollem Umfange entsprochen worden. Locella (Dante in der
deutschen Kunst. Dresden 1890. S. 5) kennt 46 (wohl Druckfehler für
36, da er nachher von 27 Blättern zur Hölle und 9 zu Fegefeuer und
Paradies spricht) Zeichnungen, deren Originale die kgl. Sekundogenitur-
Bibliothek zu Dresden besitzt; wenige Blätter wurden 1863 in sehr
verkleinertem Massstabe vom photographischen Atelier in München
herausgegeben. Vier schöne Blätter hatte Koch selbst 1807 und 1808
radiert, nämlich 1) Dante und die gierigen Tiere; 2) Charon und der
seelentragende Nachen; 3) Streit des Satan mit St. Franciscus um die
Seele des Guido von Montefeltro; 4) Dante auf Nessus' Rücken den höl-
lischen Blutstrom überschreitend. Dazu kommt als 5) ein kleineres
Blatt: Die Strafe der Diebe in der Hölle. (Vergl. Andresen, Die deutschen. Maler-Radierer des 19. Jahrhunderts. 1866. Bd. I. 9—36.) —
[15]) Friedrich Wilhelm Gmelin (1745—1821) lebte seit 1788 meist in Rom
und starb auch daselbst. Vergl. über ihn auch Goethes Kunst und
Altertum I. 2. S. 171 und II. 3. S. 173, sowie Meyers Kunstgeschichte
des 18. Jahrhunderts in Goethes Winckelmann (1805) S. 343, 350 und
Harnack, Kunstleben in Rom, S. 90. — [16]) Simon Denis († 1811) wird
von Fernow („Römische Studien" S. 259) tadelnd, von Meyer (a. a. O.
S. 334) lobend erwähnt. — [17]) Der Schweizer Pierre Ducros (1748—1810)
war auch Kupferstecher und gab in einer „Art Manufaktur dieses
Kunstartikels" mit Volpato zusammen „Ansichten Roms und der Cam-
pagna", später in Neapel mit Montagnini zusammen „Ansichten von
Sicilien und der Insel Malta" heraus, von denen besonders erstere sehr
beliebt waren. Vergl. Meyer a. a. O. S. 334 f. — [18]) Ueber Joh. Christ.
Reinhard (1761—1848) vergl. Meyer a. a. O. S. 344 und Harnack a. a. O.
bes. S. 111f. — [19]) Vergl. oben S. 59 f, Anm. 132. — [20]) Ueber Zoëgas

schliessen das Schreiben, das Goethe trotz alles ersichtlichen Bemühens, ihn nicht zu verletzen, nur unerfreulich berührt haben kann. Stand es doch allzu oft mit den von ihm gerade in jener Zeit und im Gegensatze zu den Romantikern besonders schroff vertretenen Kunstanschauungen im Widerspruch, Anschauungen, denen er eben jetzt (1805) durch die Herausgabe seines „Winckelmann" ein monumentum aere perennius setzte. Dies Buch wurde denn auch im romantischen Kreise gründlich missverstanden und verketzert. Selbst der massvolle und Goethes Ueberlegenheit stets noch anerkennende August Wilhelm schrieb 1806 an de la Motte Fouqué mit Bezug auf die Umarbeitung der „Claudine" und der „Stella": „Er will alle seine Jugendsünden wieder gut machen" und fährt dann fort: „Nur vor einer Sünde hütet er sich nicht, die am wenigsten Verzeihung hoffen kann, nämlich der Sünde wider den heiligen Geist. Sein Winckelmann das sind wieder verkleidete Propyläen, die also das Publikum doch auf alle Weise hinunterwürgen soll."[21]) Und Caroline, hierin wohl der getreue Wiederhall Friedrich Schlegels, nennt in einem Briefe an Caroline Paulus vom 13. Juli 1805 aus Köln den „Winckelmann" „sehr flach, ja gemein", den Stil „unerhört steif und pretiös" und meint boshaft: „Wenn man alt ist, ist man noch lange nicht antik."[22]) Wie hatten sich doch die Ansichten der Romantiker geändert, und wie voller Beifall und Verehrung würden ihre Urteile zehn Jahre früher über das jetzt so verlästerte Buch gelautet haben, hätte es Goethe etwa schon 1795 herausgegeben!

Ausser der besprochenen „Elegie auf Rom" hat die italienische Reise August Wilhelms nur ganz wenige Gedichte gezeitigt, und nur zwei künstlerische Monumente haben ihn poetisch angeregt. Den noch unvollendeten Dom zu Mailand,

---

(1755—1809) zu erwartende, in der Folge nie erschienene „Topographie Roms"; über W. v. Humboldts (damals preuss. Gesandter am päpstlichen Hofe) Uebersetzung des Agamemnon von Aeschylus; über Maler Müller; über Sophie Bernhardi geb. Tieck und ihren Bruder, den Dichter, die damals Rom besuchten, und deren Arbeiten über altdeutsche Poesie. — [21]) Briefe an de la Motte Fouqué. Berlin 1848. S. 366. — [22]) Raich, Dorothea v. Schlegel. I. 155.

„mit deutscher Kunst des welschen Himmels Prangen", schildert ein Sonett von 1805[23]), und Michelangelos Mediceer- gräbern widmet er drei Disticha,[24]) je eines den Statuen der Nacht, der Aurora und des Pensieroso, voll bewundernder Huldigung für den grossen Florentiner, dessen „Nacht" er als „Mutter der Dinge" grüsst. Endlich feiert ein Gedicht von 1806 die Kunst des „idealen Tanzes" der kaum vierzehn- jährigen Ida Brun[25]), der im Fluge „die Gestalten, die der Griechen Meissel schuf", festhalte.

1807 erschien als Frucht der italienischen Reise F r a u v o n S t a ë l s „C o r i n n e",[26]) jenes so eigenartige und wunder- same Buch, das mit weiblicher Feinheit und mit dem ganzen Enthusiasmus einer für alles Schöne offenen grossen Seele die Wunder Italiens schildert, und dem wir in der ganzen deutschen Litteratur, so reich auch gerade sie an Italienschilderungen jeden Charakters ist, keines zu vergleichen wüssten. Schlegel gab in der Jenaer Litteraturzeitung desselben Jahres[27]) eine feinsinnige Besprechung, die dem merkwürdigen Werke vollauf gerecht wird und auch kurz auf die Schilderungen italischer, besonders römischer Kunst eingeht, wie sie sich in „Corinne" so unaufdringlich und gerade deshalb mehrfach so packend vorfinden; man denke etwa an die auch von Schlegel rühmend hervorgehobene Stelle über Michelangelos Sixtinafresken und wie diese durch die Verbindung mit der Schilderung des Miserere und seines Eindruckes lebendig werden (Buch X, Kap. 4). Tritt auch Schlegel hier nur als Referent auf, so sehen wir doch persönliche Ansichten durchschimmern, wenn er betont, dass bei der Malerei die in neuerer Zeit herrschende „rednerisch-moralische" und die ehemals geltende „dichterisch- religiöse" Richtung trefflich gegen einander gestellt seien, zwar ohne Entscheidung, doch mit deutlicher Hinneigung zur

---

[23]) Zuerst in v. Seckendorfs Prometheus Bd. I. 170; Poet. Werke (1811) I. 332 mit einer prosaischen kunstgeschichtlichen Anmerkung und ebenso S. W. I. 373. — [24]) Zuerst Poet. Werke (1811) II. 73 f. S. W. II. 36. — [25]) Berl. Damenkalender auf 1807. S. W. I. 254. — [26]) Die deutsche Uebersetzung von Dorothea Schlegel, an der Friedrich mitgeholfen hatte, und die unter seinem Namen erschien, folgte so- fort Berlin 1807/8. — [27]) Nr. 152 f. S. W. XII. 188—206.

letzteren; wir werden **kaum** fehlgreifen in der Annahme, dass die Verfasserin in solchen Stellen bewusst und unbewusst von ihrem Reisebegleiter Schlegel beeinflusst war.

Wie hier, so finden wir auch in den folgenden Jahren keine zusammenhängenden Schriften oder längere Aeusserungen über bildende Kunst bei Schlegel.[28] Aber manche gelegentliche Bemerkungen zeugen dafür, dass sie sein Interesse immer fesselte und ihn stets beschäftigte neben den litterarischen und kritischen Studien, die in jenen Jahren zwei glänzende Früchte zeitigten: sein erstes Auftreten als französischer Schriftsteller mit der „Comparaison entre la Phèdre de Racine et celle d'Euripide" (1807) und die einschlagenden Wiener Vorlesungen „Ueber dramatische Kunst und Litteratur" im Winter 1807 auf 1808. Solche gelegentliche Kunstbemerkungen treffen wir etwa in den erst später veröffentlichten Schweizer Reiseskizzen von 1808,[29] wenn er bei der Beschreibung von Buffons Landsitz zu Monbard in den wollüstigen nackten, von schlechtestem Materiale gefertigten Frauenstatuen den Beweis für das Fehlen jedes echten Verständnisses, jedes inneren Verhältnisses zur bildenden Kunst bei dem grossen Naturforscher erblickt und darin weitergehend nicht ohne Uebertreibung einen allgemein französischen Zug nachweist. Sehr häufig bringt er Parallelen aus dem Gebiete der bildenden Kunst in den genannten Wiener Vorlesungen, und wenigstens einige besonders charakteristische darunter seien angeführt, da wir hier manchem uns bekannten Lieblingsgedanken in neuer Ausprägung und Anwendung wiederbegegnen.[30] So führt er gleich im ersten Kapitel, das den Gegensatz zwischen dem Geschmack der Alten und der Neueren behandelt, als Beispiel für den Satz, dass die Neueren trotz aller Begeisterung für die Alten selbständig vorgehen müssten, neben Dante und

---

[28] Dass 1808 im „Prometheus" ein grösseres Bruchstück der Berliner Vorlesungen von 1802 veröffentlicht wurde, ist bereits früher erwähnt worden. — [29] Alpenrosen 1812 und 1813. S. W. VIII. 154 ff. — [30] Die Vorlesungen wurden schon 1809—1811 in 3 Bänden zu Heidelberg gedruckt (II. Aufl. 1817) und bald ins Französische, Italienische und Englische übersetzt. Vgl. Goedeke 2. Aufl. VI. 12 f. Ich citiere nach den S. W. Bd. V und VI.

Ariost auch Michelangelo und Raffael an, „die doch unstreitig
grosse Kenner der Antike waren", und betont, dass man die
neueren Maler ungerecht beurteile, falls man sie einzig nach
ihrer Entfernung von oder ihrer Annäherung an die Antike be-
messe, wie es Winckelmann mit Raffael gethan. Mit Beispielen aus der Architektur tritt er für gleiche Anerkennung
verschiedener, scheinbar entgegengesetzter Kunstwelten ein:
Klassisch und Gotisch sei gleichberechtigt, Pantheon und
St. Stephan in Wien oder die Westminster-Abtei nicht verschiedener als eine Tragödie von Sophokles und eine von
Shakespeare, jedes in seiner Art gross und wunderswürdig. Das
beste Hilfsmittel, in den Geist der Griechen ohne Kenntnis ihrer
Sprache einzudringen, sagt er in der dritten Vorlesung, ist
das Studium der antiken Kunst, wo möglich an den Originalen
oder doch an den überall verbreiteten Abgüssen; über ihre
unerreichbare Vortrefflichkeit ist nur eine Stimme, und der
beste Schlüssel zu diesem Heiligtum des Schönen ist Winckelmanns Kunstgeschichte. „Von der Gruppe der Niobiden und
des Laokoon aus lernen wir eigentlich die Tragödien des
Sophokles verstehen"; denn „die antiken Statuen bedürfen
keines Kommentares, sie sprechen für sich"; und in den sehr
ausführlichen Abschnitten über die Einrichtung des griechischen
Theaters betont er nochmals, dass man sich die Erscheinung
der tragischen Figuren „als belebte bewegliche Statuen im
grossen Stile" zu denken habe. Einem schon in den Berliner
Vorlesungen gebrauchten Vergleiche begegnen wir wieder,
wenn er (Vorlesung V) in breiter Ausführung das Homerische
Epos mit dem Basrelief, die Freigruppe mit der Tragödie in
Parallele setzt, und auch die Zusammenstellungen des Aeschylus
mit Phidias, Sophokles mit Polyklet und Euripides mit Lysipp
erinnern an Aehnliches in den früheren Vorträgen. Kühner
noch, aber wohl zutreffender berührt der Vergleich der dramatischen Kunstschulen Athens mit den Malerschulen des
16. Jahrhunderts, oder der andere der Euripideischen Prologe
mit den Zetteln, die den Figuren auf alten Bildern aus dem
Munde gehen.[31]

[31] Im II. Teile vergleicht er einmal Personen des Hans Sachs mit
solchen „Figuren auf alten Bildern, denen beschriebene Zettel aus dem

Im zweiten, die neuere Dramatik behandelnden Bande
kehrt die bekannte, bei Schlegel so beliebte Kontrastierung
der antiken und romantischen als der „plastischen" und
„pittoresken" Poesie wieder und wird speziell für das Drama
breiter ausgeführt. Er wirft den Franzosen vor, dass sie in
der Theorie der tragischen Kunst nicht weiter wären als zur
Zeit Lenôtres in der Gartenkunst, bespricht gelegentlich die
vermeidlichen und unvermeidlichen Mängel der Dekorationsmalerei und verhöhnt die Geschmacklosigkeit der modernen
Moden im Vergleich zu der einfacheren und „beinahe unver-
änderlichen" Tracht der Alten.

In einem erst aus dem Nachlasse von Böcking [32]) veröffentlichten Anhang zu den Abschnitten vom antiken Drama
„Ueber die szenische Anordnung der griechischen Schau-
spiele" betont Schlegel die Wichtigkeit klarer Vorstellungen
über diesen Punkt für die Erkenntnis und das Verständnis
der dramatischen Kunst und wundert sich, weder bei Philo-
logen noch bei Architekten genügenden Aufschluss darüber
zu finden. Der Herausgeber Vitruvs, Marini, [33]) dessen Rekon-
struktion stark nach Palladios vermeintlich antikem Theater
(zu Vicenza) schmecke, vermag ihn nicht zu befriedigen; die
volle Schale seines Zornes giesst er aber auf seinen alten Gegner
Hirt aus, dessen Abschnitt über das griechische Theater [34])
„über alle Massen irrig und verkehrt ausgefallen" sei. Und
zwar deshalb, weil er sich gar nicht an Genellis treffliches,
fast spurlos vorübergegangenes Buch [35]) gehalten habe. Mit
diesem geistvollen Manne stand Schlegel seit 1801 in Briefwechsel; sie hatten zu Anfang des Jahrhunderts in Berlin mit
einander Griechisch getrieben, und in einem Briefe hatte Genelli
ein freisinniges Urteil über die Vorlesungen von 1808 gefällt. [36])

Munde gehen." -- [32]) S. W. V. 251—328. — [33]) Marinis Ausgabe erschien
in 4 Foliobänden zu Rom 1836. — [34]) Hirt, Geschichte der Baukunst bei
den Alten. 3 Bde. Berlin 1821—27; der „Theaterbau" III. 79—114. --
[35]) Hans Christ. Genelli, das Theater zu Athen, Berlin u. Leipzig 1818. —
[36]) Brief vom 6. Okt. 1809. „Ueber Ihre Vorlesungen können Sie unmöglich im Ernst an meinem Beifall zweifeln. Sie sind sich zu sehr bewusst
der schönen und ergiebigen Ansicht, aus welcher sie geflossen, und der
Ihnen eigenen Leichtigkeit und Blüte im Vortrag, wie er auf dieser

Trotz aller Anerkennung weist aber Schlegel seine Hypothese
einer doppelten Szenendekoration, nämlich einer untern, plastisch
in naturalistischer Körperlichkeit ausgeführten und einer obern,
bloss gemalten für die ferneren Umgebungen,[37]) in einem
besonderen Abschnitt mit wohlgefügten Gründen zurück und
verbreitet sich in einem weiteren Kapitel „Skenographie" sehr
ausführlich über antike Dekorationsmalerei. Dabei wendet er
sich gegen Lessing, der besonders im „Laokoon"[38]) und, wenn
auch weniger schroff, in den „Antiquarischen Briefen"[39]) den
Alten die Kenntnis der Perspektive ganz abgesprochen hatte.
Er urteilt auf Grund des inzwischen durch die pompejanischen
Ausgrabungen so viel reicher gewordenen Materiales,[40]) dass
die Frage nur noch sein könne, „wie weit die Alten zu verschiedenen Zeiten es in der Perspektive gebracht haben."
Gewisse Aufgaben (er nennt Correggios Kuppeln zu Parma)
hätten sie wohl absichtlich sich nicht gestellt, „weil sie den
Wert eines Kunstwerkes nicht nach der überwundenen
Schwierigkeit, sondern nach dem gefälligen Eindrucke schätz-
ten." Da es sich zudem bei der Bühne meist um architektonische
Aufgaben, Palast und Tempel, handelte, so durfte der Maler
„nur bei dem Baumeister in die Schule gehen". Das führt
Schlegel weiter aus, bespricht dann die seitlichen Szenenbilder
mit ihren Ausblicken auf bestimmte Städte und Landschaften

Bahn unfehlbar siegen muss; auch haben Sie im Voraus mir einige
Empfänglichkeit dafür zugestanden, ohne welche mein Urteil Ihnen
von keinerlei Wert sein könnte. Um so dreister darf ich Ihnen gestehen,
dass ich gerade über diesen Gegenstand, der mir in mehr Hinsichten
nicht unwichtig sein kann, von Ihnen lieber eine strengere Abhandlung
für die gelehrte Welt zu erhalten, oder wenigstens gewünscht
hätte, dass Ihre Zuhörer nur aus Studenten bestanden haben möchten.
Denn so wenig ich irgend etwas an dem, was Sie uns jetzt zu geben
für gut erachtet haben, auszusetzen vermag, so wird doch darin so
mancher Punkt nur eben berührt, über welchen gerade ich von Ihnen
so gerne nähere Auskunft gewünscht hätte . . ." Ungedruckt. Original
in der kgl. öffentl. Bibliothek zu Dresden. (A. W. v. Schlegels Briefwechsel Bd. 9.) Klette 87. 3. — [37]) Also etwas, was ziemlich genau
unsern heutigen Panoramen entsprechen würde. — [38]) Abschnitt XIX.
Ausgabe von Blümner 1880. S. 279—281. — [39]) Brief 9—12. —
[40]) Geradezu begeistert äussert er sich über die Alexanderschlacht.
(S. W. V. 301.)

und handelt in einem letzten Abschnitte noch vom „Stil der
gemalten Architektur" im Einzelnen.

Hatte sich Schlegel schon in dem „Sendschreiben an
Goethe" über die deutschen Künstler in Rom in manchen
Punkten als Gegner der Anschauungen des alternden Dichters
und seiner Umgebung erwiesen, so tritt dies noch deutlicher
hervor in der sehr ausführlichen Besprechung der Winckel-
mann-Ausgabe in den Heidelberger „Jahrbüchern der Litteratur" von 1812.⁴¹) Die 1808 von Fernow mit zwei Bänden
begonnene Edition war von Heinrich Meyer und Johann
Schulze 1809 und 1811 um zwei weitere Bände fortgeführt
worden. Schlegel tadelt zunächst die wenig gute Ausstattung
und greift dann sofort eine Stelle der Vorrede zum III. Bande
heraus, nämlich einen im schärfsten Tone gehaltenen Verweis
gegen die „vorwitzig modelnde und meisternde Menschenbrut",
die gerade gegen Männer auftrete, „welche ihr erst die blöden
Augen geöffnet" haben. Er möchte „um nähere Nachweisung
bitten, worauf dies zielt", da ja doch der Ton der Verehrung
gegen Winckelmann allgemein sei. Dass er selber (und noch
stärker Bruder Friedrich) dadurch getroffen werden sollte, giebt
er somit nicht zu, obgleich es am nächsten lag, an die beiden
zu denken, wie sie bei aller äusserlichen Verehrung für
Winckelmann immer entschiedener abwichen von seiner Bahn,
die in Weimar noch immer für die in der Hauptsache allein
richtige galt. Dann mäkelt er am Einzelnen: Orthographisches,
Schreib-, Druck- und Sprachfehler werden mit schulmeister-
licher Pedanterie, die dem vielgereisten und gerade in diesen
Jahren sich so gern als den eleganten internationalen Gelehrten
aufspielenden Manne recht schlecht zu Gesichte steht, auf-
gezählt und verbessert, um festzustellen, dass die Ausgabe
in Bezug auf die Genauigkeit des Textes noch weit von der
Vollendung entfernt sei. Fernows Anmerkungen seien unbedeutend, weit wichtiger die der beiden folgenden Herausgeber,
wenn sie auch gegen Vorgänger wie Fea allzu unfreundlich
aufträten. Schlegel geht nun die einzelnen Schriften Schritt
für Schritt durch, überall berichtigend und zusetzend, und

---

⁴¹) Nr. 5—7; S. W. XII. 321—383.

spricht gleich am Anfang aus, Winckelmann habe in Italien
„die bisherigen Brillen nur mit anders gefärbten vertauscht":
„Nun verkannte er den Geist der grossen neueren Meister
oder lobte sie bloss als unvollkommene Nachahmer der Alten",
und später noch entschiedener: „die Kunst der Neueren war
ihm ein versiegeltes Buch." Wie habe er Mengs überschätzt,
und wie er für diesen Freund parteiisch war, so für die Kunstwerke der Sammlung seines Gönners, des Kardinals Albani.
Den Heraklestorso des Vatikans will Schlegel, wie Flaxman,
aber unabhängig von diesem, zu einer Gruppe des Halbgottes
und der Hebe ergänzen, während Winckelmann den Vergötterten als ruhend dargestellt auffasst. Die „Anmerkungen
über die Baukunst der Alten" nennt er eine der unbedeutendsten Schriften, die durch die Zeit und die vielen neuen einschlägigen Entdeckungen noch an Wert verloren habe; und
so geht es weiter Schritt für Schritt: für unsern Zweck ist
es unnötig, ihm genau zu folgen. Es genügt, festzustellen,
dass er schonungslos manche falschen Meinungen Winckelmanns aufdeckt und damit oft auch die Weimarer Kunstfreunde,
welche dieselben noch vertreten, mittrifft. Dabei entfaltet er,
besonders wenn wir bedenken, wie nebenbei er doch eigentlich diese Studien meist betrieb, eine erstaunlich vielseitige
Gelehrsamkeit auch auf abgelegenen Gebieten, wie etwa dem
der Mineralogie oder der etruskischen Kunst, der er bei seinen
italienischen Reisen mit Frau von Staël vielfach mit Interesse
nachgeforscht hatte, und tritt auf dem eigentlich archäologischen
Gebiet in vielen Einzelfragen ganz als Fachmann auf, um uns
aufs neue, falls es noch nötig wäre, seine grosse Kenntnis
antiker wie neuerer Kunstwerke ad oculos zu demonstrieren.
Wie wenig aber auch er die ungeheure Entwicklung gerade
dieser Wissenschaft durch neue Funde und eindringende
methodische Behandlung im Laufe unseres Jahrhunderts ahnen
konnte, beweist z. B. die vornehme Abfertigung des Mengs,
der gemeint hatte, keine bisher bekannte Antike sei ein
ursprüngliches Werk der grossen Meister, sondern alle nur
unvollkommene Nachbildungen: „Seine Ansicht ist aller historischen Wahrscheinlichkeit und vielleicht auch den Schranken
des menschlichen Kunstvermögens zuwider." Heute gilt diese

11*

„Ansicht" als unumstössliche, gerade durch die seitherigen
Funde von Originalwerken unwiderleglich bewiesene Gewissheit! Winckelmanns Werk aber ist trotz aller Mängel auch
für uns wie für Schlegel „klassisch geblieben", wenn es auch
heute mehr eine historische Klassizität ist, die ihm zukommt
als dem ersten bahnbrechenden Schritt auf einem Gebiete
wissenschaftlicher, historischer wie ästhetischer Erkenntnis,
die sich seitdem in ungeahnter Weise zu herrlicher Weite und
Grösse entwickelt hat.

Im Jahre 1815 besuchte Schlegel in Begleitung der Frau
von Staël und ihres zweiten Gatten, des Herrn von Rocca,
ein letztes Mal Italien, Piemont und Toscana. In Pisa, wo ein
längerer Aufenthalt genommen wurde, traf er den alten Freund
Friedrich Tieck wieder, der in den benachbarten Marmorbrüchen
Carraras an den für die Walhalla bei ihm bestellten Büsten[42])
arbeitete. Er verschaffte ihm Bestellungen auf Büsten des
kranken Rocca und der jugendschönen Tochter der Frau von
Staël, Albertine Herzogin von Broglie mit ihrem „griechischen
Profil",[43]) sowie auf eine Statue Herrn von Neckers, lauter Aufgaben, die bei allem künstlerischen und menschlichen Interesse,
das sie boten, doch dem Bildhauer mehr Unannehmlichkeiten
und schwere Arbeit als Ruhm oder gar klingenden Lohn ein-
brachten. So ist denn auch der Briefwechsel der beiden
Freunde, so weit er mir zugänglich war,[44]) oft von unerfreu-
lichen Auseinandersetzungen erfüllt, und es ist ein gutes
Zeichen für beide, dass die alte Freundschaft nicht darunter
gelitten hat. Besonders für die Statue Neckers und deren
Aufstellung in Coppet interessierte sich Schlegel aufs leb-
hafteste,[45]) und in seinen Briefen klingt die nicht ausge-
sprochene, aber deutlich zwischen den Zeilen lesbare Klage,

---

[42]) Wallenstein und Niklaus von der Flühe, wozu später noch Bürger
und Wolfram von Eschenbach kamen. — [43]) A. W. Schlegel an Tieck
4. Nov. 1815 (Holtei, 300 Briefe III. S. 78). Ebenda schreibt er: „Der
Kopf wäre idealisch zu nennen, wenn das Oval nach unten zu etwas
schmaler wäre." — [44]) Eine Auswahl der Briefe Schlegels an Tieck giebt
Holtei (a. a. O. III. 71—104), diejenigen Tiecks an Schlegel lagen mir
im Original (aus der kgl. öffentl. Bibl. zu Dresden, A. W. v. Schlegels
Briefwechsel Bd. 28) vor. — [45]) Vergl. hauptsächlich den Brief vom
2. Aug. 1816. Holtei III. 85 ff.

wie wenig doch sein Urteil und Wunsch in künstlerischen
Fragen bei Frau von Staël gelte, oft recht melancholisch
durch. Die Statue gelangte übrigens erst nach dem Tode der
Bestellerin an ihren Bestimmungsort, und ein Denkmal für
diese selbst, das Tieck sofort nach Empfang der Todesnach-
richt entworfen, und dem auch, allerdings in wesentlich ver-
änderter Form, Schlegel das Wort redete, wurde nie ausgeführt.

Der italienische Aufenthalt von 1815 blieb indessen für
diesen nicht ergebnislos; er war in den zwei folgenden Jahren
litterarisch thätig auf dem Gebiete antiker und altitalienischer
Kunstgeschichte. 1816 veröffentlichte er in Florenz seine
„Lettre aux éditeurs de la bibliothèque italienne à Milan sur
les chevaux de bronze de la basilique de St. Marc à
Venise.“[46]) Auch dieses einzig erhaltene Viergespann der
Antike hatte Napoleon 1797 nach Paris bringen lassen, seine
Rückführung nach Venedig durch Kaiser Franz 1815 gab dem
Interesse daran neue Nahrung. Schlegels Schrift wendet sich
gegen den Grafen Cicçognara[47]) und gegen Zanetti,[48]) welche
die Ansicht verfochten, dass die Pferde römische Arbeit aus
Neronischer Zeit seien. Er führt dagegen weitläufig unter
Beiziehung der einschlägigen Stellen der antiken Schriftsteller
den Beweis, dass die Griechen schon Bronze-Quadrigen gekannt
und, wenn auch nicht auf Triumphbogen, die erst später auf-
kamen, doch auf Tempelgiebeln und einzeln auf Basen aufgestellt hätten; dass hervorragende griechische Künstler sich
laut der Ueberlieferung auch in solchen Werken ausge-
zeichnet hätten; dass die Vergoldung kein Beweis schlechten
Geschmackes sei, da schon Phidias sie angewandt habe; dass

---

[46]) Essais littéraires et historiques, Bonn 1842 S. 171–194; Oeuvres
écrites en français ed. Böcking. Leipzig 1846. II. 30—48. Eine italienische Uebersetzung von Acerbi erschien sofort in der Bibl. Ital. II.
(1816) S. 397—416 (laut Goedeke VI. 13. auch im Separatdruck). —
[47]) Von Conte Leopoldo Ciccognara (1767—1834), damals Präsidenten der
Akademie der schönen Künste zu Venedig, erschien daselbst 1815: „Dei
quattro cavalli risposti sul pronao della basilica di S. Marco in Venezia.“
— [48]) Conte Antonio Maria Zanetti (1680–1766) hatte in „Delle antiche
statue greche e romane che nell' antisala della libreria di S. Marco
e in altri luoghi publici di Venezia si trovano“ (2 Teile, Venezia 1740
u. 1743) die Pferde Bd. 1. Bl. 43—46 abgebildet und beschrieben.

die technische Beschaffenheit des Gusses nichts gegen griechische Arbeit beweise, und dass endlich der Charakter der
Pferde zwar nicht zur Zeit des Phidias und zu den Pferden
im Parthenonfriese stimme, wohl aber zur Zeit des Lysipp und
somit die Annahme der Urheberschaft dieses Künstlers durchaus
nicht so unbedingt abzuweisen sei, wie der Berichterstatter
der Biblioteca italiana von oben herab behaupte. Schon dass
sie (wahrscheinlich durch Konstantin den Grossen) von Rom
nach Konstantinopel geschleppt wurden, nach dessen Eroberung
1204 der Doge Dandolo sie nach Venedig brachte, beweise
ihre hohe Schätzung als anerkanntes Werk eines grossen
Künstlers, und Schlegel weist darauf hin, dass nach dem
Neronischen Brande besonders viele Werke des Lysipp aus
Griechenland nach Rom gekommen seien. Er will damit
jedoch nur die Möglichkeit, nicht die Gewissheit, dass sie
Werke dieses Künstlers seien, darthun, und meint, selbst wenn
Ciccognara Recht hätte und die Quadriga in Rom gearbeitet
wäre, so wäre sie deshalb noch keine „römische Arbeit",
sondern die eines in Rom etablierten griechischen Künstlers;
er aber halte sie für ein griechisches Werk aus Alexanders
des Grossen Zeit. Zum Schlusse deutet er hin auf die Umgestaltung der antiken Kunstgeschichte, die neue Funde (Zugäng-
lichkeit der Elgin-Marbles, Entdeckung von Aegina und Phigalia) schon gebracht haben und täglich in unerwarteter Weise
bringen könnten. — Zu gleicher Zeit schrieb, ohne dass einer
vom andern wusste, ein griechischer Gelehrter Andrea Mustoxidi[49]) aus Corcyra über die gleiche Frage und liess seine
Schrift „Sui quattro cavalli della basilica di S. Marco a Venezia"
in Padua 1816 drucken. Giuseppe Acerbi, einer der Herausgeber der „Biblioteca Italiana" und der Uebersetzer von
Schlegels Arbeit für dieselbe, schickte das Werkchen sogleich
dem deutschen Gelehrten mit einem Begleitschreiben, das die
schmeichelhafte Wendung enthielt: „ . . . leggendolo sono
certo ch' Ella proverà un piacere che la sua modestia non

---

[49]) Zu Mustoxidi vergl. man Alfred de Reumonts nach Niccolò
Tommaseo gegebene Schilderung seines Lebens und Wirkens in „Zeitgenossen" II. (Berlin 1862) S. 199—241.

potrà negare al suo amor proprio quello cioè di sentire la
sua superiorità."[50]) Mustoxidi selber, der sich voller Freuden
eines einst in Coppet geführten Gespräches über griechische
Aussprache erinnert, schreibt mit nicht minder feinem Kompli-
mente: „Les Chevaux, travail grec, méritaient je crois d' être
illustrés par deux grecs, vous, Monsieur, l'étant par la doctrine
comme je le suis par le sang."[51]) Der griechische Gelehrte
kam in seiner Schrift von anderem Ausgangspunkte aus zu
ganz ähnlichen Resultaten wie der deutsche, und dieser gab
denn auch in einem ausführlichen Appendix zu seiner französischen Arbeit[52]) sowie in einer knapperen Besprechung der
Schrift in den Heidelberger „Jahrbüchern der Litteratur"[53])
seiner Befriedigung über dies Zusammentreffen Ausdruck. In
beiden Sprachen ist der Gedankengang derselbe und ganze
Abschnitte stimmen fast wörtlich überein. Mustoxidi verfolgt
hauptsächlich die Geschichte des Viergespanns, soweit dieselbe
noch klar zu legen ist, und kommt dabei zu dem sofort von
Schlegel übernommenen Ergebnis, dass es nicht von Rom,
sondern direkt aus Chios nach Konstantinopel gewandert sei.
Nun aber schliesst dieser weiter: die Blütezeit von Chios fällt
in die Zeit Alexanders des Grossen; von den gerühmten, einheimischen Bildhauern, Sostratus und dessen Sohn Panthias,
wissen wir nur, dass sie Götter und Heroenstatuen, nicht,
dass sie Quadrigen geschaffen; warum sollte also nicht ein
auswärtiger Meister, etwa Lysipp, wie für die Rhodier, auch
für die Chier eine Quadriga gefertigt haben?

Ebenfalls auf diesem seinem Lieblingsgebiete der antiken
Kunstgeschichte bleibt Schlegel auch mit seinem in der Genfer
„Bibliothèque universelle" 1816 erschienenen[51]) Aufsatze
„Niobé et ses enfants. Sur la composition originale de
ces statues", worin er die auch heute noch viel umstrittene

---

[50]) Brief vom 7. Juli 1816. Ungedruckt. Original in der kgl. öffentl.
Bibliothek zu Dresden: A. W. v. Schlegels Briefwechsel Bd. 1. Klette
112. 2. — [51]) Brief vom 20. Juni 1816. Ungedruckt. Original in der
kgl. öffentl. Bibliothek zu Dresden: A. W. v. Schlegels Briefwechsel.
Bd. 15. Klette 116. — [52]) Essais 195—210; Oeuvres II. 49—62. —
[53]) 1816. Nr. 42. S. 657—664. S. W. XII. 438—444. — [54]) Littérature.
Tome III. 109—132. Oeuvres II. 3—29.

Frage nach der ursprünglichen Aufstellung zu lösen versucht. Alle, die sich bis dahin über die herrlichen Werke geäussert, die Winckelmann[55]), Fabroni[56]), Mengs[57]), Goethe[58]), Abbé Zannoni[59]), hatten keine Zusammenstellung versucht, der junge englische Architekt Cockerell[60]) dagegen als Erster sie eben damals auf einem von ihm selber gezeichneten und gestochenen Blatt als Giebelgruppe eines Tempels erklärt. Schlegel giebt zuerst in französischer Uebersetzung die auf diesem Blatte befindliche Erläuterung und erklärt sich dann mit dieser Lösung prinzipiell einverstanden,[61]) wirft aber drei Einwände und Fragen auf, nämlich 1) ob Cockerells Anordnung der einzelnen Figuren richtig, 2) ob alle Glieder der Gruppe uns wirklich erhalten, und 3) ob die erhaltenen in Florenz aufgestellten Werke die griechischen Originale seien. — Zu 1) giebt er längere Auseinandersetzungen über Giebelfüllungen im Allgemeinen und über die Beziehungen der Plastik zur Architektur, wobei im Vorübergehen Winckelmann eins abbekommt, „qui n'avait point d'idées originales sur l'architecture", weshalb er auch die Plastik allzu isoliert betrachtet habe; in der Hauptsache erklärt er sich aber mit

---

[55]) Hauptstelle in der Geschichte der Kunst Buch IX. Kap. 2 (Gesamtausg. Donaueschingen 1825—27, V. 377 ff.) — [56]) Angelo Fabroni (1732—1803) schrieb eine „Dissertazione sulla favola della Niobe". — [57]) Mengs behandelt die Niobiden in seinem „Brief an Herren Fabroni, Oberaufseher der Universität zu Pisa" und im „Fragment eines zweiten Antwortschreibens an Herrn Fabroni" (Hinterlassene Werke ed. Prange, Halle 1786. III. 79—104; erster Druck im italienischen Text in den „Opere di A. R. Mengs", ed. Cavaliere d'Azara, Bassano 1783. II. 1—28). — [58]) Die von Schlegel Goethe zugeschriebenen Aufsätze in den Propyläen (1799. Bd. II. St. 1. S. 48—91 und St. 2 S. 123 ff.) sind von Heinr. Meyer; vergl. Seufferts Deutsche Litteratur-Denkmale Nr. 25. S. LIX. — [59]) Giovanni Battista Zannoni (1774—1832) behandelt in dem von ihm, Montalvi und Bargigli herausgegebenen Werke „La Reale Galleria di Firenze" (das. 1810 ff., 13 Bde.) die Statuen und geschnittenen Steine; über die Niobiden s. Serie IV. Vol. I (1817) S. 1—32. — [60]) Karl Robert Cockerell (1788—1863) war der Mitentdecker der Aegineten (1811) und später der Reliefs vom Tempel zu Phigalia. — [61]) Auch in der VIII. der Berliner Vorlesungen über Theorie und Geschichte der bildenden Künste (1827) erklärt Schlegel Cockerells Aufstellung für die richtige (Berliner Conversationsblatt für Poesie, Litteratur u. Kritik 1827 Nr. 154).

Cockerell einverstanden. Nur bezweifelt er (zu 2) die Zuge-
hörigkeit der einen „Tochter", verwirft eine weitere, die viel
mehr eine Muse sei, vollständig und will an Stelle des einen
Sohnes die im Vatikan fragmentarisch erhaltene Gruppe des
Bruders, der die Schwester beschützt, einsetzen, überhaupt
auf jeder Seite der Mutter sieben statt sechs Gestalten an-
ordnen, wozu allerdings unter den ihm bekannten erhaltenen
Denkmälern drei Statuen fehlen. Auf Frage 3) wagt er
keine endgiltige Entscheidung; doch hält er die Florentiner
Statuen wahrscheinlich für eine Kopie der von Plinius erwähnten berühmten Gruppe, deren ·Autorschaft schon im
Altertum zwischen Skopas und Praxiteles streitig war. [62])

Durch diese zwei Arbeiten wurde Schlegel in Italien auch
als Kunstgelehrter bekannt. Er selbst rühmt sich dessen in
selbstgefälliger Weise, wenn er an Freund Tieck nach Carrara
schreibt: „Die beiden Kleinigkeiten haben mir nun schon in
Italien den Namen eines Antiquars gemacht" [63]), und Tieck
antwortet einen Monat später: „Es freut mich ungemein, dass
dein Name auch auf diese Art bekannt in Italien wird. Ich
war zu Anfang dieses Monats von neuem auf einige Tage
in Florenz, wo Hirt war, welcher den Grafen Jugenheim begleitet. Dieser wollte von Cockerells Meinung nichts wissen.
Ist aber mit mir der Meinung, dass die Gruppe der Niobe
in Florenz nicht Original sei" [64]) u. s. w. Aber damit kam
er schlecht an. Schlegel hatte die alten Kämpfe [65]) nicht
vergessen und schrieb ganz empört: „Von der ursprünglichen
Anordnung soll Hirt nur nicht mitsprechen. Ein solcher
Mensch von groben Sinnen und ohne allen Geist mag sich
allerlei Kenntnisse erwerben; aber für das Höchste in der

---

[62]) Plin. hist. nat. XXXVI. 28: Par haesitatio est in templo
Apollinis Sosiani, Niobae liberos morientis Scopas an Praxiteles fecerit.
Heute wird das Original der Gruppe Skopas zugeschrieben. Darüber,
sowie über die wahrscheinliche Aufstellung der Gruppe und alle einschlägigen Fragen vergl. die vortrefflichen Ausführungen von Walter
Amelung, Führer durch die Antiken in Florenz, München 1897, insbesondere S. 128—133. — [63]) Brief vom 25. Dez. 1816. Holtei III. 91. —
[64]) Brief vom 22. Jan. 1817. Ungedruckt. Original in der kgl. öffentl.
Bibliothek zu Dresden: A. W. v. Schlegels Briefwechsel Bd. 28. Klette
83. 17. — [65]) Vergl. oben S. 36 ff.

Kunst hat er einmal kein Gefühl, wie er gleich bei Er-
öffnung seiner Laufbahn in Deutschland bewiesen. Ich habe
ganz andere Stimmen für mich: Visconti — Quatremère de
Quincy"[66]), und mit wohlwollender Belehrung („Ihr erfahrt
in Italien zu wenig, was Neues über die Kunst erscheint")
weist er ihn auf neue Werke der Genannten hin.[67]) Wenige
Wochen später kam Tieck nochmals auf die Sache zurück:
„Für mich ist die Meinung Cockerells über die Aufstellung
der Niobe entschieden die richtige, nämlich dass solche im
Fronton gestanden. Eben so entschieden ist es aber auch
für mich, dass die in Florenz Kopie ist, mehr bestätigt noch
durch die Untersuchungen mit Rauch.[68]) Auf das Urteil
aller Antiquare hierüber gebe ich wenig, weil es hierbei
mehr auf die mechanische Behandlung als anderes ankömmt,
und den Mechanismus kann nur ein Bildhauer recht kennen.
Dass die Statuen ganz so gestanden haben, ist auch gewiss
nicht, da mehrere nicht dazu gehören und an dem einen
Knaben die Schwester übers Knie fehlt und ganz unleugbar
am Knie übergearbeitet ist. Auch sind die Figuren nicht
zusammen gefunden worden, wie Cockerell will."[69]) Schlegel
hatte somit die Freude, seine Ansichten auch durch den
ausübenden Künstler und von der ihm nicht geläufigen
technischen Seite bestätigt zu sehen.

Auf fremdes Gebiet aber wagte sich nun Schlegel im
folgenden Jahre, als er die von Wilhelm Ternite[70]) gezeichneten, von dem Hofkupferstecher Forsell in Stockholm gestochenen 15 Blätter nach Fra Angelicos „Krönung
Mariae" mit den Wundern des hl. Dominikus in der Predella im Louvre[71]) mit einem französischen Texte (Paris 1817)

---

[66]) Holtei a. a. O. S. 94. — [67]) Enrico Quirino Visconti (1751—1818),
Mémoire sur des ouvrages de sulpture du Parthénon etc. Paris 1818,
und Antoine Chrysostome Quatremère de Quincy (1755—1849), le Jupiter Olympien etc. Paris 1814. — [68]) Er war inzwischen mit seinem
Carrara-Genossen, dem Bildhauer Christian Rauch, wieder in Florenz
gewesen. — [69]) Brief vom 25. März 1817. Ungedruckt. S. Anm. 64. Klette
83. 20. — [70]) Wilhelm Ternite (1786—1871) lebte lange in Paris, dann
als „Inspektor der kgl. Galerie in Potsdam" meist in Berlin; er gab
1836 ein Prachtwerk „Die Wandgemälde aus Pompeji und Herkulanum"
heraus. — [71]) Kat.-Nr. 1290. Das Bild stammt aus San Domenico in

begleitete. [72]) Wie sehr er sich dabei auch um Einzelheiten
der Ausstattung bekümmerte, beweist ein, soviel mir bekannt,
noch ungedruckter Brief, den ich in Beilage 1 mitteile schon
um des humoristischen Tones willen, womit die an sich ja
nebensächliche Frage, ob die einzelnen Blätter Unterschriften
bekommen sollen oder nicht, behandelt ist. In seinem Texte
nun giebt Schlegel eine kurze Lebensskizze des Malers nach
Vasari, der „Etruria pittrice" [73]) und Lanzi [74]), übersetzt des
erstgenannten Beschreibung des Bildes [75]) und geht dann auf
sein Aeusseres (Grösse, Goldgrund, technische Behandlung,
Kolorit) ein. Weiter spricht er von der Komposition („das
Gerüste des Ganzen ist architektonisch"), von den einzelnen
Teilen, der Zeichnung des Nackten, der Behandlung der
Gewänder und des Lichtes, endlich von der Auffassung „der
hohen und geheimnisvollen Handlung" in „durchaus kind-
licher Sinnesart", und beschreibt schliesslich die einzelnen
Figuren ausführlichst. Gleich minutiös erklärt er die Pre-
dellabilder genau nach der Legende, indem er jede Kritik
dem Gemälde gegenüber, das aus dem Geiste jener Zeit
entsprungen, als unstatthaft zurückweist. Am Schlusse versucht er eine Gesamtcharakteristik des Fra Angelico, dem
er „Süssigkeit, Zartheit, Anmut", allerdings ohne die kühne
Phantasie eines Orcagna, zuschreibt. „Seine Kunst ist eine
ergiebige Quelldader, die gleichmässig, ohne Ungestüm und
ohne Zwang, einem liebevollen, durch Andacht und Be-
schaulichkeit geläuterten Gemüte entfliesst." Lanzis Vergleich des Meisters mit Guido Reni als unzutreffend ab-
weisend, wendet er sich gegen Winckelmanns Satz, der
harte, gewaltsame und übertriebene Stil der Etrusker habe
sich auf die toskanischen Künstler vererbt, [76]) was einzig auf

---

Fiesole. — [72]) Oeuvres II. 63–99. Zugleich erschien ebenda eine
deutsche Uebersetzung. Abgedruckt Kritische Schriften 1828. II.
371—411 und S. W. IX. 320—355. — [73]) Die Etruria pittrice erschien
mit italienischem und französischem Text von Lastro in Florenz 1791
und 1795 in 2 Bänden. Fiesole Bd. I. Nr. XVII. — [74]) Lanzi, storia
pittorica dell'Italia. 6 Bde. Bassano 1809. Fiesole Bd. I. 60 ff. —
[75]) Della Valles Ausgabe. Siena 1791. III. 266. — [76]) Geschichte der
Kunst. III. Kap. 3. § 15. (Donaueschinger Gesamtausgabe III. 363.)

Michelangelo gemünzt sei; dieser aber „gieng seine eigene Bahn und glich nur sich selbst." Bekannte Gedanken über den Gegensatz der antiken und romantischen Kunst, über die mit der Zeit verweltlichende und damit verfallende Kunst, die nur durch religiöse Wiederbelebung neu zu heben sei, kehren als Abschluss des Aufsatzes wieder. Er ist trotz des interessanten, aber dem Verfasser fernliegenden Themas eine seiner unbedeutendsten Leistungen, wie aus der gegebenen Analyse zur Genüge hervorgeht.

Am 14. Juli 1817 war Frau von Staël gestorben, und noch einmal begann im Leben des fünfzigjährigen Mannes ein neuer Abschnitt. Zwar die Verlobung und kurze, bald wieder gelöste Ehe mit Sophie Paulus bildete nur eine Episode, allerdings vielleicht die unglückseligste in seiner vielumgetriebenen Existenz, aber die Berufung zum Professor für Sanskrit nach Bonn gab ihm bis zu seinem Tode (1845) eine feste Heimat und Wirksamkeit am schönen Rhein. Naturgemäss tritt in dieser seiner letzten Periode die bildende Kunst immer mehr zurück; was er dem Publikum noch gelegentlich darüber sagt, ist unbedeutend, ein schwacher Nachklang der einstigen schallenden Kampfesrufe. Ganz wertlos sind so die Notizen über die Sammlung des Kanonikus Pick in Bonn,[77]) interessanter der Aufsatz über Baron Gérards Bild „Corinna auf dem Kap Miseno", der als Begleiter eines Umrissstiches eine sehr genaue Beschreibung giebt.[78]) Hatte doch Schlegel ein durchaus

---

[77]) Jahrb. d. Preuss. Rhein. Universitäten 1819. I. 1. S. 94—98. — S. W. IX. 356—359. — [78]) Cottasches Kunstblatt 1822. III. Nr. 7. — Krit. Schriften II. 412—420 u. S. W. IX. 360—368 mit einer Vorbemerkung über Gérards sonstiges Schaffen, kleinen Aenderungen u. einer Anm. über eine Lithographie Aubry-Lecomtes nach dem Bild. — Seit 1819 hatte sich Sulpice Boisserée des Kunstblattes besonders angenommen; er bat auch Schlegel mehrfach um Beiträge, indem er auf seinen und Cottas Grundsatz „lieber weniger, aber Bedeutendes, als vielerlei und Mittelmässiges" verwies. Er schickte ihm den Umriss von Gérards „Corinna" zu und gab (Brief vom 19. Sept. 1821) ausführliche Notizen dazu, die Schlegel in seinem Aufsatze genau, zum Teil im Wortlaut verwertete. Es blieb jedoch bei diesem einzigen Beitrag fürs „Kunstblatt". (Die Briefe Sulpice Boisserées befinden sich in der kgl. öffentl. Bibliothek zu Dresden: A. W. v. Schlegels Briefwechsel Bd. 3. — Klette 134, 1—5.)

persönliches Verhältnis zu dem Werke, das seine langjährige
Freundin im Kostüm der Heldin ihres besten Buches, dessen
Entstehung und Vollendung er genau verfolgt hatte, darstellt;
und so fühlen wir hie und da eine Wärme, die dem alternden
und eiteln Manne sonst längst fremd geworden war. Tritt er
nun so für die Oeffentlichkeit auf diesem Gebiete fast ganz
zurück, so verhält es sich anders mit dem preussischen
Kultusministerium, das den Kunstkenner in seinen Diensten
öfters in Anspruch nahm, um so mehr, als der damalige
Minister Altenstein[79]) sich die Pflege auch der bildenden
Kunst sehr angelegen sein liess. So wurde Schlegel schon
Ende 1820, als er um seiner indischen Studien willen sich
längere Zeit in Paris aufhielt, mit Einkäufen für die Landes-
schule in Pforta beauftragt. Es handelte sich um die Pasten-
sammlung von Mionet und eine Auswahl von Gipsabgüssen
nach Antiken zu Unterrichtszwecken. Die erstere Erwerbung
zog sich länger hinaus, die zweite dagegen erledigte er mit
so gutem Gelingen, dass das Ministerium in einem eigenen
Schreiben (24. Juli 1821) für die sehr zweckmässige Wahl
der Abgüsse sowohl als die Sorgfalt, womit er den Auftrag
ausgeführt, ganz besonders dankte. Schon im Herbste des
gleichen Jahres kam aus Berlin ein weiterer: Pfarrer Fochem
in Köln, der seine Gemäldegalerie verkaufte, hatte dem König
ein Bild „Der Tod Abels" zum Geschenk angeboten. Schlegel
sollte nun nach Köln fahren, das Werk besichtigen und nicht
nur eine genaue Beschreibung, sondern auch sein Urteil „über
den Kunstwert desselben, über die Schule, welcher es angehört, über den mutmasslichen Meister, der es verfertigt hat,
sowie auch darüber, ob es ein Original oder eine Kopie sei,"
einsenden.[80]) Ich gebe in Beilage 2 den vollständigen Abdruck
seines Antwortbriefes sowie der ausführlichen Beschreibung
nach seinen in der kgl. öffentlichen Bibliothek zu Dresden
befindlichen Konzepten. Man beachte wohl, wie geschickt er,
der doch damals in ganz Europa für einen feinen Kunstkenner
galt, seine Befähigung zur richtigen Abschätzung des Werkes

---

[79]) Eigentlich Karl Freiherr von Stein zum Altenstein 1770–1840.
— [80]) Schreiben des Ministeriums vom 27. Sept. 1821. Original in der
kgl. öffentl. Bibliothek zu Dresden: A. W. v. Schlegels Briefw. Bd. 2.

(worin der heikelste Punkt des ganzen Auftrages lag!) als
ungenügend hinstellt, wie er betont, dass er bei seinen Studien
der europäischen Galerien immer sein ganzes Interesse den
Hauptwerken der Blütezeit zugewandt habe, und auf Schinkel
als den berufeneren Beurteiler verweist. Die mit fast pein-
licher Genauigkeit abgefasste Beschreibung erscheint als ein
verspäteter Nachzügler der „Gemäldegespräche", und die Be-
hutsamkeit, womit die einzelnen, immerhin heikeln Fragen
angepackt und, soweit möglich, gelöst sind, erregt unsere
Bewunderung nicht nur des Kunstkenners, sondern auch des
Diplomaten. Altenstein muss denn auch vollauf befriedigt
gewesen sein: er legt den Aufsatz seinem Immediatberichte
an den König bei und zweifelt nicht, „dass Ew. Hochwohl-
geboren Arbeit sich auch des Allerhöchsten Beifalls erfreuen
werde." [81])

Wenige Jahre später, im August 1824, erhielt Schlegel
einen ähnlichen Auftrag, und wieder galt es die Besichtigung
von Kunstwerken in Köln; doch war die Sache insofern
wichtiger, als es sich nicht um die Annahme eines Geschenkes,
sondern um den eventuellen Ankauf einer wertvollen Sammlung von Glasgemälden handelte, die daselbst auf den Markt
kam. Auch jetzt wieder gab er in einem ausführlichen, die
wichtigeren Nummern einzeln besprechenden Berichte seine
Meinung ab und liess durch den Nachdruck, den er auf die
Beschreibung einer zusammengehörigen Reihe gotischer, aus
der Cisterzienserabtei zu Altenberg stammender Fenster legte,
deutlich erkennen, wie vorteilhaft ihm die Erwerbung wenigstens dieses Teiles der Sammlung erschiene. Es war verlorene Liebesmühe, der König wollte sich nicht darauf ein-
lassen, und so war Schlegels Reise, deren Kosten ihm übrigens
diesmal mit 16 Reichsthalern vergütet wurden, [82]) umsonst
gewesen.

1827 hielt Schlegel noch einmal in Berlin Vorlesungen
„über Theorie und Geschichte der bildenden Künste", doch

---

[81]) Schreiben vom 29. Nov. 1821. Original in der kgl. öffentl. Bibliothek zu Dresden: A. W. v. Schlegels Briefwechsel, Bd. 2. — [82]) Die
ganze Korrespondenz sowie das Konzept auch dieses Berichtes im eben
genannten Briefband in Dresden.

der frühere Erfolg stellte sich nicht mehr ein. In der Hauptsache folgte er dabei seinem alten Manuskripte vom Anfang
des Jahrhunderts, das er wohl im Einzelnen erweiterte und
umgestaltete, dessen Grundlinien aber unverändert blieben.
Da diese Vorträge nicht vollständig gedruckt, sondern nur in
sehr dürftigen Auszügen vorliegen,[83]) darf ich mich hier auf
die Inhaltsangabe berufen, welche Minor in seiner vortrefflichen
Einleitung zum Neudruck der Vorlesungen von 1801 gegeben
hat,[84]) und welche überall auf die Abweichungen hinweist.
Immerhin besitzen wir hier die letzte zusammenfassende
Leistung Schlegels auf diesem Gebiete und die einzig wirklich bedeutsame öffentliche Aeusserung darüber in seinen
späteren Lebensjahren. Aber was ein Vierteljahrhundert früher
neu und eine für das deutsche Geistesleben befreiende That
voll der vielseitigsten Anregungen gewesen war, erschien
jetzt matt, da es in der Hauptsache Bekanntes gab, das, so-
ferne es wichtig und treffend war, schon zum Allgemeingut
geworden war.

Nur ganz spärlich ist dann noch die Aehrenlese aus seinen
gedruckten Schriften der letzten Jahre. So kommt er
in der Vorrede zu den kritischen Schriften (1828) auf den
Wandel des Kunstgeschmacks im Wechsel der Zeiten zu
sprechen,[85]) oder macht gelegentlich eine Bemerkung über
Salomon Gessners komische Begabung, die sich in den Titel-
vignetten zu Eschenburgs Shakespeare-Uebersetzung[86]) doku-
mentiert habe,[87]) oder weist in glanzvollen Sätzen auf die
gerade zur Zeit der Erschütterung der katholischen Kirche

---

[83]) Berliner Konversationsblatt für Poesie, Litteratur u. Kritik 1827.
In 17 Nummern von Nr. 113—159. — [84]) Deutsche Litt. Denkm. 17.
S. XXXI—LXIV. — [85]) „Hat es nicht eine Zeit gegeben, wo Pietro
da Cortona für einen ganz andern Maler galt als Raffael? wo man
jenem die schöpferische Kraft und Fülle zuschrieb, diesen kalt und
steinern nannte? wo der hohe Sinn der Antike, die man nur als antiquarische Seltenheit schätzte, gegen die sinnlichen Bestechungen
Berninis für nichts geachtet wurde? Und solche Urteile sind im An-
gesichte der Meisterwerke gefällt worden!“ Krit. Schriften I. S. IX.
S. W. VII. S. XXVIII. — [86]) Erschienen Zürich 1775—1777. — [87]) Krit.
Schriften I. 327. S. W. X. 245.

durch die Reformation ihren höchsten Gipfel ersteigende
Renaissancekunst hin.[88])

Dass auch Schlegels eigene Wohnung in dieser Zeit den
Ansprüchen eines künstlerischen Geschmackes (wenigstens
seines eigenen) genügte, verrät er uns selber in einem Briefe
an Tieck vom Jahre 1831. Dieser hatte die Büste des Freundes,
deren Marmorausführung er schon zwölf Jahre früher begonnen
hatte,[89]) nun endlich vollendet, 1830 in Berlin ausgestellt und
darnach dem Modelle zum Geschenke gesandt. Schlegel erzählt
in seinem Dankbrief[90]) von ihrer Aufstellung in seinem Hause,
von ihrer Bekränzung durch eine Gräfin bei Anlass einer
seiner Abendvorlesungen für Damen[91]) und betont selbstgefällig, dass das Werk von allen seinen Besuchern ("und
deren kommen im Sommer viele, sowohl Ausländer als
Deutsche") gesehen werde. Aber es stehe auch in würdiger
Umgebung, seine Gesellschaftszimmer[92]) seien geschmackvoll
und genial ausgestattet, und das ganze Haus verkündige den
Geschmack des Besitzers: "Ich tauschte längst nicht mit Goethe,
von dessen Einrichtung man so viel gerühmt hat." — Diesen
seinen weitbekannten guten Geschmack nahm denn auch die
Universität gelegentlich in Anspruch: als es sich 1833 um
die künstlerische Ausgestaltung der Aula handelte, beauftragte
ihn der Senat mit einem Gutachten, dessen Konzept mir hand-
schriftlich vorliegt. Darin geht er zum Beweise, dass eine
vorgeschlagene Säulenstellung nicht gut ausfallen würde,
zwar von rein praktischen Erwägungen aus, kann sich aber
doch nicht versagen, allgemeine ästhetische Sätze über Bestimmung und Verwendung der Säule, und zwar diese mit
berechneter Steigerung zuletzt als die eigentlich ausschlag-
gebenden Gegengründe, geltend zu machen. Ich gebe deshalb
das interessante Schriftstück in Beilage 3 in wörtlichem Abdruck.

---

[88]) "Le Dante, Petrarque et Boccace justifiés" etc. Revue des deux
mondes. Août 1836. Oeuvres II. 314 f. — [89]) Vergl. Schlegels Brief
vom 29. Jan. 1818. Holtei 300 Briefe III. 102. — [90]) Vom 6. März 1831
a. a. O. 103 f. — [91]) In seiner Eitelkeit vergisst er nicht, auch das
herzlich unbedeutende Distichon, das er ihr zum Danke schickte, mitzuteilen. — [92]) "Das eine (der Speisesaal) das indische, das andere das
chinesische genannt."

Ein bei Lechenich ausgegrabenes antikes Erzgefäss von seltener Schönheit, das dem Altertumsmuseum der Bonner Universität gehört, erregte Schlegels höchstes Interesse. Bei einem Berliner Aufenthalte sprach er dem dortigen Archäologen Prof. Gerhard[93]) mit Begeisterung davon und schickte im April 1837, nochmals von dem genannten Gelehrten an sein diesbezügliches Versprechen gemahnt,[94]) drei Abgüsse an Rauch zur Austeilung an die Akademie der Künste, die Akademie der Wissenschaften und den Kronprinzen.[95]) Im Namen der Akademie der Wissenschaften dankte Theodor Panofka[96]) und wiederholte den schon von Gerhard ausgesprochenen Wunsch nach einem Kommentar dazu aus Schlegels Feder. Dieser machte zwar einen Ansatz zur Erfüllung, vollendete aber die Arbeit nicht, und das unbedeutende Fragment derselben wurde erst in Böckings Gesamtausgabe aus dem Nachlasse veröffentlicht.[97])

Schlegels letzte kunstgeschichtliche Arbeit war die Herausgabe des „Verzeichnisses einer von Eduard d'Alton[98]) hinterlassenen Gemäldesammlung" (Bonn 1840), das von dem ehemaligen Besitzer selbst verfasst war.[99]) Von Schlegel rühren

---

[93]) Eduard Gerhard (1795—1867) war an Platners „Beschreibung der Stadt Rom" beteiligt, einer der Mitbegründer des Deutschen Instituts in Rom (1828), später am kgl. Museum zu Berlin, Mitglied der Akademie und Professor an der Universität. — [94]) Brief vom 7. April 1836. Ungedruckt. Original in der kgl. öffentl. Bibliothek zu Dresden: A. W. Schlegels Briefwechsel Bd. 9. Klette 258. — [95]) Rauch an Schlegel, 23. April 1837. Ungedruckt. Original ebenda Bd. 18. Klette 272 (mit falscher Jahrzahl „1839"). — [96]) Brief vom 29. Mai 1837. Ungedruckt. Original ebenda Bd. 17. Klette 273. Theod. Panofka (1801—1858) war 1829 neben Gerhard Sekretär des deutschen Institutes zu Rom, seit 1834 in Berlin, 1836 Mitglied der Akademie, 1844 ao. Professor. — [97]) S. W. IX. 369—371. — [98]) Eduard Joseph d'Alton (1772—1840), Anatom und Archäolog, Kunstforscher und Radierer, 1809/10 als Direktor des Tiefurter Gestütes im Weimarer Kreise, war seit 1818 Professor der Archäologie und Kunstgeschichte in Bonn. Goethes Briefe an ihn beziehen sich hauptsächlich auf seine „Vergleichende Osteologie" (3 Bde. Bonn 1821. 1823. 1827). Er soll das Modell zu Dorothea Schlegels „Florentin" gewesen sein, wie Caroline in einem boshaften Klatschbrief an Aug. Wilh. Schlegel behauptet (Waitz, Caroline II. 122), wogegen sich allerdings Dorothea selber in einem Brief an Schleiermacher (Raich, Dorothea v. Schlegel I. 71) spöttisch ablehnend verhält. — [99]) Vergl. S. W. IX. 372—396.

darin nur die Vorerinnerung sowie die Anmerkungen zu drei
Bilderbeschreibungen her, die aus d'Altons und Goethes Feder
stammen. In der Vorrede feiert er den verstorbenen Besitzer,
der den philosophischen Naturforscher mit dem ausübenden
Künstler vereinigt habe, und dessen Ueberlegenheit er trotz
seiner eigenen grossen, auf Reisen und im Verkehr mit
Künstlern gesammelten Kenntnisse gerne anerkannt habe.
Der ersten Beschreibung d'Altons, Pontormos „Venus und
Cupido" nach Michelangelo[100]) fügt er Auszüge aus Vasari
über Buonarottis Karton bei und bezeichnet diesen als Gegenstück der „Leda" desselben Meisters.[101]) Es sei dessen Gewohnheit in späterer Zeit gewesen, seine Kompositionen aus-
gezeichneten Koloristen zur Ausführung zu überlassen, um so
dem Raffael „glückliche Nebenbuhler zu erwecken." „Michelangelos Darstellung ist ganz Physiognomik und wenn ich so
sagen darf, Athlethik; die menschliche Gestalt war sein einziges
Augenmerk." — Viel kürzer fasst Schlegel seine Bemerkungen
zu der zweiten Beschreibung von Goethe.[102]) Es handelt sich
um ein genreartiges, eine Alte mit zwei Kindern darstellendes
Gemälde, das dem Correggio[103]) zugeschrieben wurde. Schlegel
sucht diese Zuteilung durch die ziemlich abenteuerliche Geschichte des Bildes zu rechtfertigen, während die Weimarer
Kunstfreunde sich über diesen Punkt zurückhaltend geäussert
hatten. — Die dritte, sehr ausführliche Anmerkung zu d'Altons
Bemerkungen über einen von ihm entdeckten angeblichen
Rubens,[104]) dessen Vorwurf d'Alton als der Geschichte Olden-
barneveldts entnommen nachweisen will, stützt nur diese
Deutung mit neuen Gründen.

Das Verzeichnis selbst war mir nicht zugänglich. — [100]) Das in den
Uffizien zu Florenz (Nr. 1284) hängende Bild Pontormos stimmt zu der
Beschreibung; ob es aber dasselbe Exemplar ist, wüsste ich nicht zu
sagen. — [101]) Vergl. oben S. 59. — [102]) Zuerst im Programm zur Jen.
Allg. Litt.-Ztg. 1809. S. I—III („Altes Gemälde"), unterzeichnet W. K. F.,
jedenfalls im Verein mit Heinrich Meyer, wenn nicht von diesem allein
verfasst (Dtsch. Litt. Denkm. 25. S. CVI). — [103]) Jul. Meyer (Correggio.
Leipzig 1871. S. 506) zählt das Bild, dessen Verbleib ihm unbekannt
ist, zu den unechten. — [104]) Das Bild, das vielfach auch als Paracelsus
am Bette eines Kranken gedeutet wird, ist von d'Alton selbst gestochen
worden. Es befindet sich heute in Buckingham Palace zu London und

Im folgenden Jahre erhielt Schlegel von David d'Angers, der ihn 1840 besucht und dabei seine Züge in einer Skizze festgehalten hatte, mit einem Briefe voller Verehrung[105]) aus Paris sein Profilbildnis als Bronzemedaillon zugeschickt. David hatte dasselbe seiner bekannten Sammlung von Bildnissen berühmter Zeitgenossen eingereiht, an der sich ja Goethe so sehr erfreute.[106]) Wie sehr sich aber Schlegel bis in seine allerletzten Jahre für künstlerische Fragen interessierte und, soviel in seinen Kräften stand, auch thätig für ihre Lösung und Förderung eintrat, beweist der treffliche Brief vom 27. März 1843 an den Prinzgemahl von England, der diesen für den Ausbau des Kölner Domes gewinnen sollte. Ich kann mir nicht versagen, auch dieses charakteristische Schreiben nebst der kurzen, freundlich ablehnenden Antwort des Prinzen als Beilage 4 mitzuteilen, als ein letztes wertvolles Dokument für Schlegels lebenslängliche Beschäftigung mit bildender Kunst, deren näherer Erforschung vorliegende Arbeit gewidmet ist.

Wenn auch die Ernte von Schriften und einzelnen Aeusserungen über bildende Kunst in den hier zusammengefassten letzten vierzig Jahren August Wilhelm Schlegels reichlicher ausfällt als bei Bruder Friedrich in dessen letzter Periode, so können wir doch dasselbe zusammenfassende Urteil darüber fällen hier wie dort: Neues finden wir kaum mehr, nur weitere Ausgestaltung bekannter Gedanken, und in gleichem Sinne wie früher gehaltene Verarbeitung neuen Materiales, das ihm vor allem durch die Reisen mit Frau von Staël zufloss. Was allenfalls von ihm nun stärker betont wird als bisher, wie die Vorzüge der christlichen Stoffe für die Malerei, ist auch jetzt noch, wie früher so vieles, von Friedrich über-

---

wird durchweg Rubens abgesprochen. Vergl. Max Rooses, l'oeuvre de P. P. Rubens. Bd. IV. Anvers 1890. S. 84 f. („Cette pièce est attribuée à Rubens sans aucun fondement"); C. G. Voorhelm Schneevoogt, Catalogue des estampes gravées d'après P. P. Rubens. 1873. S. 146; Jul. Meyer, allg. Künstler-Lexikon I. 563 f. — [105]) Vom 3. Juni 1841. Original in der kgl. öffentl. Bibliothek zu Dresden: A. W. v. Schlegels Briefwechsel. Bd. 6. Klette 299. 2. — [106]) Vergl. Goethes Gespräche, ed. W. v. Biedermann. VII. 239—244.

nommen und nur aus dessen einseitiger Uebertreibung auf das richtige Mass zurückgeführt. Noch behandelt er Antike, Renaissance und zeitgenössische Kunst gleicherweise, und nur in der Schrift über Fiesole empfinden wir einmal, dass er sich auf ein Gebiet gewagt, das er nicht beherrschte. Im übrigen aber erweist er sich durchweg als der geschmackvolle, in vielen Sätteln gerechte Gelehrte, dem seine späteren Wanderfahrten nun noch völlig internationalen Schliff gegeben haben. Allerdings haben ihn seine mit den Jahren wachsende Eitelkeit und seine mannigfachen Wunderlichkeiten für die jüngeren Zeitgenossen (man denke an Immermanns Verspottung im „Münchhausen“) zu einer komischen Figur gemacht, wobei seine grossen Verdienste übersehen und vergessen wurden. Auf dem von uns behandelten Gebiete hatte er seine Glanzzeit am Beginne des Jahrhunderts in Berlin; aber so weit auch seine spätere Hauptthätigkeit ihn davon abführte, sein Interesse dafür ist allezeit lebendig geblieben, und die Bewunderung der seltenen Regsamkeit und Vielseitigkeit seines Geistes wird stets auch seine Thätigkeit für ästhetische und kunstgeschichtliche Forschung unter seine besten Ruhmestitel zählen.

Beilage 1.

(Vergl. S. 171.)

Brief August Wilhelm Schlegels an Wilhelm Ternite.

(Königliche öffentliche Bibliothek zu Dresden: A. W. von Schlegels Briefwechsel, Bd. 27. Klette 117.)

Es hat mir sehr leid gethan, mein werthester Herr und Freund, Sie gestern verfehlt zu haben.

Ich fürchte, wenn wir Unterschriften unter die Bilder stechen lassen, so wird man uns vorwerfen wir machen es wie jener ungeschickte Mahler, der aus Furcht, man möchte seine Figuren nicht erkennen, darunter schrieb: „dieses ist ein Hahn, dieses ist ein Hund" und so weiter. In allem Ernst, mir scheinen Unterschriften hier ganz unschicklich. Und wie sollte man sie fassen? Unter den Engeln zum Beyspiel: ein Engel. Sieht diess nicht jedermann? Der allgemeine Titel sagt schon genug; das einzelne erklärt die Beschreibung. Also meines Bedünkens bloss Nummern, nach der Ordnung, wie wir sie gelegt haben.

In wenigen Tagen hoffe ich Ihnen meine Einleitung zum Druck fertig zu liefern. Leben Sie unterdessen recht wohl.

Der Ihrige

Mont. d. 16 März 1817

Schlegel.

Beilage 2.

(Vergl. S. 173.)

a) Konzept[1]) eines Schreibens August Wilhelm Schlegels an das Ministerium Altenstein.

(Königliche öffentliche Bibliothek zu Dresden: A. W. von Schlegels Briefwechsel, Bd. 2.)

Ew. E. verehrtes Schreiben vom 27sten Sept. habe ich am 7ten Oct. empfangen und dem ertheilten Auftrage gemäss mich baldmöglichst nach Cöln verfügt.

----

[1]) Da es sich um keinen diplomatisch getreuen Abdruck handeln kann, füge ich hier sowohl als in Beilage 2 b) und in Beilage 3 die

Der Pfarrer Fochem hat seine Bilder aus der altdeutschen besonders niederrheinischen Schule sämtlich veräussert und von seiner Sammlung sind nur Gemählde aus späterer Zeit übrig, worunter sich einige schätzbare Stücke, unter andern ein paar ächte in Oel gemahlte Skizzen von Rubens befinden. In den Zimmern, wo diese gegenwärtig hängen, war d e r T o d A b e l s nicht mehr befindlich und auf die Anfrage eines Freundes, was aus diesem Bilde geworden? erwiederte der Herr Pfarrer, das Bild sey schon weggesendet, oder so gut als weggesendet, indem es Seiner Majestät dem König bestimmt sey. Indessen wurde er zu der Vorzeigung bewogen, ohne dass ich ihn irgend etwas von der eigentlichen Absicht meines Besuches merken liess.

Befohlner Maassen sende ich anliegend eine Beschreibung dieses Gemähldes, jedoch mit dem grössten Mistrauen in meine eigne Einsichten. Ich bin mir bewusst die technischen Kenntnisse nicht zu besitzen, welche dazu erfordert werden, ein Gemählde nach seinem äusserlichen Werthe und seinem Preise im Kunsthandel zu schätzen. Bey Betrachtung der Gemählde-Sammlungen in den verschiedenen Ländern Europas habe ich mich immer den Meisterwerken des grossen Zeitalters zugewendet, und kan nicht sagen, dass ich die Geschichte der Mahlerey in allen ihren untergeordneten Verzweigungen meinem Gedächtnisse anschaulich eingeprägt hätte.

Es blieb mir demnach nichts übrig, als die bei aufmerksamer Betrachtung empfangenen Eindrücke zu schildern und dieses habe ich gewissenhaft gethan.

Nach der Versicherung des Pfarrers Fochem hat vor einigen Jahren der Herr Baumeister Schinkel das Bild gesehn, welcher also ein weit zuverlässigeres Gutachten als das meinige würde ausstellen können.

Da das Bild, ehe es der vorige Besitzer, ein Herr von Mehring[2]) in Cöln, erwarb, zu Coblenz in einem öffentlichen

---

' Korrekturen Schlegels ein, löse die häufigen Abkürzungen auf und stelle somit möglichst den definitiven Text her. Die fast ausnahmslos stilistischen, meist wenig bedeutenden Aenderungen zeigen, wie peinlich der alternde Mann auf eine möglichst ausgefeilte Form selbst bei solchen nicht für den Druck bestimmten Schriftstücken bedacht war. — [2]) oder „von Mahring"?

Gebäude befindlich gewesen seyn soll, so würde sich dort vielleicht etwas über dessen Herkunft ausmitteln lassen.

Ich würde beschämt seyn, E. E. mit der Berechnung unbedeutender Auslagen beschwerlich zu fallen, die ich bei ähnlichen Gelegenheiten niemals anzuzeichnen pflege. Ich wünsche die einsichtsvolle Freygebigkeit eines hohen Ministeriums nur für die Unterstützung gelehrter Unternehmungen, welche meine Kräfte übersteigen in Anspruch zu nehmen; und ich schätze mich glücklich wenn irgend ein Auftrag mir Veranlassung giebt, wenigstens meinen bereitwilligen Eifer zu beweisen.

Ich verharre in tiefster Ehrerbietung

E. E.

b) Konzept einer Gemäldebeschreibung August Wilhelm Schlegels.

(Königliche öffentliche Bibliothek zu Dresden: A. W. von Schlegels Briefwechsel, Bd. 2.)

Beschreibung eines Gemähldes, den Tod Abels vorstellend, in der Sammlung des Herrn Pfarrer Fochem zu Cöln.

Dieses Oelgemähldes ist 6¹/₂ Rheinische Fuss breit und 5¹/₂ Fuss hoch, auf Leinwand gemahlt, welche aus zwey Bahnen besteht, so dass eine an einigen Stellen sehr sichtbare Nath quer durch das längliche Viereck hinläuft.

Hier und da ist das Bild durch Abspringen der spröde gewordenen Farbendecke etwas beschädigt, nirgends aber zerrissen oder lückenhaft. Es ist sehr beschmutzt, und da der Besitzer aus Besorgniss die Oberfläche anzugreifen, keine Reinigung hat vornehmen lassen, das Verdienst aber hauptsächlich in der kecken Führung des Pinsels in kräftiger und warmer Carnation, in gewagten und ziemlich gelungenen Verkürzungen, an einigen Partien auch im Helldunkel besteht, so ist man vielleicht in Gefahr in seinem gegenwärtigen Zustande es nicht ganz billig zu beurtheilen.

Es ist in einer sogenannten breiten Manier und auf den Effect gemahlt, welchen es auch, gereinigt und in der rechten Höhe in günstigem Lichte aufgestellt nicht verfehlen wird.

Nach der Aussage des Besitzers haben einige Betrachter

die Hand des Rubens oder gar des Tizian darin erkennen wollen. Meines Erachtens kann man bei diesem Gedanken auch nicht einen Augenblick verweilen, wenn man die Werke jener Meister aufmerksam studirt hat.

Mir scheint das Werk ungefähr aus der Mitte des 17ten Jahrhunderts herzurühren und unter Italiänischen Umgebungen und dem Einfluss einer Italiänischen Schule gemahlt worden zu seyn, ob aber von einem Flamänder, oder einem Italiäner, der sich zu dem Flamändischen Geschmack hinneigte, oder endlich von einem französischen Meister, dieses wage ich nicht zu entscheiden. Das angegebene Zeitalter ist eben ein solches wo die Kunst nach manchen Richtungen hin und her schwankte, der Sinn für das Höchste verloren war, die Gränzen des Heiligen und Profanen dreist verwirrt wurden, und das Streben nach einer oberflächlichen und sinnlichen Wirkung vorwaltete.

Die drey Hauptfiguren Adam, Eva und Abel sind folgender gestalt gruppirt.

Eva zur Linken des Beschauers, ganz nackt, halb knieend, halb liegend neigt sich in mitleidiger Betrübniss über das Haupt ihres erschlagenen Sohnes, das rechte Knie stämmt sich auf den Boden, der Schenkel ist in seiner ganzen Länge sichtbar von dem Bein und Fuss nur ein schmaler Streif in der Verkürzung; hingegen ist der linke Schenkel rechts herumgewandt, das stehende Bein unverkürzt gezeichnet, der Leib wiederum links gedreht, der linke Ellenbogen ruht auf einem Felsen, die Hand stützt den vorwärts gesenkten Kopf, der rechte Arm ist ausgestreckt, die Hand liegt an dem Hinterhaupte Abels. Diese künstlich verschränkte akademische Stellung hat der Künstler als aus plötzlicher Bestürzung der Leidenschaft entsprungen zu motiviren und zugleich die Anständigkeit zu retten gesucht. Die Formen sind massiv, die ins volle Licht gestellte Wölbung der rechten Schulter fast colossal, am Bauch entstehen Falten durch den hinaufgezogenen Schenkel; durch die Stellung der Arme sind die ohnehin zu starken Brüste nahe zusammengedrängt, Zierlichkeit ist nur an den Extremitäten bemerkbar, die Zeichnung und Färbung des ganz sichtbaren

Fusses und der rechten Hand sehr zu loben. Alles das scheint der Mahler von einem robusten Modell in reiferem Alter ohne die geringste Veredlung der Natur entnommen zu haben. Es ist nicht das schlaffe Fleisch des Rubens, aber auch nicht der gelehrte und strenge Umriss wodurch Michelangelo seine mächtigen weiblichen Figuren über das Gemeine erhob, es ist eine derbe Feistigkeit, die ein zartes Gefühl, bey diesem Gegenstande so zur Schau gelegt, wohl schwerlich an ihrer Stelle finden dürfte.

Das dunkelbraune Haar ist an der linken Seite aufgelöst, rechts aber wird es durch ein hindurchgeschlungenes Band zusammengehalten. Also noch Spuren eines Kopfputzes neben der Nacktheit, was einen ziemlich manierirten Geschmack verräth.

Die Gesichtszüge der Eva sind unedel, der Ausdruck nicht ohne Wahrheit, aber ohne innere Seelenwürde. Diess gilt von den sämtlichen Köpfen des Bildes.

Abel liegt rücklings mit dem Kopfe gegen den untern Rand des Bildes, als wäre er bey dem empfangenen Schlage über niedrige Baumäste rückwärts gestürzt, der Leib ist eingezogen, wie mit convulsivisch gespannten Muskeln, der rechte ausgestreckte Arm von starker Muskulatur, der linke greift über den Ellenbogen der Eva hindurch, die verdrehte Hand ist nur zum Theil sichtbar; das über einem Baumast schwebende linke Bein nebst dem Fusse in starker Verkürzung und in einem Schlaglichte gehört zu dem verdienstlichsten Theile der Ausführung.

Die Darstellung des Verscheidens in dem Gesichte und den halbgeschlossenen brechenden Augen ist gut getroffen. Das Haar ist schwarz, eben so der keimende, aber etwas struppige Bart.

Adam steht hinter der Leiche, abgewendet, die Gehobenen und verschränkten Hände und das Gesicht im Profil mit schwarzem Haar und starkem krausem Bartwuchs drücken verzweiflungsvolle in sich gekehrte Zerknirschung aus. Ein Fell umgürtet die Hüften, der breite Rücken ist mit herkulischer Stärke ausgerüstet. Die Physiognomie hat etwas Indisches.

Rechts sieht man die Steine des Opferaltars, mit noch dampfendem und brennendem Holzwerk. Hinter einem grossen Baumstamm treten am rechten Rande nur die Köpfe der Gattinen, der beyden Kinder, bestürzt herabschauend in das Bild hinein. Sie sind ebenfalls überflüssig braun, und ohne die Form der Brust kaum als weibliche Gestalten kenntlich.

Ganz in der Ferne erblickt man den flüchtenden Kain, und gegenüber in den Wolken erscheinend Gott den Vater; beyde Figuren ziemlich unbedeutend, der erste schmächtig und verfehlt.

Zur Linken erscheinen nicht viel unter Naturgrösse der Kopf und die Tatzen eines Löwen, darunter der Kopf eines Schaafes welches jener würgt. — Diess ist ein glückliches Sinnbild des erschlagenen friedlichen Hirten, der Gedanke, dass in dem Augenblicke, wo die Verwilderung des menschlichen Geschlechts den entsetzlichsten Grad erreicht, Wuth und Blutdurst zum erstenmal in der Thierwelt losbricht, dieser Gedanke ist sehr zu loben. Auch ist der Kopf des Löwen gut, ohne Zweifel nach der Natur, gezeichnet, nur fehlt es an dem Ausdrucke des Grimmes, und wenn man den Kopf des Schafes zudeckt, sollte man eher vermuthen, dass er auf seinen Tatzen ruhend lauert, als dass er eben über seinen Raub herfällt.

An den Steinen des Altars liest man zwey Buchstaben wegen des Schmutzes nicht mit vollkommner Sicherheit. Wie mir nach genauer Prüfung schien L. B., doch könnte der letzte Buchstabe vielleicht auch ein R seyn. Daneben ist etwas vermuthlich von einem früheren Besitzer, sichtbar geflissentlich weggeschabt, allem Ansehen nach die Jahrszahl. Die Anfangsbuchstaben könnten Louis de Boullogne bedeuten. Es hat zwey französische Mahler dieses Namens gegeben; wenn meine Vermuthung über das Zeitalter richtig ist, so wäre dabey an den älteren (gebohren 1609, gestorben 1674) zu denken. Allein ich weiss nicht, ob er sich dieser Namensbezeichnung bedient hat, und meinem Gedächtniss ist kein Werk dieses Meisters gegenwärtig wonach ich die Gültigkeit dieser Annahme beurtheilen könnte. Der Mahler, von dem das Bild herrührt, hat, wie mich dünkt, am meisten die Schule der Carracci vor Augen gehabt, aber in ihrer Ausartung ins Rohe und Gemeine, wozu der Keim schon in einigen Werken des Hannibal Carracci liegt.

Dass der Künstler nicht darauf verfallen, die Eva durch blondes Haar und entsprechende Gesichts- und Fleischfarbe mit den schwarzhaarigen männlichen Figuren zu contrastiren, zeigt entweder Vorliebe für das Bräunliche, oder Anhänglichkeit an sein weibliches Modell welches zuverlässig, so wie das männliche, einem südlichen Lande angehörte. Diese Umstände stehen der Annahme eines flamandischen Meisters entgegen, welche wohl nur durch einige röthliche Tinten am Gesicht, den Fusszehen und Fingern der Eva, so wie durch die Ueberfülle ihres Körperbaues veranlasst werden konnte.

Die Freyheit der Behandlung verräth allerdings ein Original, aber von einem Meister des zweyten oder dritten Ranges, der in dem Ganzen Fertigkeit im Technischen der Malerey, in der Zeichnung des Nackten, der Carnation, der Beleuchtung, auch in der materiellen Gruppirung, aber keineswegs eine hohe Sinnesart bewiesen, und sein Werk weder mit sittlicher Anmuth noch mit tiefer Bedeutung auszustatten gewusst hat.

Beilage 3.

(Vergl. S. 176.)

Konzept eines Gutachtens August Wilhelm Schlegels über die architektonische Dekoration der Universitäts-Aula zu Bonn.

(Königliche öffentliche Bibliothek zu Dresden: A. W. von Schlegels Nachlass. Academica Nr. 19.)

An den Rector Magnificus und den hochlöblichen Senat der Rhein. Friedrich-Wilhelms-Universität.

Ew. Magnificenz und dem hochlöblichen Senat beehren wir uns dem empfangenen Auftrage gemäss über die von dem Maler Götzenberger vorgeschlagene architektonische Dekoration der Aula nach wiederholter, auch mit Herr Bau-Conducteur Leydel vorgenommener Besichtigung folgendes gutachtlich zu berichten.

Wir können die Aufstellung wirklicher Säulen in solcher
Entfernung von der Wand, dass das darüber angebrachte
Gebälk bis an den vorderen Rand der oben herumlaufenden
Gallerie vortritt, auf keine Weise anrathen, und zwar aus
folgenden Gründen.

1) Die Säulen würden, um in dem gehörigen Verhältnisse
zur Höhe zu stehen, von beträchtlicher Dicke seyn müssen,
und würden starke Schlagschatten auf die Gemählde werfen.

2) Da der Saal einen grossen Theil seines Lichtes von
den oberen Fenstern erhält, so würde durch die so weit vor-
tretende Bretterbekleidung des Gebälkes der obere Theil der
Gemälde ebenfalls sehr in den Schatten gestellt werden.

3) Durch die beiden Säulen neben dem Catheder würde
dasselbe eingeengt und der Aufgang dazu unbequem gemacht
werden, da die Stufen zu dem oberen Catheder zwischen der
Säule und der Wand, zu dem unteren aber vor der Säule
angebracht werden müssten.

4) Der Verlust an Raum würde beträchtlich seyn, da der
Saal ohnehin schon für die bei feierlichen Gelegenheiten zu
erwartende Frequenz kaum geräumig genug ist.

5) Durch Ausführung des vorliegenden Plans steht, unge-
achtet aller dazu erforderlichen Aufopferungen dennoch keine
den Regeln der Architektur gemässe Decoration zu erreichen.
Denn die Säulen an der rechten und linken Seite des Saales
stehen einander zwar symmetrisch gegenüber, aber die Säulen-
weiten fallen überall in einem ganz unerlaubten Grade verschieden aus.

6) Da die Säulen nichts zu tragen haben, als die leichte
Gallerie mit ihrer Balustrade, welche Last in gar keinem Verhältnisse zu ihrer Stärke steht, so wird ihre Zwecklosigkeit
sehr auffallend seyn. Die Säule, wiewohl der vorzüglichste
Schmuck der Architektur ist doch ihrer Natur nach eine Stütze
und darf nur da angebracht werden, wo sie als solche erfor-
derlich ist. Die Aufgabe der Architektur ist, den nothwen-
digen Gliedern eine schöne Form zu geben, aber es widerspricht
ihren Grundgesetzen, überflüssige Glieder als blossen Zierrath
anzubringen.

Bei einem neu entworfenen Bau pflegt der Architekt dem

Bildhauer und Maler die zu decorirenden Räume anzuweisen. Da diess hier aber nicht hat geschehen können, weil man sich mit dem Vorhandenen begnügen musste, so steht es wohl dem Architekten zu, die leidlichste Lösung der bedingten und irrationalen Aufgabe zu finden.

Das rathsamste dürfte demnach seyn mit der Decoration bis zur Vollendung der Gemälde zu warten, und alsdann die Sache der Ober-Bau-Deputation in Berlin vorzulegen, um von dorther, wo man eine grosse Uebung und Erfahrung in dergleichen Dingen hat, einen Riss zu erhalten.

Vielleicht würde es vortheilhaft seyn, den durch die Gemälde nicht bekleideten Theil der Wände nicht einfärbig zu malen, sondern zu marmoriren. In dem oberen Theil liessen sich etwa gemalte Drapperien anbringen, welche nach den Tragsteinen, wenn diese nicht wegzuschaffen sind, angeordnet und abgetheilt, den Uebelstand derselben weniger auffallend machen würden.

Unter den Gemälden könnte in geringer Entfernung von der Wand eine wirklich in Holz oder Eisen ausgeführte Balustrade hingeführt werden, um sie vor Beschädigungen zu schützen.

Bonn den 5ten Jan. 33.

Beilage 4.
(Vergl. S. 179.)

a) Abschrift eines Briefes August Wilhelm Schlegels an den Prinzen Albert von Sachsen-Coburg-Gotha.

(Königliche öffentliche Bibliothek zu Dresden: A. W. von Schlegels Briefwechsel, Bd. 1. Klette 385. 1.)

An Se. Königliche Hoheit den Prinz Albert von Sachsen-Coburg-Gotha.

Durchlauchtigster Prinz!

Ew. Königliche Hoheit bitte ich ehrerbietigst um Erlaubniss, auf den Wunsch meines verehrten Amtsgenossen, des Herrn Dr. Scholz, Professors der katholischen Theologie und Domcapitulars zu Cöln, eine Angelegenheit vorzutragen und zu gnädiger Berücksichtigung zu empfehlen, welche zwar zunächst die Verherrlichung der altberühmten Stadt Cöln und ihrer Metropolitan-Kirche betrifft, aber auch die Theilnahme aller Kenner und Freunde der mittelalterlichen Baukunst lebhaft in Anspruch nimmt.

Ew. Königlicher Hoheit ist gewiss bekannt, dass unser hochherziger Monarch mit Begeisterung den Gedanken ergriffen hat, diesen Dom mit seinen Thürmen nach dem ursprünglichen Plan zu vollenden. Es ist diess freilich beinahe ein riesenhaftes Unternehmen, theils wegen der grossen Dimensionen des Grund- und Aufrisses, theils weil diese Cathedrale, da der Bau schon seit viertehalb Jahrhunderten unterbrochen worden, mehr als irgend eine andere ein Bruchstück geblieben ist. Der hochselige König hatte schon eine gründliche Reparatur des Einsturz drohenden Chores, des einzigen fertigen Theiles besorgt. Friedrich Wilhelm der IV hat nun zum ferneren Ausbau grosse jährliche Summen angewiesen; die Bürger von Cöln und die Bewohner der Diöcese haben nach Kräften aus eignen Mitteln unterzeichnet. Nicht allein diess: sondern in ganz Deutschland haben sich Vereine gebildet, welche den Eifer anregen und die gesammelten Geldbeiträge einliefern. Es schien eine National-Angelegenheit zu seyn, unsere westliche Gränze durch ein sowohl wegen der Reinheit des Styls, als wegen des majestätischen Umfanges in seiner Art einziges Meisterwerk zu schmücken. Im verwichenen Sommer hat der König in Gegenwart vieler erlauchten Einheimischen und Fremden den Grundstein feierlich gelegt, und seitdem ist die Arbeit in vollem Gange.

Das dirigirende Comité in Cöln hat sich nun an die in Oxford gestiftete gelehrte Gesellschaft für die Aufbewahrung und Förderung der Denkmale Gothischer Architektur gewendet, mit einer Einladung, zu dem Cölner Dombau thätig mitzuwirken. Wir bitten Ew. Königliche Hoheit um ein huldreich gewährtes Zeichen Ihres Beifalls und Ihrer Gönnerschaft, wodurch der Erfolg unseres Anliegens auf das nachdrücklichste gesichert werden würde, da Ihr zweites Vaterland schon gewohnt ist, Ihren erlauchten Namen an der Spitze jedes edlen und uneigennützigen Bestrebens zu sehen.

Eingedenk der Zeit, wo die Universität das Glück hatte,
Sie, durchlauchtigster Prinz, zu ihren akademischen Mitbürgern
zu zählen, ergreife ich diese Gelegenheit, den Ausdruck der
ehrerbietigsten Gesinnungen zu erneuern, womit ich die Ehre
habe, zu seyn

Ew. Königlichen Hoheit
unterthänigster

Bonn, den 27sten März   A. W. von Schlegel.[1]
1843.

b) Antwort des Prinzen Albert von Sachsen-Coburg-
Gotha[2] an August Wilhelm Schlegel.

(Ebenda. Klette 385. 2.)

Mein bester Herr von Schlegel.

In Erwiederung auf Eurer Hochwohlgebornen mir so an-
genehmen Zuschrift vom 27ten v. M. kann ich sagen, dass ich
dem Unternehmen der Wiederherstellung und des Ausbaues
des Domes zu Köln mit Aufmerksamkeit gefolgt bin. Einer
persönlichen Theilnahme an dessen Förderung stellen sich
jedoch locale Hindernisse entgegen. Die gegenwärtige so
grosse Reizbarkeit in kirchlichen Angelegenheiten würde
unfehlbar jeden meiner Schritte (und irgend einen in der
Stille zu thun würde kaum möglich sein) einer eifersüchtigen
und daher unbilligen Beurtheilung blosstellen. Sollte sich mir
indessen gegen meine Erwartung die Möglichkeit bieten, die
Erfüllung des mir ausgedrückten Wunsches ohne Anstoss an
die erwähnten Hindernisse erreichen zu können, so werde ich
sie mit Vergnügen ergreifen. —

Empfangen Sie den Ausdruck wahrer und alter Hoch-
achtung mit der ich bin

Eurer Hochwohlgebornen
aufrichtig ergebener

Buckingham Palace   Albert.
April 14. 1843.

---

[1] Die Unterschrift eigenhändig. — [2] Der ganze Brief ist eigenhändig.

Namenverzeichnis.

13

Schlegel, August Wilhelm: Schriften und Dichtungen.

Ueber die berlinische Kunstausstellung 106—108.
Ueber Zeichnungen zu Gedichten und John Flaxmans Umrisse 62—67.
Verzeichnis einer von Eduard d'Alton hinterlassenen Gemäldesammlung 177 f.
Wiener Vorlesungen 158—162.

Schlegel, Friedrich: Schriften und Dichtungen.

Atheniiumsfragmente 33—42.
Deutsches Museum 139—141.
Europa 110—133.
Gedichte: An Heliodora 69 f.
        Farbensinnbild 77. 128.
        Herkules Musagetes 75 f.
Gespräch über die Poesie 73.
Grundzüge der gotischen Baukunst 136—138.
Ideen 70—73.
Jugendbriefe 2—8. 12 f.
Kunsturteil des Dionysius über Isokrates 85.
Lessingaufsatz 14 f.
Lessings Geist aus seinen Schriften 134—136.
Lucinde 28. 68 f.

Lyceumsfragmente 32 f.
Ueber die deutsche Kunstausstellung zu Rom 1819. 143—148.
Ueber die Diotima 10—12.
Ueber die Grenzen des Schönen 8—10.
Ueber die homerische Poesie 85.
Ueber die Philosophie 43 f.
Ueber Georg Forster 13 f.
Ueber Goethes Wilhelm Meister 42 f.
Von den Schulen der griechischen Poesie 8.
Vorlesungen über die Geschichte der alten und neueren Litteratur 138 f.

Berichtigungen.

S. 4 Zeile 3 f. von unten lies: Brief vom Nov. 1793, statt: Brief vom 10. Nov. 1793.
S. 5 Zeile 18 von oben lies: welches ich kenne, statt: das ich kenne.
S. 29 Zeile 9 von oben lies: Bouterweks, statt Bonterweks.
S. 170 Zeile 1 der Anmerkungen lies: Ennio, statt: Enrico.

Kgl. Hofbuchdruckerei Kastner & Lossen.